水沢夢
[イラスト]
春日歩
俺、ツインテールになります。21
~メモリアル・ツインテール~
MEMORIAL TWIN-TAIL

CONTENTS

デザイン／新井隼也＋ベイブリッジ・スタジオ

俺、ツインテールになります。21
～メモリアル・ツインテール～
MEMORIAL TWIN-TAIL

水沢夢
［イラスト］
春日歩

人物紹介

観《み》束《つか》総《そう》二《じ》
主人公。
ツインテールを世界一愛する高校一年生。
テイルレッドに変身しエレメリアンと戦う。

津《つ》辺《べ》愛《あい》香《か》
総二の幼馴染。テイルブルーに変身する。
貧乳を気にしており、
ネタにされると激しく怒る。

トゥアール
異世界からやってきた美少女科学者。
総二たちにテイルギアを託す。
痴女。

神《しん》堂《どう》慧《え》理《り》那《な》
総二たちの通う高校の生徒会長。
テイルイエローに変身。
ドMで総二をご主人様と慕う。

イースナ
善沙《いいすな》闇《あん》子《こ》の名で活動するアイドル。
テイルブラックに変身。
普段はストーカーで引きこもり。

桜《さくら》川《がわ》 尊《みこと》
慧理那の専属メイド兼ボディガード。
婚期を焦っており、
必死に婚姻届を配っている。

観《み》束《つか》未《み》春《はる》
総二の母親で、自宅で喫茶店を経営する。
現役中二病患者で、
常連客に慕われている。

結《いわ》翼《ばね》唯《ゆ》乃《の》
フェニックスギルディが
ポニーテールの少女となった姿。
圧倒的な戦闘力を誇る。

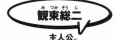

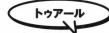

プロローグ　むかしむかしのツインテール。

それはごくありふれた一軒家か、マンションか、それとも豪邸か――とある住まいのリビングルーム。

一人の女性が、小さな女の子を膝《ひざ》の上に載せてソファに座っていた。

大人の色香に溢《あふ》れるその美しい女性の髪は、愛らしい二つ結びだった。

借りてきた猫のようにおとなしく膝の上に座る少女もまた、二つ結び――ツインテールという髪型をしている。

見るも微笑《ほほえ》ましい、ツインテール母娘《おやこ》だ。

「ある日この世界に、人の心を食べようとする、悪い怪物がやってきました」

ツインテールの母親が、ツインテールの娘に絵本を読み聞かせている。

穏やかで、温かく、そして優しい光景だった。

「けれどその怖い怖い怪物の前に、とっても可愛《かわい》い一人の女の子が現れたのです」

絵本の表紙には、ポップな丸文字で「テイルレッド」と書かれている。

桃太郎や浦島太郎、シンデレラと同じように、主人公の名前そのものがタイトルとなった絵本。

つまり、主人公の人生そのものが題材となった物語だ。

物語の主人公たちの生き様はそれだけドラマに満ち、いつの時代も人々の心を摑《つか》んで離さない。

その中に名を連ねたのが、テイルレッドという少女だった。

『テイルレッド』

それは怪物たちから世界を守る、勇敢で可愛らしい少女の物語。

今や、世界中で読まれている絵本だ。

この絵本は、空想を描いた話ではない。

寓話《ぐうわ》にして、伝記。実在する少女・テイルレッドの生涯の一部を切り取った英雄譚《えいゆうたん》だ。

正確には、テイルレッドという名前はコードネームで、何より本当は少女ではなく少年なのだが――テイルレッドという名前の方がより色濃く世界中の人間の記憶に刻まれているのだし、ある意味では少女であることも事実。

テイルレッドとは、とてもややこしい事情を抱《かか》えた人物なのだ。そんな波瀾に満ちた境遇もまた、人々に愛される理由であった。

母親が絵本の最後のページを開く。剣を天高く掲げ、勝《か》ち鬨《どき》を上げているテイルレッドの絵が大きく描かれていた。

彼女の周囲では、大勢の人たちが笑顔で拍手をしている。

娘はその赤いツインテールの少女の絵をまじまじと見た後、無垢《むく》な瞳《ひとみ》で母親を見上げた。

「ねえ、ママ」

「なあに？」

「――このごほんのひと、パパにそっくり」

母親は一瞬きょとんとしたが、すぐに柔らかな微笑《ほほえ》みを浮かべ、娘の頭を撫《な》でた。

「えー、全然似てないよ～？　パパはもっと、おっきいよね？」

おどけるようにして言うと、娘がむっとかわいらしく口を尖《とが》らせる。

「パパがこのひとになったの、みたことある」

娘の舌足らずな声に確信が籠《こも》ったのを感じ、母親はやれやれと肩を竦《すく》める。

サンタクロースの正体すら知らぬうちに、もっと重大な秘密を娘が知ってしまったようだ。

二人のいるリビングで点《つ》けたままにされていたテレビに、ニュースが表示される。

リアルタイムで起こっている事件の報道であり、怪物を相手に小さな子供が戦っている映像

――そこには、絵本の表紙に描かれた赤いツインテールの少女の姿があった。

娘は、目を輝かせながらテレビの画面に食いつく。

こうなればもう、母親は観念するよりほかなかった。

「よくわかったね～」

優しい声音《こわね》で、胸に抱いた娘を褒《ほ》める。

「……そう。あなたのパパは……テイルレッド」

父は――テイルレッドは、テレビの画面の向こうでも、鮮やかなツインテールをたなびかせて空を舞っていた。

そして炎の剣を振るい、巨大な怪人を瞬《またた》く間に斬《き》り伏せ、周囲の人々の歓声を浴びていた。

絵本に描かれた物語のその先を生き、今も世界を守り続けていた。

彼が初めて変身した高校生の頃《ころ》と変わらぬ、幼い少女の姿で。

娘は未《いま》だテレビに映る映像に夢中だが……母親は優しい声音で、絵本の最後の一文を紡《つむ》ぐ。

「……テイルレッドは、これからも戦い続けるのでした」

少し寂しそうに、けれどそれ以上に嬉《うれ》しそうに、にこりと笑って。

第一章　ツインテールを撮ろう。

「俺の名前は、観束総二《みつかそうじ》。宇宙一ツインテールが好きな、ごく普通の男子高校生だ」

　自分にとっては当たり前の個人情報《パーソナル》をあえて口にしながら、俺はとあるオフィス街で歩みを進める。そして、街を埋め尽くすほど大量に出現した怪人たちの前に立ちはだかった。

「モケー」

「モケモケー」

「目の前に何百体もいる、黒ずくめの連中は、戦闘員《アルティロイド》……侵略の際に帯同される、下っ端《したぱ》の兵隊だ!!」

　あまりの数に歩道を埋め尽くすだけでは足らず、街灯にしがみついたり、路肩に停《と》められた車の上に乗ったりしながら、戦闘員《アルティロイド》たちはわさわさと蠢《うごめ》いている。

「そしてその中心に立っている……やたらとでかい筋肉質な怪人が、エレメリアン！　人々が何かを愛する心『属性力《エレメーラ》』を奪うため侵攻してきた、異世界の怪人だ!!」

今日のやつはかなりでかいな。エレメリアンは二メートル超えなんてざらにいるが、こいつはゆうに四メートルはありそうだ。

「マッシブな四肢《しし》に、頭頂には巨大な一本角《づの》。右肩から斜め掛けにした毛皮を思わせるような装甲《そうこう》。そして何より、頭部パーツの大半を占める巨大な単眼《モノアイ》。まさに神話で語られる怪力の巨人、サイクロプスを思わせるエレメリアンだな……！」

普段は心中に留《とど》め置くだけのエレメリアンへの初見の感想も、今日はきちんと口にする。

「俺は仲間たちと一緒に、こういった怪人たちの侵略から世界を……そして愛するツインテールを守るために、日々戦っている!!」

そして決意も声高に、拳《こぶし》を握り締める！

……こういう感じでいいんだよな？

「…………何を一人でブツブツ言っているのだ、少年？　確かに俺は、サイクロプスギルディという者だが……」

できれば最後までスルーしていて欲しかったが、とうとうエレメリアンに突っ込まれてしまった。

俺は照れ隠しで咳《せき》払いをし、右手首にテイルブレスを可視化させた。そして胸の前で構え、叫ぶ。

「――――テイルオンッ!!」

全身を赤い光の繭《まゆ》が包み、一瞬で弾《はじ》けた。

そうして俺は、ツインテールになる。

炎のツインテールをたなびかせる赤き戦士、テイルレッドに。

見上げる巨軀《きょく》の怪人は、驚きのあまり腰を抜かしかけていた。

こいつもテイルレッドの情報は得ていても、その正体までは知らなかったらしいな。

「うわああああああああああああああ通りすがりの少年がテイルレッドになったああああああああああああああ⁉　どうりでちょっと可愛《かわい》いと思ったぞ‼」

最後に聞こえた恐ろしい世迷い言を大地に置き去りにし、俺は走りだす。

「俺はテイルレッド！　全てのツインテールを守る戦士だ‼」

離れて俺の戦いを見守っている、大勢の一般人たち。彼ら彼女らの全幅の信頼が歓声へと形を変え、大気と俺のツインテールを震《ふる》わせる。


アルティメギルとの最終決戦から数か月。もうすぐ高校二年生の夏休みが到来しようという時節だ。

しかし春夏秋冬変わりなく、俺たちツインテイルズの戦いは続いている。

今日現れたサイクロプスギルディのように、アルティメギルという巨大組織に属していなかった野良エレメリアンや、勝手に新組織を立ち上げたエレメリアンが、引き続きこの世界に襲来してくるからだ。

そんな平常運転な日々の中にも、ちょっとした変化はある。

今日は、トゥアールの提案で戦いの最中にとあることをしていた。

俺がさっきから説明口調で喋《しゃべ》り続けているのも、そのためなのだが――。


『ここで解説入れつつ武器出してください、総二《そうじ》様！』

早速、トゥアールからの通信が入った。オペレートと言うよりは、ディレクションだ。

「変身した俺のまとっているアーマーは空想装甲《そうこう》テイルギアといってツインテールを愛する心で駆動するんだ頭部にはフォースリヴォンというリボン型のパーツがついていてそれを叩《たた》きながら念じることでブレイザーブレイドという炎の剣が出現するんだ!!　ぷぁ一息で言えた!!」

『はいもう可愛い！　その可愛さに彩《いろど》りを添えるために……私も今そっちに行きます!!』

トゥアールの通信に一抹の不安を抱《いだ》いた俺だが、説明どおりブレイザーブレイドを手にした。そのまま速攻で斬《き》りかかったが、サイクロプスギルディが手にした棍棒《こんぼう》状の大型武器で、斬撃《ざんげき》を受け止められる。

「ほほう、その小《ち》っちゃな身体《からだ》から繰り出されるとは思えぬ膂力《りょりょく》！　噂《うわさ》通りの強さだな、テイルレッド!!」

「まだまだこんなもんじゃないぞっ!!」

腕力を褒《ほ》めている割りに、気のせいかサイクロプスギルディの視線が妙に俺の脚？　下半身？　のあたりに向いているようなんだが……。

「お待たーですっ！」

さっきまでテイルギアの通信機能を通して聞こえていた声が、今度は間近で弾《はじ》ける。

「お股《また》だと!?」

トゥアールの声に大袈裟《おおげさ》に反応して振り返るサイクロプスギルディ。そんな驚く……!?

予告通り戦場にやってきたトゥアールは、ゲームのパッケージに描かれたヒロインのように諸手《もろて》を広げた大仰《おおぎよう》なポーズを決め、高らかに名乗り上げた。

「私はツインテイルズの頭脳、トゥアールちゃん♡　大きな大きなおっぱいと白衣がトレードマークの超絶美少女です☆」

颯爽《さつそう》とトゥアールがポーズを決めた次の瞬間、横合いから突っ込んできた青い影にブッ飛ばされる。

「はいはいはいはいはいはいエキストラの方は指示があるまで動かないでー」

「ぐあああああああああああああああ撮影中の不祥事!!」

「あたしはテイルブルー。レッドにちょっかい出すやつは、怪人だろうと人間だろうと容赦《ようしや》しないから、そのつもりで!!」

不祥事を隠蔽《いんぺい》するどころか認識さえせず、テイルブルーが豪快に名乗り上げた。

「ぬううう……！　その言葉がハッタリでないと、仲間を犠牲《ぎせい》にしてまで証明するとは……テイルブルー、聞きしに勝る恐るべき怪物!!」

露骨に警戒するサイクロプスギルディ。やっぱり視線がブルーの脚のあたりに向いている気がする。

トゥアールはアスファルトに突き刺さった頭を引き抜くと、めげずにポーズを取り直した。

「なんのこれしき……今日の撮影にはかなりの下準備を重ねてきたのです、まな板役者一人の暴虐《ぼうぎゃく》で台無しにされてたまりますか!!」

テイルギアで小突《こづ》かれる＝一〇〇トン以上の衝撃なのだが……。

トゥアールは白衣のポケットから大型カメラをにゅるんと取り出すと、肩に担《かつ》いで俺へとレンズを向けた。

「いいですよー幼いですよープリティーですよーきゃわわが過ぎますよー！　やっぱりツインテールを映《バ》えさせたら世界一ですね、テイルレッドは!!」

野牛の群れに跳ね飛ばされたようにボロボロになりながらも、しっかりとカメラを手にし続けるその根性、恐れ入る。

だが俺も、ツインテールを映えさせろと請われたら、本気を出さないわけにはいかないぜ!!

「任せろ！　俺は人間からも怪人からも常に写真や動画を撮られ続けてきた……そして撮られた映像を自分でも見返し続けてきた！　どう動けばどんなふうにツインテールが映るかは、

完璧《かんぺき》に把握《はあく》している!!」

「そーじはホントにそれでいいの……？」

傍《そば》にいるブルーの声が無力感で震《ふる》えているように聞こえるが、俺はとりあえずツインテール映えする動きを続行した。

「…………さて、ノルマのためにゴリラも軽くフレームに収めておきますか……はぁー気が進まないですね……」

折れ線グラフが直角に落ちる勢いで急にテンションが変わるトゥアール。

「あたしも気が進まないわよ、あんたの指示通り撮られるのは」

ブルーは露骨に溜息《ためいき》をつくと、サイクロプスギルディを守るように戦列を展開し始めた戦闘員《アルティロイド》たちをぶっ飛ばし始めた。

「とーう！」

傍にある高層ビルの屋上から飛び立ち、舞い降りてくる一筋の光。

右手と右膝《ひざ》、曲げた左足とでパワフルに着地し、左手は翼のように空へと掲げる。

前面に舞い上がった己のツインテールの奥から、不敵な笑みを覗《のぞ》かせたのは――

「テイルイエロー参上ですわっ！」

今日は発声がいつも以上に良く、活《い》き活きとしている。

「トゥアールさん、映像を編集する時はわたくしの上下を黄色い枠で挟んでくださいまし！

そして大きめのテロップで『神堂慧理那《しんどうえりな》／テイルイエロー』と入れて欲しいですわ!!」

多分それはヒーローものの O P《オープニング》映像の演出じゃないだろうか。ちょっと古めの……。

「テイルイエローは、神堂慧理那が黄色のテイルブレスの適格者となり変身したツインテイルズですわ！　雷の力をその身に宿した、重武装戦士ですの！　全身の各種武装と多彩な蹴《け》り技で華麗に戦いますわ!!」

児童誌の記事のように洗練された紹介を添えつつ、イエローはヴォルティックブラスターを装備。戦闘員《アルティロイド》たちを撃ち抜いていく。

そこまでは完璧だったのだが、俺を見てカタカタと震え始めた。

「ご主人様が映《ば》えを極めようとなさっている時に、わたくしだけ着込んでいるわけにはいきませんわっ!!」

特に意味もなく、全身の装甲《そうこう》を一挙に脱衣《パージ》するイエロー。

……やっぱり脱ぐのか。様式美をトゥアールのカメラにバッチリ収められている……。

そして、増援はまだ続く。

「煌《きら》びやかに登場、テイルブラック～♪　眼鏡《めがね》の愛で戦う戦士～♫」

イエローに続いて空から舞い降りたかと思いきや、ミュージカルのように突然歌い出すブラック。

「いつもは歌いながら戦っていなかったでしょう、あなたは!!」

「セルフ挿入歌じゃ！　後から編集で入れるよりライブ感が出るわ！　だから～戦場に歌声を響かせる～♪」

トゥアールに小言を言われながらも気にせず、ブラックはセルフ挿入歌とやらを重ねる。

しかも得意の幻術の応用か、ブラックの背後にだけ眼鏡《めがね》が大きく描かれた書き割りのようなものが出現している。

歌いながらの回転に合わせて鞭《むち》状の武器・ダークネスウィップを振るうブラック。戦闘員《アルティロイド》たちは完全に舞台の演目に出演させられたモブ扱いで、そのやられ声もモッケモッケといつも以上にハイトーンだ。

「そしてテイルシルバー♪　メガネドンの中の人～……はいない～メガネドンが変身～♫」

「どうも～」

ブラックに紹介されて前に進み出たシルバーが、トゥアールの構えているカメラに向け手を振る。そして両手の指から光弾を発射し、戦闘員《アルティロイド》を空に打ち上げていく。

さらにシルバーはバイクモード・爆走機形態《メガネストライカー》に変形し、ブラックを乗せてフルスロットル。

ブラックの歌声を戦場の端《はし》から端までお届けする。

うーん大型バイクが舞台上をかっ飛ばすミュージカルか……新しい。

「……？　…………？？」

互いの武器で火花を散らしながら俺と斬《き》り結んでいるサイクロプスギルディだが、次々に登場しては大仰《おおぎょう》に自己紹介していくツインテイルズたちを見て、怪訝《けげん》な表情を浮かべている。

さすがにそろそろ俺たちの挙動に疑問を持ち始めたようだ。

シルバーの後ろから、いつもは補欠を自称している桜川《さくらがわ》先生――アナザーテイルブルーもひょっこりと姿を現した。

「私はアナザーテイルブルー。かつては〝切れたナイフ〟のようにところ構わず婚姻届《こんいんとどけ》を配っていたが、今は観束《みつか》……えーとテイルレッドに主に求婚している。つまり結婚の戦士だ」

俺からすれば、今でも切れたナイフなんですが……。

「むむううう、さっきから息つく間もなき自己紹介の連撃！　貴様ら一体何を……はっ!?」

そこでサイクロプスギルディは、ようやく気づいた。このオフィス街に、不自然なほど無数のドローンが飛んでいることに。

「そう。今この戦闘は、数百のカメラドローンによって撮影されています!!」

不敵に腕組みをするトゥアールの周囲を守るように、数十基のドローンが集まってきた。

トゥアールが出したり仕舞ったりしているMYカメラは、予備のおまけに過ぎないのだ。

「いつも迷惑かけられてばかりなんです！　今日はあなたたちに、ツインテイルズの思い出作りの礎《いしずえ》になってもらいますよ、サイクロプスギルディ!!」

「えっかなりガチめの撮影してるの!?　馬鹿《ばか》っそれを早く言えっ！　俺にも決め顔というものがある!!」

あるのかよ……。

サイクロプスギルディは人間が髪を手櫛《てぐし》で整えるようにして、頭の角《つの》を撫《な》でている。

「要するに俺たち、今日は普段の記録映像とは違う、特別な動画を撮ってるんだ」

「むしろ光栄なのだが⁉　俺をバンバン映せ！　そしてお前の思い出にしかと刻め、テイルレッド‼」

そこまで言われるとむしろ、一緒のフレームに収まりたくなくなってくるんだが……。

「モケ」

「モケッ」

「……モケ……‼」

「「「「モケー」」」」

戦闘員《アルティロイド》たちが扇形に隊列を組み直し、各々カメラを意識したポーズを取っている。

こいつらにも撮られるならかっこつけたい、っていう本能はあるのか……。

「よし、ならば俺も自己紹介のやり直しだ！　ええっと、ンワ、我《わ》が名ハァン、サイクロプスギルディ‼　手にするこの武器は――」

「あ、この動画は別にエレメリアンは誰《だれ》でもよかったので、特に自己紹介とかしてもらわなくて結構ですよー」

「そんなあ⁉」

「モケ⁉」

せっかく決めようとしていたところにトゥアールから無慈悲に制止を突きつけられ、その巨大な肩を落とすサイクロプスギルディ。と、一斉に隊列が崩れる戦闘員《アルティロイド》たち。

俺たちが回りくどい自己紹介や説明を交えながら戦っていた理由は、今サイクロプスギルディに説明したとおり。この戦闘を特別な映像の一部として保存するためだ。

話は、先週にあった会議へと溯《さかのぼ》る――。

◇

異世界をわたり歩き、勝手気ままに侵略と簒奪《さんだつ》を繰り返してきた属性海賊《ぞくせいかいぞく》・エレメパイレーツ――プロメテウスギルディの襲来に端を発した一大決戦、『ツインテール大戦』からしばしの時が流れた、とある日。

放課後に出現した野良エレメリアンとの戦闘を終えた俺は、地下基地へと帰投した。

コンソールルームに入ると、中にはトゥアール、愛香《あいか》、母さんの姿が。

メインモニターには早くも先ほどの戦闘映像を流している報道番組が映っており、トゥアールが思案顔でそれを見つめていた。

「総二《そうじ》様……私、思ったんです」

椅子《いす》を回転させて俺に向き直り、トゥアールは腿《もも》の上で両手を組んだ。

「こういう記録を、もっと私たちツインテイルズ公式《オフィシャル》が積極的に残し、そして発信していくべきだと!!」

「こういう記録……って」

モニターに目をやる。ちょうどエレメリアンを撃破した俺の元に女の子が殺到している様子だった。映像を見て愛香《あいか》は眉《まゆ》を顰《ひそ》め、母さんは逆に鼻歌でも歌い出しそうなほどニコニコしている。

「こういうの……?」

「こういうの、です!!」

戦闘現場が女子校の近くだったからか、ギャラリーは女子高生ばかり。彼女たちは俺の身体《からだ》を触ってきたり、抱きついてきたり……。正体が男だと全世界に知られてしまったのに、こういった無防備なスキンシップが止《や》まないのは何故《なぜ》だろう。

あっ。その場では気づかなかったけど、俺のツインテールを抱き締めて自撮りしてる娘《こ》がいる。

「これまでもトゥアールは衛星とかを使って、俺たちの戦闘を全部記録してたんだろ? 今になってどうして……」

メモリ
ル・ツインテー

露骨に訝《いぶか》しむ俺を勢いで押し切ろうとしてか、トゥアールは立ち上がって平手でモニターを示した。

「単に戦闘映像を撮影するのではなく……意図して、思い出の映像集として記録していくんです！　映画のように構成を組んで、その通りに自分たちで振る舞う！　ツインテイルズのセルフドキュメンタリーです!!」

「あたしは別に構わないわよ。面白そうだし」

俺が返答をする前に、愛香《あいか》がすんなりと了承した。

「……まあ愛香さんは最近SNSにドハマりして承認欲求のゴリラと化しているので、反対しないと踏んでいましたが……きっと慧理那《えりな》さんたちも賛成するはずです!!」

「言ってなさいっての。昨日《きのう》あたしとそーじが一緒に下校してる自撮りアップしたら、三〇〇いいねついたんだから」

「その前のテイルレッドの投稿が楽々と一〇〇〇万いいね超えてる時点で自分の写真の需要のほどを認識してくれませんか!?」

いつものようにトゥアールと口喧嘩《げんか》を始める愛香だが、口調が穏やかだ。かなりこの提案に前向きなんだろう。

慧理那がこういう企画に反対する図が見えないし、カメラ慣れしているアイドルのイースナはむしろノリノリで参加しそうだ。俺はどうしようか……演技って苦手なんだよな。

俺が色よい返事をしないからか、トゥアールは不意に神妙な顔つきに変わった。

「エレメパイレーツの一件で、私たちは人間の記憶……思い出の持つ力の強さを知りました」

人間の心のみならず、記憶をも奪うプロメテウスギルディを相手に、俺たちは苦戦を強《し》いられた。こいつの能力のせいで世界中の人々からツインテイルズの思い出が消えてしまうと知り、悲壮な決戦に臨《のぞ》んだ。

しかしその戦いで俺たちの後押しをしてくれたのは、他ならぬ世界中の人々が持つツインテイルズの思い出。光輝く記憶が属性海賊《エレメパイレーツ》の奸計《かんけい》を打ち砕き、俺たちに力を与えてくれたのだ。

「……ツインテイルズのことをこの先もずっと覚えていてもらえるよう、私たちでやれることをやっておきたい。それが、この企画を立ち上げた理由です!!」

トゥアールはその一件から、ツインテイルズの情報をさらに積極的に発信していこうと決意したようだ。

「なるほど。そういうことなら、俺も反対する理由はないよ」

「母さんも一度、こんなふうに総《そう》ちゃんの成長記録をしっかり撮っておきたかったの！　渡りに船だわ!!」

いや……こんなふうにと言われても、今モニターに映ってるのは俺であっても総ちゃんじゃないんだが……。

「つまりこれからの戦いでは、記録映像になることを意識して立ち回るってことだな？」

トゥアールは満面の笑みで頷《うなず》くと、モニターの画面にプレゼン資料を表示した。

そのタイトルページには、大きな文字でこう書かれていた。

「名付けて『メモリアル・ツインテール』です!!」

◇

そんな打ち合わせをしていた矢先、このサイクロプスギルディが戦闘員《アルティロイド》の大軍勢を引き連れて襲来。トゥアールは絶好のチャンスだと、『メモリアル・ツインテール』の撮影をすべく全ツインテイルズに号令をかけたというわけだ。

あの場では反対する理由はない、と言った俺だが、懸念もあった。

怪人の侵略を待望しているようで少々気が引けるし、そもそも余裕を出して戦闘をこなして何か事故があったりすると大変だ。

けれど俺は何より、トゥアールの思いを尊重したい。プロメテウスギルディとの戦いで一番つらかったのは、彼女だったはずだ。自分が起《た》ち上げたツインテイルズ……その記憶の全てが、失われていく様を目の当《ま》たりにすることになったのだから。

二度とツインテイルズの思い出が世界から消えないよう、自分たちのやれることを全てやってておきたい――それがトゥアールの願い。

その願いのために俺のツインテールが役立つというのなら、大いに映《バ》えさせてみせるさ。

ウェイブメイスを振り回し、戦闘員《アルティロイド》を打ち据《す》えていたアナザーブルーだが、突如《とつじょ》、謎《なぞ》のモノローグを添え始めた。

「私が新郎と初めて出逢《であ》ったのは、お嬢様が初めて怪人に襲《おそ》われた日だった……その時はまだテイルレッドの正体を知らなかったな。後の夫だなどと、思いもしなかったよ」

少し離れた歩道から、トゥアールがアナザーブルーへと抗議する。

「余計なアテレコしないでください！　企画の趣旨《しゅし》わかってるんですか⁉」

「要約すると結婚式で流すビデオだろう。がぜん気合いが入るな‼」

「どこの異次元経由して要約したんです⁉」

トゥアールは愕然《がくぜん》としているが、アナザーブルー……桜川《さくらがわ》先生はかなりやる気だ。俺的にはがぜん困ったことになってきたぞ。

「……ふぅ～む……」

俺と戦っているサイクロプスギルディ、さっきから気もそぞろにツインテイルズメンバーの方へ視線を送っているのだが……それも決まって、下半身に。

こいつなりにカメラを意識しているんだろうか……？

そんな些細《ささい》な疑問を吹き晴らすかのように、ポップな星が雨のように周囲に降り注ぐ。

桃色の光条が空にアーチを描き、それを滑り台にして、空の彼方《かなた》から小さな女の子がやって来た。

瞬《また》く間にマジカルに彩《いろど》られた戦場に、愛らしい声が響いた。

「みんなー、注目ーっ！　テイルピンク、ロロリー参上だよーっ!!」

ピンクを基調とし、白と黒のラインと大量のフリルがあしらわれた、カラフルなドレス。手にした愛らしくデコレーションされたピンクのステッキ。そして大きなリボンに彩られた、ふわっと柔らかそうなツインテール。

魔法少女戦士・ロロリーも遅れて参戦し、カメラドローンに決めポーズを捉《とら》えさせていく。

「いくよ、ツインテールウィップ!!」

ステッキをかざすと同時にツインテールが伸長し、意思を持ったように戦闘員《アルティロイド》たちへと向かっていく。ピンク色の光に包まれ、マジカルに薙《な》ぎ倒されていく黒ずくめたち。

「ツインテールビームッ☆」

続いてロロリーが前方に突き出したステッキと連動するように、彼女のツインテールが砲塔《ほうとう》のように頭と垂直に立ち上がった。毛先に光が集束し、一気に発射される。

ロロリーは自分の故郷の異世界で常に民衆の目を意識して戦っていただけあって、「画《え》になる」登場と戦闘はお手のもののようだ。

この世界に逗留《とうりゅう》してしばらくの間は、本来のアイドル気質を封印してアピールも遠慮《えんりょ》しがちだった姉妹姫だが、今じゃすっかり吹っ切れたみたいだな。

「おーし、ここで真打ち登場ってか!!」

最後に、一際《ひときわ》活き活きとした声が戦場に轟《とどろ》いた。

それも演出のうちなのか、不死鳥のオーラが空から舞い降り、人の形を取る。

「ポニーテールは世界を繋《つな》ぐ架け橋！　太陽の戦士、テイルフェニックス見参!!」

渦《うず》を巻くように舞うポニーテールも煌《きら》びやかに、颯爽《さっそう》と名乗り上げるテイルフェニックス。

彼女の全身を取り巻く不死鳥を形取っていた炎が、名乗りと同時に飛散。周囲の戦闘員《アルティロイド》たちを吹き飛ばす。

度《たび》重なる増援に慣れ始めていたサイクロプスギルディも、彼女の圧巻の登場にはさすがに目を見張っていた。

「ああっ……やっぱり登場時の口上があると強いですわっ……!!」

豪快な登場を果たしたフェニックスを見て、イエローが羨《うら》ましそうにしている。

現在は変身できないトゥアールを含めて、ここに九人のツインテイルズが全員集合した。数だけは多い侵略者など、もはや敵ではない。

「ほれ、さっさとやっちまいな、レッド！」

強者と見れば真っ先にかかっていくフェニックスまでもが物わかりよく雑魚《ざこ》散らしを引き受

けているのには、理由がある。

大軍勢の侵攻、絶好の映像素材だとはいっても、撮影は今日一回だけで終わりではない。

何度か戦闘を撮影し、メンバーそれぞれが映える編集をして初めて、思い出の動画『メモリアル・ツインテール』が完成するのだ。

「レッドー！　このあたりで最強形態に変身どうぞ!!」

「わかった!!」

トゥアールがいつの間にか手にしたメガホンを振って指示してきている。

撮影はトゥアールの考えた構成に任せると決めている。今回の戦闘はテイルレッドを主体にしようという流れだ。

「ツインテイルオン!!」

胸の前で両腕を交差させ、裂帛《れっぱく》の気合いとともに振り抜く。

全身に装甲《そうこう》が加積され、ツインテールにさらなる輝きが灯《とも》った。

「テイルレッド・アルティメットチェイン！　俺自身のツインテール属性を可逆変化させた進化装備《エヴォルブアームズ》・ツインテイルブレスの力で進化した、究極のツインテールを超えたテイルレッドの姿！　今のところ俺が持つ中で上から三番目くらいに強い形態だ!!」

「さっきあの白衣の少女は最強形態になれと言わなかったか!?」

サイクロプスギルディのツッコミがツインテールに染《し》みる。

「スムーズになれる形態の中じゃ最強なんだよっ！　テイルレガリア──────ッ!!」

仲間たちが倒している戦闘員《アルティロイド》の声がモケーモケーと響く中、俺は双房戦闘支援機《ツインテールアーマー》を召喚。

ブレイザーブレイドと合体させ、究極双房剣《そうぼう》・テイルカリバーを完成させた。

あ、このあたりも自分で口にした方がよかったのか？

ドキュメント動画？　の撮影って難しいな……。

さらに強化された俺の剣を受け止めたサイクロプスギルディの足が、アスファルトを砕いて地面に沈む。

「サイクロプスギルディ！　俺は戦ったエレメリアンの属性を必ず覚えておくようにしている……お前の属性は何だ!!」

「えっ……言うの……？」

「ああ」

サイクロプスギルディは棍棒《こんぼう》を自ら蹴《け》り上げて俺の剣を弾《はじ》くと、何故《なぜ》かもじもじし始めた。

そういやさっきトゥアールに自己紹介を止められた時も、真っ先に属性を言わなかったな。

「………………鼠径部属性《グロオイン》……。人体の、鼠径部《そけいぶ》が好き」

きゃっ、言っちゃった、というような仕草で身体《からだ》を掻《か》き抱《いだ》き、こっちをチラチラ見てくる四メートル近い大男。

「そけいぶ……？　何だっけ」

保健体育か何かの授業で聞いたことがあったような。人体の、ってことは、身体《からだ》のどこかなんだろうが。

「えーっ知らぬのか⁉　鼠《ねずみ》の径《みち》の部位と書いて鼠径部《そけいぶ》だぞ‼」

書き方を教えられても全然連想できねえ……喉《のど》かどこかか？

「うーむ中身は少年だがやはり無垢《むく》な幼女か！　……ちょっと『鼠径部ってどこ？』と俺に聞いてくれぬか」

「……鼠径部ってどこ？」

「はあああああああああああああああ力が漲《みなぎ》る……‼」

やばい、反射的に鸚鵡《おうむ》返ししちゃったけど、何かサイクロプスギルディの全身から炎のように闘気が溢《あふ》れ出しているぞ。

「じゃ、じゃ、じゃ、じゃあ、おおおおおお前に指差して教えてよいか？　ラインをなぞる感じで……いや直接はふふ触れないから！　ふ、ふふふふふ」

「え、別にいいけど……」

やけに口籠《くちごも》るのが気にかかるが、どの部位か教えられるぐらいなら別にいいか……。

「よおおおおおおし俺は今この瞬間のために生まれてきたのだ‼」

恐ろしく闘気を高めながら俺に歩み寄ってくる……かと思いきや、急に気をつけの姿勢で地響きを上げながら倒れ込むサイクロプスギルディ。そのままの姿勢で反転して腹ばいになると、ヘビのようにうぞうぞと俺の足元目掛けて這《は》い寄ってきた。

だから「鼠径部」ってどこだよ、と俺が訊《き》き返そうとすると、サイクロプスギルディは俺の太股《ふともも》……のもう少し上のあたりをじっと見てきた。

「いやはやこれは何とも……もうちょっと脚閉じてくれるといいかなー。あ、ふーん、なるほど、パワーアップすると鼠径部覆《おお》い布が黒から赤になるのね、うんうん、テイルレッドだもんね、うんうん……」

妙に鼻息荒く独り言を繰り返すので、さすがに俺も気味が悪くなってきた。

「鼠径部覆い布……？？」


「────俺はパンツをそう呼んでいる」


サイクロプスギルディがいやに男前な顔でそう断じ、人差し指をすっと持ち上げた瞬間。

「うおらああああああああああああああああああああ!!」

空の果てがキラリと光り、ウェイブランスを逆手に構えたブルーが急降下してきた。

慌《あわ》てて転がり、奇襲を回避するサイクロプスギルディ。

「ぬおおおお腹ばいでリラックスしている者の顔面に容赦《ようしゃ》無く槍《やり》を突き込んでくるとは!?」

さっきまでサイクロプスギルディの顔面があった場所を、ウェイブランスの穂先が貫いている。パワフルだけどやってることは忍者みたいな暗殺稼業のそれなんだよな、ブルー……。

「ッ……いいわけないでしょ!!」

「え、どれのこと!?」

ブルーの必死の訴えが何のことかわからず、俺は反射的に聞き返した。

「指差して教えていいか！　の！　ことよ！　危《あ》っぶなぁ、モケーが多すぎて駆けつけるの遅れたあっ!!」

戦闘員《アルティロイド》も多いし、俺が中心になってエレメリアンと戦うっていう段取りだったから、ブルーは駆けつけるのを躊躇《ちゅうちょ》してしまったようだ。それでも見ていられなくなったようだが。

「今日はあたしが積極的にエレメリアンボコれないんだから、自分で危機感持って！　こいつら変態なのよ!?」

なんてストレートな危機啓発なんだ……。

ブルーはこれ以上ないくらい嫌悪感丸出しで顔を顰《しか》め、立ち上がりかけていたサイクロプスギルディの肩を踏み付ける。

「手とか脚とか尻《しり》までなら、駄目でもギリわかるとして、鼠径部《そけいぶ》!?　アホじゃないのあんた、アホじゃないの!?」

「うおっ!?　やけに手慣れた挙動!?　貴様これまで何度エレメリアンを足蹴《あしげ》にしてきた!!」

数えきれんな……。

ブルーが始めた無慈悲なストンピングに、他のツインテイルズたちも続々と参加表明をしていく。

「わらわの眼鏡《めがね》はごまかせんぞ！　貴様、視線でレッドの鼠径部の輪郭をなぞりおったなこのドドド変態が!!」

「んもお、せっかくかっこいい映像が撮れていましたのに、台無しですわ!!」

「お嬢様の晴れ舞台に下卑《げび》た笑みを混入させおって！　リテイクしろ!!」

ブラック、イエロー、アナザーブルー。

「一年がかりでとある殿方に剝《む》き身の鼠径部を何度見せつけても頰染《ほお》める程度の反応しか返ってこなかったとある超絶美少女の気持ち考えたことあるんですか!?」

「わーいロロリーも踏むー!!」

仕舞いには今は非戦闘員のトゥアール、とりあえずノリでやっときます的なロロリーまで加わって、全方位からストンピングの集中砲火だ。

サイクロプスギルディもいよいよここまでか、と思われたが――

「ハハハハハハハハハハハハハ踏めい！　踏むがいいツインテイルズども！　全周を鼠径部に囲まれてむしろ元気が湧《わ》いてくるわ!!」

逆に、嬉々《きき》としてストンピングを受け容《い》れていた。ぎょっとして飛び退《すさ》る一同。

「ふむ、もう終わりか？」

豪快に笑い捨て、のんびりと立ち上がるサイクロプスギルディ。

「野良エレメリアンのくせに、アルティメギルの幹部級の戦闘力を有しているようですね……というわけで私はもう少し離れた場所から指示と野次を入れます!!」

トゥアールは華麗なバク転で距離を取り、再度カメラを構えて撮影に戻った。

確かに。並のエレメリアンなら、ブルー一人が足蹴《あしげ》にしただけで爆散しているはず……こいつ、けっこう強いぞ！

「俺は鼠径部《そけいぶ》をたんと見るために、ひとり異世界をわたり歩いているのだ……ヤワな肉体《からだ》では務まらんよ!!」

拳《こぶし》で胸を叩《たた》き、頑強さをアピールするサイクロプスギルディ。

ブルーはこれ以上ないほど嫌悪感を露《あら》わにして眼《め》を細める。

「今さらそんな目で見られても蚊ほどにも効かぬわ。俺は同僚のエレメリアンたちの揶揄《やゆ》に辟《へき》易《えき》し、自らアルティメギルを出奔《ぬけ》たのだからな!!」

ブラックが呆《あき》れ顔で見る。

「そりゃ、女のお股《また》をじっと見るだけのエレメリアンなんて、同僚からも呆れられるわ」

「だからお股と呼ぶな！　股そのものはどうでもよいわ!!」

要するに、鼠径部って股のあたりのことを言うのか。そりゃ、男の俺の感覚じゃよくわからないが、愛香《あいか》たちは嫌な顔をするわけだ。

しかし自主的に組織を脱退して今まで生きてこれたんだから、強いのも当然か。

「それに、別に女だけとは限らんがな!!」

腰に手を当てて大笑するサイクロプスギルディ。

………変身する時こいつが男の俺に対して捨て残した言葉がふと脳裏を過《よぎ》り、全身に寒気が走った。

「貴様たちは属性を大雑把《おおざつぱ》に括《くく》りすぎるぞ。鼠径部の神髄《しんずい》は場所ではなく、その滑らかなラインにある！　俺は曲線美を愛しているのだ!!」

曲線への愛か。それはツインテール愛にも通ずるものがある。俺はしばし耳を傾ける。

「世界中の数学者が……いや、学生も含め数学を学ぶ者全てが、曲線グラフを見る度《たび》に鼠径部のことを連想するはずだ!!」

巨人《サイクロプス》だけあって主語もでかい……。

「おあつらえ向きに聴衆がいる以上、真実を浮き彫りにしてくれるぞ！　はい、この中でティルレッドの鼠径部を眺めたい者手ぇー挙げて!!」

唐突に話題を振られ、ぎょっとして狼狽《うろた》えるギャラリーたち。拳を衝《つ》き上げたポーズのまま固まっていた男性が、一拍置いて慌《あわ》てて腕を引っ込めた。

さすがに誰《だれ》一人として手は挙げていない。

「……ってなんであんたが挙手してんのよ!!」

「眺めたいからもふぁ!!」

真顔で挙手した白衣の女の子が空高く打ち上げられたのが視界の端《はし》に見えた気がするが、早《はや》業《わざ》過ぎてサイクロプスギルディもそれを一カウントと数えられなかったようだ。

「ふん、どいつもこいつもお行儀のいいやつらよ……どうせお前らも本音ではテイルレッドの鼠径部《そけいぶ》が見たいくせに!!」

サイクロプスギルディの怒号《どごう》が、びりびりと空気を震《ふる》わせる。断罪されているような気分になっているのか、誰《だれ》も声を上げられずにいる。

「他者に嫌われるのがいやで本心を隠し、性癖を秘する……つまらん! つまらんぞ人間ども! もっと自分の中にある愛を大事にするがいい!!」

ブルーなどは呆《あき》れて言葉を失っているが、周囲の人たちはサイクロプスギルディの演説にどこか思うところがあるように感じられた。俺にはそう見えた。

強さやタフさだけに目がいっていたが……このサイクロプスギルディ、元々アルティメギルに所属していただけある。野良エレメリアンにしては珍しく、堂々と属性への愛を語るやつだ。部位が部位だから肯定はできないが、その点に関しては快《こころよ》くもある。

「ううう、全員出撃にピッタリな敵かと思いきや、困った感じのヘンタイさんでしたね……どうしましょう……」

困惑するトゥアールの眼前を炎の旋風《せんぷう》が吹き抜け、大気が爆裂。衝撃波が波紋となって広がる。

波紋の中心にいたのは、サイクロプスギルディへと斬《き》りかかったフェニックスギルディだった。メガ・ネと同じくストンピングには参加していなかったが、攻撃の機会を窺《うかが》っていたようだ。

「むっ……!!」

驚くよりも先に、戦闘本能でフェニックスの速攻を防御したサイクロプスギルディ。

「自分の中の愛を大事に！　その点についてては同感だけどな……」

フェニックスは巨人の棍棒《こんぼう》にパワー負けすることなく、斬りつけたフェニックスラッシュシューターの刃《やいば》を押し込んでいく。

「人間をドン引かせんのはやめとけ！　そいつぁちっとばかりダセェぞ!!」

「フン、髪型の属性ならかっこいいのか!?　反逆者風情《ふぜい》が偉そうに!!」

「髪型だからとかは関係ねえ！　俺様の愛するポニーテール属性だからこそ、超かっこいいんだよっ!!」

フェニックスはマフラー型のパーツを伸ばして足払いをかけ、浮き上がったサイクロプスギルディに零距離から銃形態のフェニックスラッシュシューターを乱射する。

「空高く飛んじまえば、股《また》なんざ見えねえだろ！」

「ご無体なあああぁ!!」

連なった火炎弾によって空高く打ち上げられていくサイクロプスギルディ。

「レッド！　動画の締めはアレで決まりだっ！」

「よし！」

俺はフェニックスの意図を即座に察し、必殺技の体勢に入る。

「俺様の完全解放《ブレイクレリーズ》!!」

フェニックスは銃剣両特性を備えた変形を果たしたフェニックスラッシュユーターに、巨大な炎の刃《やいば》を形成させた。

「完全解放《ブレイクレリーズ》！　テイルカリバー、究極装塡《アルテイメットモード》!!」

テイルカリバーの刀身が黄金の輝きに包まれ、万物を二つに断つ光波剣が天を衝《つ》く。

俺とフェニックスは阿吽《あうん》の呼吸でそれぞれの巨大剣を同時に振りかぶる。

テイルカリバーとフェニックスラッシュユーターに、ツインテールとポニーテール――対極の炎が漲《みなぎ》り、そして結び合っていく。

「「フェニックスブレイザ――――――――ッ!!」」

黄金の光波剣がさらなる灼熱《しやくねつ》をまとい、巨大な鳳凰《ほうおう》を象《かたど》った斬撃《ざんげき》となって猛然と飛翔《ひしよう》した。

「テイルレッド……お前に敗れるのなら悔いはない！　だがこれだけは覚えておけ！　お前が女神過ぎるあまり、この世界の人間たちは――」

最後まで言い終えることなく、サイクロプスギルディは鳳凰の炎に呑《の》み込まれていった。

そして地上でも仲間たちが残った戦闘員《アルティロイド》を残らず掃討《そうとう》し、周囲で次々に爆炎が立ち昇っているところだった。

「へへん、撮れ高バッチリだ!!」

フェニックスラッシュエーターを一旋させて肩に担《かつ》ぎ、自身の眼前に飛来してきたカメラドローンに向かって勝利のVサインを送るフェニックス。

「何でおまけ枠のあんたが一番目立ってんのよ!?」

「ははは、アドリブってやつだ！　いい映画にはつきもんだろ!?」

「俗なことばっか覚えて……!!」

ブルーもあまり強くは諫《いさ》めていない。かつては自分の属性を他者に押しつけるばかりだったフェニックスのこういう変化が、嬉《うれ》しくもあるのだろう。

「ヴォルティックッ！　ジャッジメントォ―――――――……ぉを撃つ敵がもういませんわ―――っ!?」

あまりに映《バ》えにこだわりすぎたせいで敵の有無すら確認せず必殺技の体勢に入っていたイエローが、目標を見失っていずこかへとカッ飛んでいく。

「ここで善沙闇子《いいすなあんこ》の新曲！　『眼鏡《めがね》と夏休み』!!　楽しい夏を彩《いろど》るポップな一曲じゃ！　この後動画サイトでMVを公開するので、そっちもよろしくな～～～～!!」

そしてブラックから善沙闇子の姿へと衣装替えしたイースナが、戦闘終了から間髪《かんはつ》容《い》れずにゲリラライブを敢行している。

自分が手にしたカメラの映像を再生していたトゥアールだったが、カメラ付属のミニモニターを見つめる表情は優れない。

「鼠径部《そけいぶ》フェチが相手じゃなきゃ、けっこういい感じに撮れてたんですが……まあいいでしょう。これから素材をどんどん追加していけばいいんです!!」

が、すぐに気持ちをポジティブに切り替えた。

俺は周囲の人々の歓声に向けて手を振りながら、帰還の準備を始める。

「この『メモリアル・ツインテール』で、たくさんの人が笑顔になるといいなぁ～」

メガ・ネの言う通り。最初から最後までハチャメチャな戦闘だったけど……激しい戦いの日々が終わり、平和を勝ち取った後が今なんだ。余裕を持って望むのも悪くないと思えるようになってきて、それは今日の戦いを経て確信に変わった。

俺たちツインテイルズのことを、どうやって次代に伝えていくか。

これからは、そんなことを考えていくのも悪くない。

ただ一つ。サイクロプスギルディが今際《いまわ》の際《きわ》に言い残そうとした言葉の先が、少し気になってしまっていた。

『テイルレッド、お前が女神過ぎるあまり、この世界の人間たちは――』

◇

そこは薄暗く、埃《ほこり》まみれの部屋だった。

一〇畳程度の広さの部屋を覆《おお》い尽くすかのように、無数の機械が散乱している。

壁の一面は大型のモニターが設置されているが、ところどころにヒビが入っている。残り三面は、隙間《すきま》もないほどコンピューターが敷き詰められていた。

床には径の異なる無数のケーブルが走り、ガラクタのような機械部品も散乱しており、足の踏み場もないとはこのことだ。

天井の電灯やコンピューターのランプが点滅していて、電気は何とか通っているのがわかる。しかし肝心の壁一面のコンピューターは、それしきの電力では賄《まかな》えないのか、稼働している様子はない。

廃棄された研究所のような、物悲しい雰囲気の一室だった。

窓のない部屋を、轟音《ごうおん》が包む。外は雷雨であり、かなり近い場所に……あるいはこの一室がある家屋そのものに、雷が落ちたようだ。

瞬間。

壁のコンピューターは鈍い音を立てながら起動し、壁の大型モニターにも光が灯《とも》った。

砂嵐のような映像が表示され、続けてニュースやバラエティ番組といった公共放送が立て続けに映った後。最後に表示されたのは、一人の幼い少女だった。

『俺はテイルレッド！　全てのツインテールを守る戦士だ‼』

〈ガガ……ピー……〉

再生されている映像は、ツインテイルズとサイクロプスギルディとの戦闘──『メモリアル・ツインテール』の一幕だ。

〈ツイ……ツインテール……〉

前時代的な電子合成音で、コンピューターが「声」を発し始める。

〈ツインテール……ツインテール……ツインテール……ツインテール……〉

繰り返し繰り返し、ツインテールとだけ唱《とな》える。

それだけを繰り返し、数十日が過ぎた。


『俺はテイルレッド！　全てのツインテールを守る戦士だ‼』

〈ツインテール……マモル……テイルレッド……〉

そして一年が経過する頃《ころ》には、コンピューターはツインテールを学習していた。

小学生がパソコンの授業の最初に習うプログラムすら走るか怪しいような、壊れかけのコンピューターが。確かに、人工知能を形成し始めていた。

〈テイルレッド……カワイイ……ツインテール……ツヨイ……〉

無垢《むく》な赤子が、両親の呼びかけから言葉を学ぶように。他者との触れ合いによって、自我を形成してゆくように。

〈テイルレッド……タタカウ……エレメリアン…………ツインテールデ……〉

古ぼけた一基のコンピューターは、純粋に、純真に、ただひたすらに学習し——

ツインテールＡＩという自我を持ち始めていた。

第二章　いまのツインテール。

虚《うつ》ろな意識の中で、ぼんやりとしたものが像を結んでいく。

どこかの、誰《だれ》かの家の中……リビングだろうか。周囲が霞《かす》んでいて、広さはわからない。

テーブルの上に、何かが置かれている。桃太郎や浦島太郎、シンデレラ……これは、絵本？

お母さんが娘を抱っこし、絵本を読み聞かせてあげようとしているようだ。

天井から俯瞰《ふかん》するようにして、俺はそんな優しい光景を見つめていた。

母娘《おやこ》の顔は窺《うかが》えない。しかし、二人ともにツインテールであることは見て取れる。それだけで、胸が温かくなっていくのを感じていた。

シンデレラの絵本を手に取る母親。娘が首を振っている。やれやれと肩を竦《すく》めながら、母親が次に手を伸ばした絵本は――

「いやぁ、その胸でシンデレラバストと呼ぶのはいかがなものか、テイルブルー！　ちょっとシンデレラに申し訳が立たぬな、はっはっは!!」

陽気な声が耳を打ち、俺ははっとして急激に意識を取り戻した。

慌《あわ》てて周りを見ると、そこはどこかのイベント会場、その駐車場だった。数名のギャラリーが、離れてこちらを見ている。

続いて、御伽《おとぎ》の住人に謝意を口にした本人が視界に入った。巨大な二枚貝から頭部と四肢《しし》が生えたような見た目のエレメリアン。えっと……そう、シェルギルディってやつだ。そいつが、ブルーの凍《い》てついた瞳《ひとみ》の向こうで高笑いをしている。

何てこった。俺は戦闘中に白昼夢を見るぐらい、ぼーっとしてしまっていたのか。

トゥアール発案の『メモリアル・ツインテール』の撮影は続いている。

今日は午前の授業中にエレメリアンが出現したため、最初は唯乃《ゆの》やロロリーなどの学生組ではないツインテイルズに出撃を頼もうとした。そして、映像の素材になるように戦ってもらえればさらによいと。

しかし現れたこのシェルギルディが微乳……胸に関する属性のエレメリアンだと知った瞬間、愛香《あいか》は放たれた矢のような勢いで教室を飛び出していった。

俺も心配になって後を追い、こうして現場にやって来たというわけだ。それなのに、ここまで呆《ほう》けていたら世話がないぜ。

よく誰《だれ》かの精神世界に繋《つな》がり、意識を失う体質（?）の俺だが、戦闘中にそれが起こるのは珍しい。俺は自らのツインテールをきゅっと握り、気合いを入れ直した。

トゥアールはまだ基地に着いていないらしく、通信は聞こえてこない。

到着早々言い争いを始めたブルーとシェルギルディだが、男の俺には胸の話は恥ずかしいので、聞き流すことにしている。それでぼーっとしてしまい、あまつさえ白昼夢を見たのだろうか。

その中で最後に少し聞こえたのは、ブルーが「あたしの胸はシンデレラバストっていうのよ」と反論したことぐらいだった。なにやらシェルギルディに否定されてしまったようだが……。

「アルティメギルを壊滅させたお前たちツインテイルズのデータは、しっかりと閲覧させてもらった。テイルブルー、お前は胸の属性を持つエレメリアンを見るや、悪鬼羅刹《あっきらせつ》へ変貌するらしいな!!」

「お前、それを知っててわざわざ来たのか!?」

俺は危なく「わざわざ死にに来たのか」と言いかけたが、そんなむごいことはさすがに口にできない。

まあ、この手のエレメリアンを前にブルーが殺気全開になるのは、通常営業だから置いておいて。俺が気になるのは、このシェルギルディのスタンスだ。

微乳……つまり小さい胸の一種だと思うが、そんな属性でありながら、ブルーにシンパシーを感じている様子が無いのだ。

そしてそれは、ブルー自身も気がかりだったようだ。

「擂《す》り潰《つぶ》す前に聞いておいてあげるわ。微乳属性《ミニマムバスト》って何なのよ……貧乳属性《スモールバスト》とどこが違うの？」

「だよな。似た属性のクラーケギルディは、ブルーにプロポーズまでしていたのに……」

俺がついうっかりそう言ってしまったせいで……

「思い出させないでよ――――――――っ!!」

ブルーが頭を抱《かか》えて蹲《うずくま》ってしまう。ごめん、変な記憶を掘り起こしてしまった。

意思表示だろうか、貝の装甲《そうこう》をカパカパと開閉しながら、シェルギルディは不満げに腰に手をやる。

「そういう大雑把な括《くく》りが一番嫌なのだ！　いいか、貧乳は貧しいと書くように、ほぼ無い……満たされなき小ささ、哀愁の美だと俺は思っている！　一方微乳は、ちょっとあるから嬉《うれ》しい！　文字どおり、微《かす》かな希望を尊《とうと》ぶものだ！　スタンスの違いは明確ではないか!!」

全く明確じゃない、難解すぎる……。だけどこいつも属性の分類には一家言あるんだな。

「あっそ、じゃあ相容《あいい》れないってことでいいわね」

「待て！　もう少し俺の話を聞け!!」

「何？　あたしはエレメリアンの命乞いなんて、ただの一度も聞き入れたことないわよ」

マジだから困る。

「お前は俺の期待していた乳ではない。だがそれでも、小さき乳は小さき乳！　尊重されるべきだと俺は思う！　俺たちは同志だ、仲良くしよう!!」

「はぁ？　大雑把《おおざっぱ》に括《くく》られたくないんでしょ!?」

予想もしない発言だったのだろう、ブルーが怪訝《けげん》な表情を浮かべる。

「だからと言って敵対する必要はない！　アルティメギルという組織では戦士の成長を期待してか、あえて属性を対立させることもあったほどだが、今は違う!!」

少なくともリヴァイアギルディとクラーケギルディは本気で喧嘩《けんか》していたが、そうやって士気の向上に努めていたりもしたのか。戦士間で競争意識を持たせる意味もあったのだろう。

シェルギルディは拳《こぶし》を握り締めて熱弁する。

「俺たちはもっと自由に属性を語るべきだ。これからは、属性力《エレメーラ》の多様化の時代なのだ!!」

ブルーのこめかみと口端《くちは》がひくついている。

しかし、多様化か……。髪型の属性も、長さ一つ取っても種類がけっこうある。胸の大きさの属性だって、二極端だけじゃなく様々あるということなんだろう。

「確かにお前の乳はまるで無い……。初見で軽くビビったのも事実だ。全異世界に轟《とどろ》く貧乳だと資料で知ってはいたが、実物を目の前にしたら『えっ、マジのやつじゃないっすか』と引いてしまったことを、ここに告白する」

『敵ながらなかなかの快男児ですね！　その女は最近ＳＮＳでいいね喰い《イーター》の怪物と化している

ので、この機会に懲《こ》らしめてやってください!!』

そして絶対後で懲らしめられることが経験則でわかりきっているのに、オペレートで煽《あお》るのを我慢できないトゥアールこんにちは今基地に着いたんだね。

「俺がイラストレーターであったなら、お前のイラストを描く時はその都度『こんなに小さくていいのかな』と小一時間苦悩することだろう……。初期設定からしてバグっていたとしか思えぬ貧乳だ」

エレメリアンが念仏を唱《とな》え始めたので、俺は周りの様子を探る。

右を向いてブルーに視線を戻すと、エターナルパッドを手にしていた。

「はっきり言ってお前のそれは貧乳ではなく無乳だと思うが、貧乳だと言い張るのならそれも受け容《い》れよう！　その寛容さが属性力《エレメーラ》の多様化に繋《つな》がるからな!!」

左を向いてブルーに視線を戻すと、パッドをアンダースーツの中に超高速でスロットインしていた。

「パッドを入れてもその惨状……！　テイルブルーよ、お前の貧乳としての矜持《きょうじ》、しかと見た！　貧乳と微乳、スタンスの差こそあれ、同志として心ゆくまで語り明かそう!!」

明らかに格下のエレメリアン相手に、初手《しょて》エターナルチェイン。

テイルギアも強化され、ブルーの殺気も強化された。

「ところで『無乳』って、言葉の響きは柔らかそうなのに現実はクソ硬い真っ平らなの、皮肉だとは思わぬか?」

『ウプ――――――ププププ、なかなかセンスのある煽《あお》りをするエレメリアンですね、私もそう思ってました!!』

エレメリアンに同調してもう一人の仲間も念仏を唱《とな》え始め、俺は頭を抱《かか》える。

ギャラリーがブルーとエレメリアンからかなり距離を取っているのは、この後の展開が予測できているからかもしれない。

「…………」

ところがブルーは目を閉じ、静かに佇《たたず》んでいた。

ほっ、思い過ごしだったか……。さすがに世界中に正体が知られた今、獣性に任せて暴走することはそうないだろう。

何より俺たちは今、次代へ語り継ぐ大切な思い出を映像に残そうとしているんだからな。

「よしブルー、そのエターナルチェインの解説をしながらかっこよく戦いを――」

などという俺の希望を嘲笑《あざわら》うかのように、ワンテンポ空《あ》けて再び見開かれたブルーの双眸《そうぼう》は、血よりも凶々《まがまが》しい赤に染まっていた。

「貧乳貧乳うるせえええええええええええええええええええええええええええええええ!!」

アーカイブ音声のような変わり映えのない叫びが天地に木霊《こだま》する。

そこからは速かった。試合開始のゴングと同時にテイクダウンを狙《ねら》い鋭いタックルを見舞う総合格闘家めいた動きで、シェルギルディをグラウンドに引き倒したブルー。

あとは、ただただ地獄だった。脱出不可能な死のマウントポジションで、一方的な暴虐《ぼうぎゃく》が繰り広げられる。

しかもエターナルチェインで殴《なぐ》っているので、威力がやばい。

突き抜けた衝撃が駐車場のアスファルトに広がって亀裂《きれつ》が入り、イベント会場のビルが地響きに侵される。

「逃げてー！　みんな逃げてー!!」

俺の避難誘導に従い、ギャラリーたちが整然と立ち去っていく。蜘蛛《くも》の子を散らすようなパニックになっていないのは、間違いなく、途中からこうなると予測していたんだろう。

「タスケテ……タスケテ……」

ボコボコに殴られながら反撃することすらできず、俺に助けを求めてくるシェルギルディ。

俺たちのデータを見てきたんだろ？　同じ目に遭ってきた幾多のエレメリアンたちが遺《のこ》した情報を、どうして活《い》かせなかった……？

いたたまれなくなった俺が手を伸ばすと同時に、大爆発が巻き起こってしまう。

間に合わなかった……。

爆炎の中心で、鬼のシルエットがゆらりと起き上がる。

煙が晴れる頃《ころ》、ブルーは拳《こぶし》を震《ふる》わせていた。

「いつまで続くの⁉　こんな虚《むな》しい戦いが……！　あたしたちは、平和を手に入れたはずじゃなかったの……⁉」

膝《ひざ》から崩れ落ち、両拳《りょうこぶし》を地面に叩《たた》きつけるブルー。アスファルトにさらなる亀裂《きれつ》が入り、俺の足元まで伸びてきた。

それは俺が聞きたい……。

奇《く》しくもブルーのその画《え》は、ドキュメンタリーとしてはこれ以上ないドラマチックな一コマだった。これも俺たちの思い出映像に追加され、次代に語り継がれるんだろうか——。

◇

その日の放課後。ツインテール部部室に集まったのは、俺とトゥアール、そして精根尽き果てた面体の愛香《あいか》の三人だった。

長机の上に、微乳《ミニマムバスト》属性の属性玉《エレメーラオーブ》が転がされる。

愛香は手の平からこぼしたその菱形《ひしがた》の宝石を見て、大仰《おおぎょう》に溜息《ためいき》をついた。虚《うつ》ろな目が、壁際に設置されているテレビに向けられる。午後の大衆向け報道番組だ。

『テイルブルーが大暴れです』

世界を揺るがす凶悪事件でも報道するような厳《おごそ》かな面持《おもも》ちで、女性キャスターが告げる。

その声音《こわね》に負けぬおどろおどろしいテロップが画面に踊り、ブルーが目を血走らせて怪人をボコ殴《なぐ》りにしている模様が、若干ぼかした映像で放映された。

軽くモザイクをかけないと、午後のお茶の間にお届けするには刺激が強すぎるという判断だろう。

『テイルブルーは確かに世界を救った英雄の一人です。が、暴れだした時の危険性は過去の栄光とは別個に考えるべきです』

『そして、その線引きは簡単ではありません。ここは市民の安全第一で、きっちり猛獣として認識させるべきでは？』

『レッドたんは今日も可愛《かわい》いですね』

あとは、スタジオで激論が繰り広げられる。

今一度、テイルブルーについて考えるべきではないか……と。

昔と違って、そこまで理不尽なレッテルを貼られているわけでもない。とはいえやはり、テレビを観る愛香の顔は優れない。

「授業中にわざわざ出撃して、世界の平和を守って帰ってきてみればこの仕打ち……」

「だから言ったじゃないか、唯乃《ゆの》かロロリーに任せようって」

ツインテイルズも今や大所帯だ。それぞれの生活に支障がないよう、出撃ローテーションもフレキシブルに変更している。

唯乃《ゆの》はうちの喫茶店でバイト中だったかもしれないが、学生が授業を中断して出撃するよりは融通が利くはず。問題は、雑魚《ざこ》のエレメリアン相手じゃつまらないとか言って戦ってくれない時がよくあることなんだが。

「胸関係の属性のエレメリアンは残らずあたしがブッ潰《つぶ》すって決まってるのよ。この役目は誰《だれ》にも譲れないわ……」

「そ、そうか……じゃあしょうがないよな……」

というか、テイルブルーの活躍を記録に残そうとしたら、そこは避けては通れない命題だしな。

胸関係のエレメリアンは絶滅させたいが、胸関係のエレメリアンと相対すると理性を失い、人々に恐れられる獣《けもの》と化してしまう——孤独なダークヒーローのアンビバレンツだ。

『今日はテイルレッドたんが避難誘導してくれましたが、我々《われわれ》一人一人が危機意識を持って行動することが重要です。スタッフは、テイルブルーの被害者にインタビューをしてきました』

スタジオのモニターには、「暴れている時のテイルブルーに出会ったら」というフリップが表示されていた。また台風の時期の啓蒙《けいもう》みたいな扱いをされている……。

モニターにインタビュー映像が表示され、山奥で被害者がマイクを向けられていた。

『山の中でテイルブルーに遭遇したことあるクマ……怖かったクマ……僕の方が死んだふりしちゃったクマ……』

被害者は、体長二メートルを超える野生のクマだった。

「誰よあのクマはああああああああああああああああああ!!」

精根尽き果てて机に突っ伏していた愛香《あいか》が、力を振り絞って立ち上がる。

「別にやらせってわけじゃないんだし、いいじゃないですか。実際山中で愛香さんに遭遇したら、クマも死んだふりするでしょうし」

インタビュー映像は誇張した吹き替えだとしても、愛香に倒された野生の熊《くま》が何頭もいるのはれっきとした事実なんだよな。

「あたしにビビって死んだふりするなら、野生のクマの軟弱化が深刻なだけよ!!」

野生のクマに厳しい時代だ……。

もはや怒りを持続させる気力もないのか、尻餅《しりもち》をつくように椅子《いす》に座り直す愛香。

「少しずつイメージが改善されてきたと思ったのに。一体いつまで、こんな扱いが続くんだろ……」

「愛香さんがいつまで経《た》っても変わらないのがいけないんですよ！　今日も戦闘から戻って教室に入ってきた瞬間、先に帰ってた私を鷲摑《わしづか》みして校庭に槍《やり》投げしたじゃないですか!!」

それを見たクラスメイトが「あれがエグゼキュートウェイブって技か」ってボソッと呟《つぶや》いて

たな。ちょっと違うよ。

「あたしだって変われるなら変わりたいわよ……。何が悲しくて、今さらあんなワンパンで倒せるような雑魚《ざこ》相手に世界中に恥さらさなきゃいけないの……」

じゃあワンパンで終わらせてあげてよ……。シェルギルディが俺に助けを求める顔、今日の夢に出てきそうなんだが。

「そう焦《あせ》るなって。報道だって、昔に比べればだいぶマイルドになってきてる。一般人がテイルブルーに感謝しているのは間違いないんだ」

俺にできるのは慰《なぐさ》めの言葉をかけることだけだが、これは本心だ。

「……どっちかというと俺は、エレメリアンの変化の方が気になるかな」

「変化、ですか？」

「この前のサイクロプスギルディの持論も含めて、エレメリアンたちが以前より自己主張が強くなってきてるっていうか……のびのびとしているというか……」

「それはあいつらが、野良エレメリアンだからってだけのことじゃない？」

要領を得ない俺の言葉に、愛香《あいか》がぴしゃりとかぶせてくる。トゥアールもそれに続いた。

「アルティメギルだって大概自由にやらせていたでしょうけど、それでも規律はありましたしね。ダークグラスパーのような処刑人に、処刑部隊までいて、組織の構成員たちに睨《にら》みを利かせていましたし」

「だから変化っていうか、そういうやつらが前面に出てくるようになった……要するにこれからのあたしたちの相手は、より自己主張の強い変態が増えるってことでしょ」

「うーん……」

愛香やトゥアールの言うことにも一理あるが、本当にこれは組織所属が減ってフリーのエレメリアンと対峙することが増えたせいなんだろうか。

同僚にすら距離を置かれる属性を持った戦士は、今までもたくさんいた。ノーパンとかな。でもそういう連中は快く思われない属性であることを自覚し、それをバネにして強くなっているように感じられた。だから強力な軍団になるほどその傾向が多かったんだろうしな。

最近の敵は属性を雑にまとめるな、とか属性の多様化の時代だ、とか声高に主張していて、似ているようでちょっとした差異を感じる。

「三日後——夏休みの二日目ですね、ツインテール部の部室にロリちゃんズたちも含めて部員全員集まることになってますし、その時にみんなで話し合いましょうか」

「そうだな」

トゥアールの提案に俺も賛成した。全員の予定が合うのが最短でその日なのだが、これまでの経験からしてエレメリアンの些細《ささい》な変化は何かの予兆であることが多い。

軽く流さずに、しっかりと話し合っておくべきかもしれない。

控えめなノックの音が聞こえた後、慧理那《えりな》が部室に入って来た。後ろに桜川《さくらがわ》先生も控えている。

「観束《みつか》君、少しお時間よろしくて？」

「今から？」

「ええ。夏休みに入る前に、選挙について打ち合わせを」

「ああ、選挙か。わかった」

俺、観束総二《そうじ》。どうやら二学期の生徒会選に、本当に出馬することになりそうなのだった。

最初に慧理那から提案されたのは、けっこう昔だ。その頃《ころ》は冗談だと思って聞いていたが、戦いが終結し、新学期を迎え、あれよあれよという間に現会長の慧理那と選挙活動について話すまで事態が進んでしまっている。

慧理那は生気の無い顔の愛香《あいか》を見て、深刻な話をしていると勘違いしたようだ。

「もし作戦会議中でしたら、もう少し後でも……」

「いや大丈夫、一緒に行くよ。愛香、トゥアール。今日はこれで部活終わりにしようか」

どの道そんな気力もなかったのか、愛香は項垂《うなだ》れるように頷《うなず》いて立ち上がった。

「……じゃあ、先帰ってるわね……」

とぼとぼと歩いていく愛香の胸……じゃなかった、背中か、背中が寂しそうだ。

ツインテールも悲哀をまとって揺れている。

トゥアールは俺を一瞥《いちべつ》して微笑《ほほえ》むと、胸を揺らしながら愛香の後を追った。

「相変わらずお前は、ツインテールばかり見つめているな」

桜川先生が、苦笑交じりに俺の肩を叩《たた》いてきた。

「生徒会長を務めていくには、ツインテール以外にも視野を広げなければ駄目だぞ」

俺も思わず苦笑いを浮かべる。

「心配ありませんわ、尊《みこと》。ツインテールに意識の大半を費やしていても、他も何とかできてしまう。それが観束君ですもの」

慧理那に太鼓判《たいこばん》を押されるが、自分ではまだちょっと自信がない。

他に何も見えないくらいツインテールにばかりこだわっていた時期もあったけど、今の俺はツインテールを最大限に愛しつつ、他の属性にもしっかりと理解を示せている……と、思っているのだが……。

「…………?」

ふと違和感を覚え、自分の尻《しり》に手をやる。

先ほど苦言とともに叩かれたのは肩なのに、制服の尻ポケットに折り畳《たた》まれた婚姻届《こんいんとどけ》が入っていた。相変わらず、マジックのような早業《はやわざ》。

桜川先生の婚姻届スキルは、まるで錆《さ》び付いちゃいないようだな。

桜川《さくらがわ》先生は慧理那《えりな》の一歩後ろに控えているので、俺と慧理那で並んで廊下を歩く。

まばらに校舎に残っていた生徒たちが、俺たちを見てひそひそ話をしている。

「やっぱり、あの二人が一番お似合いだな〜」

「……観束《みつか》君と神堂《しんどう》会長が結婚したら、生まれてくる子供もツインテイルズになるのかな？」

「ツインテールのサラブレッドだよねー」

「————!!」

俺は聞こえなかったが、慧理那は生徒たちのひそひそ話が聞こえたようだ。思いきり息を呑《の》んだ後、目に見えてわかるくらいはぁはぁしだした。

「ききき気が早い話ですわねあぁでも早くないかもしれないですわねあわわわわわ」

慧理那は両手で顔を覆《おお》い、いやいやをするように頭《かぶり》を振り乱す。

ふふふ慧理那が首を振る度《たび》に宙を舞うツインテールが俺に当たるよ。

「——観束君の子供も……ツインテールが大好きなのでしょうね……。ふふ……」

ツインテールの感触を堪能していた俺は、慧理那の幸せそうな呟《つぶや》きに気づかなかった。

◇

総二《そうじ》を見送ってから、愛香《あいか》とトゥアールは二人で学校を後にした。

会話らしい会話もなく、並んで通学路を歩いていく。

「……」

「………」

妙に湿っぽい空気に耐えられなくなり、トゥアールが自嘲《じちょう》気味に切り出す。

「私と愛香さんの二人だけで下校すると口数が少なくなるの、何かリアルですよね。友達の友達同士の距離感的な……」

「もうそこまで余所余所《よそよそ》しくはないでしょ!?　ちょっと考えごとしてただけよ!!」

「今日のニュースのことでクマ？」

「や、それはもう気にしてないわよ」

トゥアールのさりげない語尾をスルーし、愛香は足を止める。曲がり角を指差し、

「ちょっと、寄ってかない？」

通学路を少し外れたところにある大きめの公園に、トゥアールを誘った。

遊具スペースのブランコに二人並んで座り、どちらからともなく緩慢に揺らす。

しばらく鎖の擦《こす》れる音だけが響いていたが、会話の端緒を開いたのはまたもトゥアールだった。

「私たち、二人並んでブランコ漕《こ》いでていいんでしょうか……」

「何よ、高校生にもなって恥ずかしいって?」

「いや、そういうことじゃなくて……総二《そうじ》様とイチャイチャする慧理那《えりな》さん見た後に、このムーブはいかがなものかと……」

「?」

トゥアールは「フラれたヒロインがよくやる行動」であることを危惧《きぐ》しているのだが、愛香《あいか》はそれに思い至らないようだった。彼女はラブコメ漫画をよく読んでいるが、失恋シーンは記憶に残らないのかもしれない。

「今さらそーじが会長と一緒にいるから嫉妬《しっと》……って段階じゃないんじゃない、あたしたち。それよりも気にすることあるでしょ?」

呆《あき》れ顔で地面を蹴《け》る愛香。彼女の座るブランコは、ただの一蹴りで九〇度近くまでスイングした。

「そーじが生徒会長になったら、ツインテール部に顔出す時間減るかもしれないのよ?」

やっと愛香の悩みに合点《がてん》がいったのか、ああ、と頷《うなず》くと、トゥアールも控えめにブランコを漕《こ》ぎ出す。隣では愛香のブランコがビュンビュン唸《うな》りを上げている。

「確かに。現実味帯《お》びてきましたね、総二様が生徒会長になること」

「夏休み終わったらすぐ選挙でしょ? 推薦人は会長だし、ほぼ確《かく》かなあ」

「総二様が立候補した時点で、対抗馬になろうって人もそういないでしょうしね。あるいは逆に、テイルレッドたんと一緒に選挙戦したって思い出作りのために出馬するとか」

後者はむしろけっこうな数が出そうな気もするが、思い出作りのためであれば選挙活動もおざなりなものになるだろうし、票も集まらないだろう。やはり、総二の優位は揺るがない。

愛香は地面に足を着いてブランコに急ブレーキをかける。

「そーじが生徒会長かあ……。なんか、遠くに行っちゃった気がするなぁ……」

ささやかな万感の呟《つぶや》きが、黄昏《たそがれ》の涼風に吸い込まれていった。

大好きな幼馴染《おさななじみ》の男の子が、少しずつ、しかし着実に変わっていっている。もちろんそれは嬉《うれ》しいことだが、幾許《いくばく》かの寂しさが胸を包むのも事実だ。

複雑な面持《おもも》ちで空を仰ぐ愛香に、トゥアールは少しだけ拗《す》ねたように反論する。

「遠くに……って、総二様はいち学校の生徒会長どころか、この地球……いえ、全次元において一番認知度の高い人間なんですよ。今さら悩みがマイクロ過ぎませんか？　愛香さんの胸のように」

「そうだけどさ……ほら。わかるでしょ、ニュアンス」

「それは、まあ、わかぁああああああああああああああ!!」

愛香に背中を押された勢いで、トゥアールのブランコが高速で数回転する。ツッコミが時間差で油断していたので、トゥアールの悲鳴も迫真だ。

ぼそっと付け加えられたものでも貧乳に関してならば聞き逃《のが》さない、愛香の耳《アイカイヤー》はまさにハンターの耳だった。

「あんたの言うとおりかもね、トゥアール。そーじはどんどんすごくなってくのに、あたしは一年前と何も変わっていない。エレメリアンすら変わっていってるって言われたもんだから、なおさらいろいろ考えちゃってさ……」

「何か、のびのび変態してるって感じですしね。野良エレメリアンって」

胸の裡《うち》にあった靄《もや》を、言葉にして吐露《とろ》する愛香《あいか》。総二《そうじ》にはできない相談事がある時、それを話せるのは何だかんだといってトゥアール以外にはいなかった。

「そっちは最近どう、何か変わった？　自分のツインテールのこととか……」

梁《はり》に巻き取られて鎖が短くなったブランコに座って揺れながら、トゥアールはか細い息を漏《も》らす。

「まだまだ先は長そうですね。ツインテール大戦のデータも活用して研究を進めていますが、一番の鍵《かぎ》であるテイルホワイトへの変身が全くできませんから」

「そっか」

「なのでちょっと、別のアプローチも試してみようかと」

詳しくは語ろうとしなかったが、とにかくトゥアールは懸命に努力しているようだ。

愛香は目を伏せ、ふうっと大きく息をつく。

周囲に触発され、とにかく何か変わらなければと焦燥《しょうそう》感を覚えている自分。

明確なゴールがわかっていながら、なかなかそこへ辿《たど》り着けないトゥアール。

どちらも、一方《ひとかた》ならぬ悩みだ。

年頃《としごろ》の女の子同士らしい、仄《ほの》かな青色を帯《お》びた穏やかな空気が、二人を優しく取り巻いていた。

だがその平和な空気が、辺り一帯……いや地球そのものごと、得体の知れない不気味な生ぬるさを帯び始めたことなど、二人は知《し》る由《よし》も無い。

愛香は自分の身体《からだ》をそれまでの涼風とは異質な、生温かい風の膜のようなものが突き抜けていった気がした。さらに、目眩《めまい》にも似た眠気を覚え始めた。

それは難しいことを考えすぎたせいだろうと、さして気に留《と》めなかったのだが――

「…………」

ブランコに座ったまま不随意運動《ジャーキング》を起こし、愛香は思わず座面から滑り落ちそうになった。

「うわ、寝落ちしかけてた!!」

「私もです……むしろ長い時間ぼーっとしてたような……珍しく愛香さんとマジ話した反動ですかね」

「何よ、あたしといると時間を忘れるってこと?」

「そういう意味じゃありません!!」

同時に考えこむ二人。

「何の話してたんだっけ?」

「えっと……総二《そうじ》様が生徒会室に連れ込まれて、エロいことをされるのではと……」

全く違うが、トゥアールはそこで何かに思い当たったように、腕組みをして考えこんだ。

「オーケーオーケーひらめきトゥアール!!」

そして奇妙な造語とともに手の平をポン、と叩《たた》く。

「ツインテール生徒会ですよ!」

「はい?」

「総二様が会長になった暁には、生徒会メンバー全員ツインテール部で固めればいいんですよ! 生徒会室も私がツインテール部部室みたいに簡易基地に改造します!!」

「あんた何言って――――ありね……!!」

反論しかけた愛香《あいか》だったが、よく考えるとそれで今の悩みが一つ解決する。トゥアールにしては真っ当な提案だ。

「愛香さんは堅物のくせにエッチなことに興味津々《きょうみしんしん》の風紀委員長でいきましょう」

「生徒会メンバーじゃないじゃない!!」

愛香の突っ込みを華麗に躱《かわ》し、ブランコから飛び下りるトゥアール。

「ぼーっとしてる間に日が暮れてます、早速帰って総二様に聞いてみましょう!!」

「わかった!」

愛香は、トゥアールの下りたブランコに目をやる。涼しい顔で張り手一発、猛烈な勢いで逆回転させて巻き取られた鎖を元に戻すと、公園を後にする。

気味の悪い生温《なまぬる》い空気は、辺りからすっかり消えたようだった。

◇

総二たちの住む街から遠く離れた、日本のとある地域。

雲よりも遥《はる》か上空で、巨大な何かが蜃気楼《しんきろう》のように揺らめいていた。

シルエットだけ見ればツインテールに見えなくもない、巨大な建造物——それはかつてドラグギルディの部隊がこの世界に進出してきた、移動戦艦に似ていた。

エレメリアンは侵略する世界に直接移動戦艦を出現させず、次元の狭間《はざま》に停留させることで前線基地とする。

このように空にうっすら見えることすら、本来であればあり得ないことだった。

戦艦の内部。操縦室で、一体のエレメリアンが巨大なモニターを睨《にら》んでいる。

何故《なぜ》わざわざ、人間世界に戦艦の姿を晒《さら》すような真似《まね》をしたのか……疑問を抱《いだ》く同僚や部下の姿は、この操縦室の中には見当たらない。

獅子のたてがみのようなパーツで彩《いろど》られた頭部以外は黄土色のローブに覆《おお》われており、全貌《ぜんぼう》は窺《うかが》い知れない。一つわかるのは、その精悍《せいかん》な面《おもて》が万感に満たされていることだった。

モニターには眼下の街並みと、それを分析した詳細なデータが映し出されている。

特に、何年何月何日というごくありふれた情報が、最重要機密かのごとく仰々《ぎょうぎょう》しく表示されていた。

「…………ついに、ここへ辿《たど》り着いたか……!!」

重々しくそう呟《つぶや》いたエレメリアンがコンソールパネルのスイッチを押すと、移動戦艦は蜃気《しんき》楼《ろう》の中にかき消え、ようやく次元の狭間《はざま》に沈降していった。

モニターが消えて一番の光源を失った操縦室は、仄《ほの》かな闇《やみ》に包まれる。

エレメリアンは、自身の左半身だけを煌々《こうこう》と照らし続けている壁面に向き直った。

一〇平方メートルはあろう壁一面全てが一台のコンピューターであり、搭載された無数のランプがそこかしこで断続的に点滅している。ところどころわざとらしく配線が剝《む》き出しになっており、液晶画面には忙《せわ》しなく文字列が表示されている。

それはあたかも大昔に夢想された、未来のスーパーコンピューターの想像図を思わせた。

人類の数世代数十世代先を行く超科学を擁する、異世界の怪人であるエレメリアンが所有するには、あまりにチープな見た目だった。

しかしエレメリアンは、その一見チープな大型コンピューターに、全幅の信頼を湛《たた》えた視線を送っている。

「ご苦労……しかし、本番はこれからだ」

〈ツインテール〉

無数の光点が煌《きら》めく壁が、返事をするように電子音声を鳴らした。


エレメリアンは操縦室を後にし、禍々《まがまが》しい模様で壁を装飾された廊下を歩いて行く。やがて一つの部屋に辿り着き、巨大な扉を開けた。

エレメリアンが厳《おごそ》かに足を踏み入れたその部屋もまた、かつてドラグギルディ部隊とそれに合流した多くの部隊の戦士たちが愛を語り合った、秘密基地の大ホールと全く同じだった。

「諸君、時は来た――今こそ我《われ》らの大望を果たす時！」

エレメリアンが諸手《もろて》を広げ、声高に宣言すると同時。薄暗い大ホール内に、光点が次々と輝き始める。

それは大ホールに集っていた、無数のエレメリアンたちの双眸《そうぼう》だった。

観束総二《みつかそうじ》・ツインテイルズの守った世界に再び、夥《おびただ》しい数の変態たちが押し寄せようとしていた――。

◇

慧理那《えりな》との選挙の打ち合わせを終えて帰宅した俺は、家の喫茶店の前で同じくちょうど帰ってきたところらしき愛香《あいか》とトゥアールにばったり会った。

「先に帰ったんじゃなかったのか？」

俺が尋ねると、トゥアールは一瞬目を泳がせた後、

「愛香さんと公園に寄って、ちょっとツインテールについて語り合ってました」

「そっか、それじゃ時が経《た》つのを忘れるのも無理はないな!!」

納得の理由だ。

家で宿題をやっている途中、ふとツインテールについて考え始めると、あっという間に数時間経っていたりすることもザラにある。

ツインテールが時間泥棒——とはよく言ったものだ。いや、俺しか言ってないけど。

「全肯定そーじいいわよね……理解のある彼クンって感じ……」

「トゥアルフォンを仕舞ってください早速何を投稿しようとしているんですかこのSNSモンスターは!!」

何やら愛香のスマホ操作を止めようとしているトゥアールに先だって、俺は喫茶店の中に入る。

「お……？」

もうすぐ夕飯時だというのに、客の姿が一人もない。不思議に思って出入り口のドアを見直すと、「準備中」の札がかかっていた。

「準備中になってる。珍しいな」

準備中とあるが、母さんやたまにバイトをしている唯乃《ゆの》の姿もない。

今や世界中の変人が集まるこの喫茶店は、何だったら店主の母さんが留守でも集まった客によってセルフで営業される謎《なぞ》システム。誰《だれ》もいない店内を見るのは、かなり久しぶりだ。

事情があるのだろうが、客がいないのなら活用させてもらおう。

「せっかくだし、ちょっと休んでいこうか」

俺が窓際の席を示すと、トゥアールがにやけだした。

「いい声でいい台詞《せりふ》がさらっと出てくるのが総二《そうじ》様の素敵なところですね……気持ち的には私はホテルのエントランスで部屋選んでます」

「そのまま魂《たましい》だけどっか行きなさい！」

愛香はトゥアールを小突《こづ》いて、その窓際の四人掛けテーブル席に座らせる。

俺はカウンターに入って手を洗い、珈琲《コーヒー》豆の袋に手を伸ばした。

ここでアルバイトをしている唯乃に触発され、俺もいろいろ店の仕事を覚えてしまった。豆の挽《ひ》き方だって今はちょっとしたものだ。

三人分の珈琲《コーヒー》を淹《い》れ終え、トレイに載せて席まで運ぶ。

「っていうわけで、さっきトゥアールと考えたんだけど——」

席に着くや愛香《あいか》たちからツインテール生徒会について提案され、俺はにわかに驚きを隠せなかった。

「ちょうどさっき、慧理那《えりな》とその話もしてきたんだよ。生徒会役員は生徒会長の指名制だから、もし当選したら、俺がメンバーを選ぶといいって」

「会長……やっぱり抜け駆けする気なんてなかったんだ……!!」

愛香は目を輝かせ、祈るように手を組んでいる。

「愛香たちもそう考えてくれてたのは心強いよ。二人さえよければ、是非一緒に生徒会に入ろう」

「私は生徒会に入りますし総二《そうじ》様は私に入りますしでハッピーエンドですねごふおぁ!!」

立ち上がって万歳をするトゥアールの脇《わき》腹に、愛香の手刀が突き刺さる。

「いやー夏休み明けが楽しみになってきたわ!!」

「逆に夏休みの予定がまだ決まってないんだよな、ツインテール部の合宿の内容とか……」

俺がそう言うと、トゥアールは脇腹を軽く撫《な》でただけで致死性の手刀のダメージからリカバリーを果たし、ピッと人差し指を立てた。

「三日後のツインテール部全体会議で、その辺一気に決めちゃいましょう！　それに学校生活の模様も、『メモリアル・ツインテール』に残しておきたいですしね!!」

夏休みと、夏休み明けの後の学校生活。いろいろなことが決まってきて、わくわくする。

去年はアルティメギルとの戦いで精一杯の日々だった。

今も戦いは続いているけど……桜川《さくらがわ》先生の言うような、周りに目を向ける時間的余裕ができ始めていると思う。

これから少しずつ、そして確実に、俺たちの生活は変化していくんだろうな。

ふと、俺のツインテール感――ただの五感の上位感覚器官のようなものだ――に微《かす》かな反応があり、店の奥に目を留《と》める。

「あ」

俺たちの席とはちょうど直角に位置する角席に、赤いコートを着込んだ客（？）が一人、座っていた。

コートの前面にはポップなツインテールのマークが印字されているが、そのツインテールが包帯を巻いているように見える。

気のせいかこちらをちらちらと見ているようだが、フードに覆《おお》われて表情は窺《うかが》えない。

アルティメギル四頂軍《しちょうぐん》・神の一剣《ゴー・ディアア・ソード》の戦士は、揃《そろ》ってあんな感じでフード付きのマントを羽《は》織《お》って正体を勿体《もったい》つけていたんだよな。

(変だな。表に準備中って出てるのに)

俺は念のため出入り口のドアに視線を送る。準備中の札は外にかかったままだ。

テーブルに湯気の立つカップがあるのを見ると、俺たちが気づいていなかっただけで初めからいたんだろう。今のこの店なら、準備中に客が出入りしていようと何の不思議もない。

あの出で立ちだって、ここの客層からすれば全然大人しい方だし。

……と、そこまで考えて、俺は吹き出しそうになった。

何となくデジャブを感じたがそれも当然、トゥアールと出逢《であ》ったその日に同じようなことがあったのだ。

大切な記憶だ――今でも昨日《きのう》のことのように思い出せる。

それはまさに俺にとっての、『メモリアル・ツインテール』の一幕だ。

「ん」

「あら？」

愛香《あいか》とトゥアールも、店内に客がいたことに気づいたようだ。

コートの客はどこからか新聞紙を取り出すと、すでに隠れている顔をさらに覆《おお》うように眼前に広げていた。

その新聞紙に指で穴を開け、奥からくりっとした瞳《ひとみ》が覗《のぞ》く。

昭和だ。

ベタすぎて口から砂が出そうだ………あの日と同じように。

懐《なつ》かしいな。

変な人だから目を合わせないようにしよう——なんて、愛香と示し合わせたりしたっけ。

大方あの客は、俺がテイルレッドに初めて変身した日にあったことを母さんから聞いて、真似《まね》してみたくなった、といったところだろう。

そう思った矢先、客は新聞紙を畳《たた》んでテーブルに置き、立ち上がった。

そのまま帰る……ことはなく、こっちに向かって歩いて来て、俺の真横に立った。

「……相席よろしいですか？」

女性の声だった。フードでくぐもっているが、結構若いぞ。

「待て待て待て待てぇ!!」

反射反応のように、愛香が大声でツッコんだ。

「はい？」

立ち上がり、自分を睨《にら》みつける愛香に怯《ひる》むことなく、その客は首を傾《かし》げて笑う。

「誰《だれ》よ、あなた!!」

「おかまいなく」

「かまうわよ！」

「こちらの方に用がありますので」

コートの客は、しなやかな細指を揃《そろ》えて俺を示してきた。

「あ、やっぱ俺なんだ」

「そーじ、反応薄いわよ！　変人には初手《しょて》から全力でツッコまないと、つけ上がる一方でしょうが!!」

「リアクションが淡泊だとボケた側もきついので、何とぞ元気よくお願いします!!」

苦笑する俺に、愛香《あいか》とトゥアールが駄目出しをしてくる。

「ありがとうございます、愛香さん、トゥアールさん。一度やってみたかったんです、これ」

コートの客に名前を呼ばれ、愛香とトゥアールが目を白黒させる。俺たちの名前は、この世界中の誰《だれ》が知っていても不思議はないのだが……。

客はフード付きのコートの襟《えり》を掴《つか》むと、大仰《おおぎょう》に脱ぎ捨てる――かと思いきや、襟元にあるスイッチを押しただけだった。

見えないジッパーが円状に開けられるようにして、赤いフードの左右に穴ができた。

中から、鮮烈なツインテールが飛び出してくる。

「何ッ……ツインテール展開ギミックだと!?」

まるで拘束具を外したように躍動的に弾《はじ》けるツインテールを目《ま》の当たりにし、俺は思わず歓声を上げる。

そして一連のやり取りだけでなく、そのツインテールもまた強烈な既視感を伴っていることに気づいた。

太陽の光を凝縮したような、鮮やかな赤のツインテールは――

「…………ソ……ソーラ!?」

見紛《みまが》うはずもない、ソーラのそれだった。

「はい、そうです。私、ソーラ・・・・ソーラです!!」

まるで、ツインテールだけで誰かわかるか、俺を試していたかのように。

少女は今度こそコートを脱いで天井高く放り捨て、その全貌《ぜんぼう》を露《あら》わにした。

赤いツインテールに続き現れる、くりっとした瞳《ひとみ》、整った鼻梁《びりょう》に、健康的な桃色の唇《くちびる》。透き通るような肌。

着ている服は白と、黒に近い青、ピンクっぽい薄い赤を基調とした、フリルとリボンたっぷりのもの。

胸の下をベルトで強調していて、腰はコルセットでラインが引き立っている。

ショートブーツは少し厚底で、やはり大きなリボン付き。

その賑やかな服装に負けない煌《きら》めくツインテールは、毛先から房の半ばほどまで、カラフルなメッシュが入っている。青、白、黄、黒……パッと見では数え切れない色数だ。

全体的に、出で立ちが派手だな……。

「えへへ、一度やってみたかったんです、このシチュエーション」

はにかむ少女と裏腹、愛香《あいか》とトゥアールは言葉を失っている。

まさにその少女は、女神ソーラと生き写しだった。

違いといえば派手な服装とツインテールに入ったメッシュぐらいだが、そんなオシャレだけでは説明がつかないほど、彼女のツインテールは俺の記憶の中のツインテールと重ならない。

似ているが、決定的に違う。

「いや……何かが違う。ソーラだけどソーラじゃない……女神ソーラじゃないなら、君は一体……!?」

「だから私は、ソーラですよっ」

少女は後ろ手に組むと、ツインテールを揺らしてはにかんだ。

「私の名は観束双愛《みつかそうら》。二〇年後の未来からやって来た、観束総二《そうじ》の娘です!!」

第三章　俺、パパ／ママになります。

「未来から来た――お、俺の、娘っ⁉」

俺は驚愕《きょうがく》のあまり、つんのめりそうになりながら立ち上がった。

「そーじの娘！」

「総二《そうじ》様の娘‼」

愛香《あいか》とトゥアールの驚きに至っては、綺麗《きれい》にハモっている。

「はい。未来でちょっとした問題が起こって……それを解決するために、この時代にやって来ました‼」

少女――双愛《そうら》はこちらが問う前に、ここへやって来た理由も説明してくれた。

不可思議なことに慣れ過ぎて、もうよっぽどのことでは驚かない自信があったが……まだまだ未熟だったらしい。

彼女のツインテールを見るに、嘘《うそ》はついていないようだ。

とある問題……この陽気な口ぶりでは、そこまで深刻なものではないようだが……未来では故郷に帰省するぐらいの気軽さで、時間移動ができるようになっているのか!?

いや、そんなことより。自分と同い年くらいの女の子に、急に自分の娘だと言われても……どう反応していいものか。

「可愛《かわい》いツインテールだな！」

とりあえず、ツインテールを褒《ほ》めるのは基本だろう。

双愛はそんな何気ない言葉で、朗《ほが》らかな歓喜を笑顔に輝かせた。

「ありがとうございます、パパ！」

やばい……こんな素晴らしいツインテールの女の子にパパと言われたら、覚悟もないまま父親としての自覚が芽生えてしまうぞ。

愛香は疾風《しっぷう》めいた速度で双愛に急迫すると、彼女へ慈愛に溢《あふ》れた微笑《ほほえ》みを向けた。

「長旅疲れたでしょう、双愛。そうだ、お腹《なか》空いてない？　ママと一緒にご飯食べよっか？」

「えっと……」

戸惑う双愛を庇《かば》うように、トゥアールが愛香との間に割り込む。

「先手必勝で親権獲得しようとしないでください!!」

「だって名前に愛が入ってるでしょ!?　愛香の愛よ、愛！　この子があたしの娘っていう何よりの証拠じゃない!!」

愛香は俺の方をチラリと窺《うかが》うと、

「そーじとあたしの娘っていう何よりのしょ――」

「言い直さなくていいです!!」

咳《せき》払いをし、小声で何かを言い直していた。トゥアールが間髪容《かんはつい》れず反論している。

「愛なんていう生物ならもれなく持っているだろう普遍のものを一人占めするとか、エレメリアンより厄介な女ですね!!」

言い合いをする二人に、双愛《そうら》が申し訳なさそうに伝える。

「大丈夫です、愛香《あいか》さん。ここに来る前に食事は済ませてきましたから」

「もう、愛香さん――なんて他人行儀だゾ☆　あなたのママは、あたしよね?」

瞼《まぶた》を閉じる力だけで鋼鉄をもひしゃげさせそうなほど、力強いウインクを送る愛香。

双愛は恐縮しきりで、その問いに対して小さく首を振った。

「ごめんなさい……誰《だれ》がママかは言えません」

「どうしてだ?」

「ええっと……あ、歴史が変わってしまう恐れがある行動は取れない、的な?　パパのことは言っても大丈夫なんですけど……」

「よくSF映画で見るのと同じだな」

タイムトラベルを扱った作品で、必ずと言っていいほど提示される問題だ。過去に戻った人間が迂闊《うかつ》な行動を取ってしまうと、その影響を受けて未来が変わってしまう。接触するのが近しい人間であればあるほど、その危険性は増す――と。

だから母親が誰か、何者なのかを言えないのは、むしろ納得がいくのだが――逆に何故《なぜ》、俺が父親であることは明かして問題ないのだろう。それに今、少し言い淀《よど》んだような。

双愛の話を黙って聞いていたトゥアールが、何かを確信したようにうんうんと頷《うなず》いた。

「皆さん、双愛ちゃんの話し方を聞いて何か感じませんか!?　トゥアールちゃんにそっくりですよね!!」

そういえば、丁寧《ていねい》な口ぶりが似ていなくもないな。

「子は親に似るもの！　母親の喋《しゃべ》り方を一番そばで聞いていたからこそ、同じ喋り方になるんです!!」

愛香はぐぬぬ、と歯噛《はが》みした後、口角をひくつかせながら言い返す。

「も、もう、何言ってるんのですかしらトゥアールさんったら、敬語ぐらい誰だって使えるますですわよ」

「ちょっと慧理那《えりな》さん混ざってるじゃないですか無理すんな蛮族！　それに双愛ちゃんは、服装のセンスも、トゥアールちゃんにそっくりですし!!」

「え、それ普通の地雷系コーデでしょ？」

愛香に唐突に聞かれ、双愛は苦笑しながら答えた。

「……えーと、この時代で流行《はや》っていたファッションを調べて、この服を選んだんです！」

男の俺には、普通の地雷というパワーワードが付加されたコーデがよくわからない。配色が極端でリボンが多めに見えるけど、そういうのを言うのか？

わざわざ調べてきたという割りに、双愛《そうら》はその地雷系コーデとやらを普段から着こなしているかのように似合っているからすごいな。

「だいたい愛香《あいか》さんの遺伝子が交ざった子の胸がこんなふわっと育つわけないでしょう!!」

「……そ、そーじの、遺伝子が……あたしのを屈伏《くつぷく》させたのかもしれないでしょ……」

「隙《すき》あらば桃脳果汁一〇〇％なワードブチ込まないでくれますか!?　私のエロ台詞《せりふ》ノルマのハードルが上がるんですが!!」

ノルマ……？　いや、それより……愛香とトゥアールの言い争いを聞きながら、俺は自分の頬《ほお》が熱を持っていくのを感じていた。あることに気づいてしまったからだ。

二人とも未来からの来訪者にテンションが上がって、そこまで思い至っていないだけかもしれないけど……双愛の母親が自分だと主張することの意味をわかっているんだろうか。

そりゃこんなに可愛《かわい》いツインテールの女の子なんだ、自分の子供だと言いたくなる気持ちはわかるが……。

「あの、二人とも……」

俺が何と切り出したものかと口籠《ごも》っていると、双愛がそっと耳打ちしてきた。

「――パパは若い頃《ころ》から、女の子のことよくわかってないんですねっ」

そう言って、悪戯《いたずら》っぽい笑みを浮かべる。

「え？」

「こういう時自分がママだって主張するのは父親が誰《だれ》とかは関係ないですよ。女の子なら普通のことなんです」

「ふ、普通なのか!?」

思わず大きな声を上げてしまったが、愛香とトゥアールはまだ言い争いをしていてこっちに意識が向いていないようだ。

「だから今後他の女性が私のママって主張しだしてもそれは普通のことです。気にしないでくださいっ!!」

「そっか……女の子ってそういうものなのか……。ありがとう」

双愛の急に早口なフォローがなければ、自惚《うぬぼ》れて勘違いしてしまうところだった。

理屈はよくわからないが、二人が母親だと主張するのは、俺が父親であるという事実とは無関係みたいだな。

「あっぶなぁ、パパが昔から騙《だま》されやすくて助かりました……」

大きく息をつきながら胸を撫《な》で下ろす双愛。

「双愛？」

何か呟《つぶや》いていたような気がして声をかけると、双愛は俺を見てニコリと笑った。

早くも父親の情けないところを見て、つい笑ってしまったんだろうか。あの口ぶりじゃあ、未来の俺も女の子については疎《うと》いままなんだろうな……。

双愛《そうら》が俺から離れるのと、愛香《あいか》がトゥアールから視線を切るのは、ほぼ同時だった。

「ちなみに今さらなんだけど……あなたが未来から来た証拠が何かあったら、見せてもらえない？」

何事に対しても慎重派の愛香にしては、あっさりと双愛の言葉を信じたものだと思っていたが……やはり疑いが無かったわけではなさそうだ。

「信じてもらえませんか？」

聞き返す双愛の声が、少し沈む。さすがの愛香も申し訳なさそうに俯《うつむ》いているので、俺もフォローすることにした。

「気を悪くしないでくれ、愛香たちも別に疑ってるわけじゃないんだ。えっと、まず……ツインテイルズっていうのが何かは知ってる？」

「はい、もちろん！　パパたちのことですよね！」

とりあえず安心した。子供が生まれたら、自分たちがツインテイルズだっていうことは秘密にする……なんて可能性がないわけじゃないと思ったからだ。

「そのツインテイルズの俺たちでさえ信じられないくらい、凄《すご》いことなんだよ。時間を超えて移動してくるなんてさ」

「ソーラさんに似ていて、総二《そうじ》様がツインテールを褒《ほ》めたというだけでは、総二様の娘だという確信が持てないのも事実ですからね……」

トゥアールも歯切れ悪く言葉を重ねる。

「目視しただけでツインテールの遺伝子の同一性を見抜くことは、俺にはまだできないからな……すまない……」

俺は、自分の未熟さがもどかしくなった。

「……まだ……？」

何故《なぜ》か絶句している愛香を押しのけるようにして、トゥアールが挙手する。

「DNA検査ならすぐできますけど！」

「あんたが検査するんじゃ結果をどうにでも捏造《ねつぞう》できるでしょ！　却下よ‼」

「ちっ……」

まさかそんなこと、と俺が笑い飛ばすより先に、トゥアールが軽く舌打ちをするのが聞こえた。えっ……？

「んー……」

しばらく困り顔で俯いていた双愛だったが、軽やかな足取りで俺の前に立つと、

「パ～パッ♪」

ツインテールの左右の房を、両手でそれぞれ摘《つま》んで持ち上げた。

その仕草の、何と愛らしいことか。

この世に生を受けて一六年、俺の中に眠っていた父性本能が、音を立てて覚醒《かくせい》してゆく。

「――――どうやら俺の娘で間違いないみたいだな……」

「あっさり認知しすぎでしょ!!」

「現代のネット世界でさえ、ちょっとエゴサしただけで『テイルレッドの子を妊娠した』とか『テイルレッドを妊娠した』とか言ってるアカウントが続々ヒットする魔境なんですよ!?」

また一つ俺がSNSから遠ざかる恐ろしい事実をしれっと言われた気がするが、今はそれどころじゃない。

いやこのツインテールは俺の娘だろう！　もはや一片の疑いもない!!

俺はすっかり信用したが、愛香《あいか》とトゥアールはまだ判断材料が足りないようだ。

そこで双愛《そうら》は駄目押しとばかり、右手を大仰《おおぎょう》に胸の前に構える。

「では、これなら証拠になりませんか？」

その細い手首に光が集束し……赤いブレスレットが出現した。

「――――テイルブレス!!」

俺は思わず叫ぶ。認識攪乱装置《イマジンチャフ》を解除し、ブレスを可視化させたのだ。俺たちが変身前に行うシークエンスと同じだ。

「赤いブレス……っていうことは、君は俺からそれを受け継いだのか？」

つられるように、俺もブレスを出現させる。

双愛はブレスを外すと、テーブルの上にそっと置いた。俺は自分のブレスを隣に近づけ、二つを比較する。違いがあるようには見えない。

「まさか。パパは二〇年後でも現役ですよ？　娘の私がツインテイルズデビューしても、パパの方が人気あるぐらいですから！」

「現役、か……はは……」

二〇年も先の自分がどうしているかをしれっと告げられて、複雑な気持ちだ。

自分のツインテールが健在であることは、素直に嬉《うれ》しいのだが。

俺はアラフォー近くなっても、あの幼女の姿で戦っているのか。それともせめてソーラぐらいの年齢には成長しているのか。気になるが、怖くてそこまで聞けない。

テーブルに置かれたブレスを、トゥアールが早速観察している。

「……確かに、レッドのテイルブレスに似ていますが、別物です。むしろこれは……」

トゥアールの言葉を引き継ぎ、双愛が頷《うなず》く。

「はい。テイルブレスオルター……後期型テイルギアに使用される、疑似テイルブレス技術に近いものです」

テイルブレスの系譜の詳細。そこまでの情報は、アルティメギルですら収集できていないはずだ。少なくとも双愛がツインテイルズの関係者であることは、愛香たちにも疑いの余地は無いだろう。

「テイルブレスは私にしか制作できませんし、現段階ではこれ以上量産することもできません。双愛《そうら》ちゃんが未来からやって来た、というのも、これで間違いないでしょうね」

「へー。ってことは、未来ではブレスの——テイルギアの数が、今よりも増えてるの？」

愛香《あいか》が感心しているが、双愛はそれに対して何故《なぜ》か肯定も否定もしなかった。それは話したら駄目なことなんだろうか？　その辺りの線引きが難しいな。

「——というわけであらためて、この時代にようこそ、双愛ちゃん！　トゥアールママは最初から信じてましたよ!!」

「別にあたしだって疑ってたわけじゃないからね!?」

俺はというと、赤いブレスを見せられて未来からの来訪者であることが確定し……自分の娘であるとほぼ確定してしまったことで、また心中穏やかではいられなくなってきた。父性の目覚めとは別に、遅れて様々な感情が湧《わ》き出してきたのだ。

子供……子供かあ……そりゃあり得ないわけはないんだけど、俺にも子供ができるのかあ。

恋人や奥さんに初めて「子供ができた」って告げられた時、相手の男性はどういう気持ちになるんだろう。そういう時に少しも不安に思わずひたすら喜ぶことができるのが、大人の男なんだろうか……。

母親は既知《きち》の人間の誰《だれ》かなのか、それともまだ見ぬこれから出逢《であ》う予定の女性なのか、それも気になる。

最も知ってはいけない未来の機密情報なのだと、頭ではわかっていても……。

「あ、飲み物なら大丈夫でしょ？　愛香ママが珈琲《コーヒー》淹《い》れてあげるわよ？」

「いえ、トゥアールママがおっぱいで焙煎《ばいせん》した珈琲豆で！」

双愛をもてなそうと、競ってカウンターに向かう二人。が、双愛は両手を振ってそれを固辞した。

「すみません、今日は挨拶《あいさつ》だけ……準備がありますので、また明日に！」

「え、帰るのか？」

俺を見つめ、寂しそうに笑う双愛。

「待って、最後にこれだけは教えて！」

一足飛びで戻ってきた愛香は双愛の肩を力強く摑《つか》み、藁《わら》にも縋《すが》る勢いで捲《まく》し立てる。

「二〇年後……あたしは巨乳になってる？　Gカップとまでは言わないわ、Fカップぐらいにはなってるわよね？　……ね⁉」

俺が女性の胸のカップサイズを云々言うのは烏滸《おこ》がましいと思うが、GカップからFカップは果たして譲歩しているのだろうか……。

双愛は嫋《たお》やかに微笑《ほほえ》むと、未来の事実という名の神託《オラクル》を賜《たま》わした。

「いえ、愛香さんの胸のサイズは二〇年後もまったくこれっぽっちも変わってません」

「なんで断言するのよ、下手なこと言うと歴史変わっちゃうんでしょ!?」

「私がこの場で愛香《あいか》さんの胸のことについて告げても、未来は1ミリも変わらないと出ているので……」

「歴史の干渉力ってカスね!!」

今、『出ている』って言ったか？　すると、何かの指標であらかじめNGワードを知っていて、過去の人間と会話しているってことなんだろうか。

己の発言で燃え尽きた愛香に後ろ髪《ツインテール》引かれながらも、双愛《そうら》は店の出入り口へと歩いていく。

「いきなり訪ねてきてすみません……それでは、また明日！」

「ああ、遠慮《えんりょ》しなくていいから、いつでも来てくれよ！」

去り際にそう伝えると、双愛は色白の頬《ほお》を微《かす》かに染めて、元気よく頷《うなず》いた。

双愛が店を出ていった後、俺たち三人は誰《だれ》からともなくほうっと溜息《ためいき》をついた。

「嵐みたいな数分だったな……」

逢《あ》ってから別れるまでが急すぎて、今さら夢のように思えてくる。

「とうとう、この日が来てしまったのね……」

カウンターの奥の方を向くと、いつの間にかやって来ていた母さんが腕組みをして壁にもたれていた。

「母さん、知ってたのか⁉　双愛が……俺の娘が未来からやってくるって‼」

「ううん、全然知らないけど」

「何で思わせぶりなこと言ったっ⁉　母さんまで『あの日』の再現しなくてもいいだろ⁉」

トゥアールが初めてこの世界にやって来た日、あたかも俺がテイルレッドに変身する運命を知っていたような口ぶりだった母さん。その後も、度々《たびたび》思わせぶりなことを口にしてきたものだが……。

「今日は何か面白そうなことが起こりそうだから、さっき店を閉めておいたのよ。こんなドンピシャだとは思わなかったけど！」

舌をぺろりと出し、力強くサムズアップする母さん。珍しく店が準備中だと思ったら、そんな理由かい。

母さんのおもしろセンサーは、もはや未来予知の領域まで昇華されていないだろうか。

「さーて、これから楽しくなりそう♪」

鼻歌交じりにエプロンを着ける母さん。スキップしながら出入り口のドアを開け、指で弾《はじ》くようにして準備中の札を取っていた。はしゃいでるなあ……。

◇

母さんが喫茶店《みせ》を開くようだったので、俺たち三人はそのまま地下基地に下り、双愛《そうら》について話し合うことにした。

席に着くや、愛香《あいか》は頭を抱《かか》えてテーブルに突っ伏した。

「どうして……？　子供ができれば胸が大きくなるって聞いたのに……まさか、あの子はあたしの娘じゃないの……!?」

「私にとっては好都合《つごう》ですけど、自分の子供説を諦《あきら》める理由がそれでいいんですか!?」

そんな絶望を味わうのなら、未来について聞くべきじゃなかったんだ、愛香……。

「そういえば今夜どこに泊まる気だろう、双愛」

いろいろな疑問があるが、俺がまず気になったのはその点だった。あまりに自然に帰っていったので、引き留《と》めるという発想が咄嗟《とっさ》には浮かばなかったんだ。

「そりゃ、この時代にやって来た……タイムマシン？　的な物の中に泊まるんじゃないの？」

何とも大雑把《おおざっぱ》な愛香の意見だ。そんな、車中泊みたいな……。

「あ……でも、トゥアールが世界間移動に使っていたスタートゥアールぐらいの居住性があれば、それができるのか」

「いいところに気づきましたね、総二《そうじ》様☆」

不自然な猫撫《ねこな》で声とともに立ち上がると、トゥアールは白衣をマントのように翻《ひるがえ》した。

「タイムマシンを開発できる人類は、この超絶美少女天才科学者！　トゥアールちゃん以外に！　存在するはずがありません！　これで双愛ちゃんは、私の娘ということで間違いありませんね!!」

「そうとも限らないわよ？　タイムマシンが完成した後にあんたを地面に埋めてしまえば、それで誰《だれ》でも自由に使えるようになるじゃない」

人間が愛し尊《とうと》ぶ〝自由〟からは大きく定義の外れたそれを掲げる愛香に、戦慄《せんりつ》を禁じ得ない。

愛香にブルーのテイルブレスを強奪された過去のトラウマを刺激されたのか、トゥアールはよろめくように椅子《いす》に座り直す。

そこで愛香は、やおら表情を固くした。

「──で、実際のとこ、未来から来たなんてあり得るの？」

双愛の前では絶対にできないであろう、戦局を冷静に俯瞰《ふかん》する時の貌《かお》だ。

「絶対にあり得ないと決めつけるのは、恥ずべきことです。特に、私のような科学者にとっては」

「まあそうだけどさ……」

「それに愛香さんは私たちの中で唯一、時間移動を経験しているんですよ？　むしろ双愛ちゃんに即座に順応したのは、経験に基づいての確信からだと思っていましたが」

確かに愛香は、俺たちの中で唯一時間移動を経験している。だがそれは、かなり特殊な一件だ。

トリケラトップギルディという、一瞬だけ時間に干渉する能力を持った強力なエレメリアンが、戦闘中に暴走。自分の力を制御しきれなくなった。その結果、変身せずに戦場にいた愛香《あいか》が巻き込まれ、過去へと飛ばされてしまったのだ。

ツインテイルズ全員の力で奇跡を摑《つか》み取るぐらいの気概で臨《のぞ》んで、初めて愛香を過去から帰還させることができた。

故郷の田舎に帰省するぐらいの気軽さでやって来た双愛《そうら》とは、比較できる事柄ではない。

「あの子、何かちょっとした問題があったから来た、くらいのテンションで話してたけどさ。普通、時間を移動するなんてよっぽど重大な理由があると思うんだけど……」

「私が気になるのはそっちですね。双愛ちゃんは歴史に干渉しないよう気をつけているようでしたが、そもそも未来人が過去の人間に逢《あ》うこと自体が相当にリスキーです」

やはり双愛がこの時代にやって来た動機については、愛香もトゥアールも気になっていたようだ。

「愛香さんの言うとおり、そのリスクを承知で過去に行かなければならない大きな理由があると考えるのが当然ですが……」

俺たちはフィクションで時間移動という概念に慣れ親しんでいるが、現実で超科学を持つトゥアールにとっては、並行世界を移動する方が簡単だと言っていた。

時間という絶対の事象に干渉するのは、それほど困難なことなのだ。たった二〇年で、その常識が覆《くつがえ》っているとは考えにくい。

双愛がまだ俺たちに隠している、この時代にやって来て解決すべき問題とは、一体何なのだろうか。

本当に大したトラブルではなくて、この時代には解決ついでに遊びに来ただけだというのなら、それが一番嬉《うれ》しいのだが……。

◇

未来からやって来た自分の娘と対面するという、激動の出来事の翌日。

今日は、一学期の終業式だ。

体育館に全校生徒が集まり、生徒会長の慧理那《えりな》のスピーチに耳を傾けていた。

フロアからステージの演説台の前に立つ慧理那のツインテールに見惚《と》れたのが、俺の陽月《ようげつ》学園高等部でのツインテール原体験。今も鮮やかに記憶に焼き付いている。

だが生徒会選挙での結果次第では、秋からは俺があの場所に立つことになる。

身が引き締まる思いだ。

『それでは最後に、編入生を紹介いたしますわ。明日から夏休みですが、よろしくお願いします!!』

変わらずの笑顔で、めちゃくちゃ言ってるよな……。

そんなめちゃくちゃな展開を何度も経験しすぎて、俺はすでにこの後に登場する人物が誰《だれ》か予想がついてしまった。

しかし周囲の生徒たちも特にざわめく様子はなく、むしろ落ち着いている。

「……ま、普通の高校生なら『終業式に転校生だって!?』とオーバーリアクションで驚くところだろうが……」

「ああ、テイルレッドたんを同級生に持つ俺たちは、もはや生半可なことじゃ驚かねえ」

「いや、驚けない——と言う方が正しいか。フッ……驚くという感情が懐《なつ》かしいぜ……」

事情を全く知らないのに、なんて丁寧《ていねい》に前フリを重ねるやつらなんだ。この学校の生徒は生徒で、もはや異能力者の域に達していないか?

果たして、ステージの袖《そで》から姿を現したのは——陽月《ようげつ》学園高等部の制服に身を包んだ、双愛《そうら》だった。

制服のラインは今年の俺たちの学年に合わせた赤色だ。ああして夏服を着ていると、一年前に俺がソーラになった時のことを否応なしに思い起こさせる。

一歩歩みを進める度《たび》に、優しく揺れる火のように柔らかくツインテールが舞っている。

俺の娘のツインテール、何て素晴らしいんだ。全方位に自慢したくなるのをぐっと堪《こら》え、心中に留《とど》める。

ツインテール親バカってやつか……先が思いやられるな……。

「ソーラたん!?」

「ソーラたんがまた編入してきた!?」

双愛の姿を見て、ようやくざわめき出す全校生徒たち。

皆がそう思うのも当然だ。その顔、そのツインテールは、すでに何度か目にしたものなのだから。

この陽月学園高等部には都合《つごう》、二度ソーラが編入してきた。

一度目は俺が変わってしまったソーラ。そして次に、女神ソーラ。

今回で三度目ともなれば、驚きよりも懐かしさの方が勝ってしまうのではないだろうか。

ただし未だに同一人物と思われているその二度と今回は、決定的に違うのだが。

演説台の前に立ち、慧理那《えりな》からマイクを手渡される双愛。手の平でそのマイクを軽く叩《たた》いて音を確かめた後、笑顔で自己紹介を始めた。

『陽月学園高等部の皆さん、初めまして。観束《みつか》双愛です』

数千人からの全校生徒の前に立ちながら、全く緊張している様子はない。俺、初めてあそこに立った時はめっちゃ緊張して、自己紹介噛《か》んだぞ。

そこはすでに、父を超えたな……。

誇らしさで頷《うなず》きを繰り返す俺は、次の双愛《そうら》の発言に度肝を抜かれた。

『二〇年後の未来から遊びに来ました。パパは観束総二《みつかそうじ》さんです！』

――何で俺が父親だって打ち明けるんだよっ!?　俺がソーラになった時みたいに、親戚《しんせき》ってことにしておけばいいじゃないか!?

叫びをかろうじて呑《の》み込んだ俺を余所《よそ》に、体育館内が水を打ったような静けさに包まれる。

大地を震《ふる》わせるほどのけたたましい歓声に備えていた俺は、拍子抜けしてしまった。

あ……あれ。もしかして本当に、この学校の生徒たちは驚くという感情を失ってしまったのか？

と、俺が不安に思ったのも、僅《わず》かに数秒。

実に数千人の同時放心という名のタイムラグを挟んだだけで、体育館は大地を割るほどの凄《すさ》まじい絶叫に包まれた。

「観束の娘えええええええええええええええええええええええええええ!?」

「た、確かにテイルレッドたんが大きくなったような見た目だ!!」

「え、でもそれがソーラたんに似てて、名前も……？　つまりどういうことだ……!?」

驚愕《きょうがく》していた周りの生徒たちが、次々と俺に顔を向ける。さながら取り囲んだ兵士が銃口を向けてくるように、俺を恨みがましい目で睨《にら》みつけてきた。

「観束てめー！　終業式にこんなおもしろイベントのド頭だけ見せられて、どうすりゃいいんだよ!!」

「こっから四〇日何事も無かったかのように夏休みを過ごす俺たちの身にもなりやがれ!!」

「ええっ、俺に言われても……!?」

そりゃ気持ちはわかるけど、双愛は昨日《きのう》この時代にやって来たんだから仕方ないじゃないか!?

「なあ、いっそもう明日から二学期にしねえか!?」

「そうね、このまま双愛ちゃんとの学園生活を楽しみましょう!!」

男女関係なく、全校生徒たちの意見が一致する。

いや、楽しむのは普通に夏休みにしておこう……。

「わ、わかった……とりあえずこの場でテイルレッドに変身して謝るよ……」

「やめろ、いらん！　テイルレッドたんを安売りすんじゃねえ!!」

条件反射のように変身しかけた俺を、近くの男子が制止する。

安売りしてるかな……俺……。

『えっと……驚かせてしまってごめんなさい！　けど、この時代に滞在できる時間も限られているので、どうしても今日ここに来たかったんです!!』

双愛《そうら》が慌《あわ》てて事情を説明する。

『私、パパから学生時代がどんなに楽しかったか、ずっと聞かされてきたから……。でも今、パパはとっても楽しい人たちと一緒に学校生活を送っていたんだってわかりました!!』

やがて喧騒《けんそう》は収まっていき、双愛の声以外、物音一つ聞こえなくなる。

全校生徒の胸のときめきが音となって、体育館中でハーモニーを奏《かな》でているようだった。

『こうして平和な未来から平和な過去に遊びに来られるのも、パパたちが頑張ってこの時代を守ってくれたからです。皆さん、これからもパパをよろしくお願いします!!』

双愛のお辞儀《じぎ》と共に、割れんばかりの拍手が贈られる。

ああ、やばい、うるっと来た。

いいお辞儀、いいツインテールだったぞ、双愛……。授業参観で子供を見守る親は、こんな気持ちになるのだろうか。

そして慧理那《えりな》と入れ替わりで演説台を離れて行く双愛を見送るや、周りの学生たちが俺に詰め寄ってきた。

「お義父《とう》さん！　大事なお話があります!!」

「あなたをよろしくお願いされた者ですが!!」

いかん！　何だか知らんが若き血潮が暴走を始めた!!

「愛香《あいか》おめでとう～!!」

「もー、水くさいじゃない！　着床したらメールくらいしてよ!!」

「あはは……ありがとう」

助けを求めて愛香に視線を送ると、クラスの女子たちに囲まれて何やら祝われていた。

「トゥアールちゃんは!?　日頃《ごろ》から子作りの準備的な運動したそうな顔して授業受けてるクラスメイトをお忘れじゃありませんか皆さん!?　まず私から可能性を疑いましょうよお!!」

トゥアールも何やら級友たちに訴えているが届かないようで、絶望して膝《ひざ》をついている。

仕方なく俺は逃げ場を探した末にステージ脇《わき》の小部屋に駆け込んだが、袖《そで》幕の裏から茶目っ気を含んだ笑顔の慧理那がやって来た。

「うふふ、驚きましたか？　観束《みつか》君」

実はちょっと予想できていたとは言えない。

「双愛、慧理那に面会してたんだな……」

「今朝早く、生徒会室を訪ねて来られましたの。もしかしてわたくしの娘かもしれないと思ったら、どんな無茶を押し通してでも彼女の願いを叶《かな》えてあげたいと思ってしまいまして……」

「や、やっぱり慧理那も自分の娘だったらな、って思うんだ」

慧理那は拳《こぶし》で口許《くちもと》を隠すと、妙に濡《ぬ》れた瞳《ひとみ》でこちらを見つめてくる。

双愛が、女の子ならこういう時誰《だれ》でもママと主張したがる——と言っていたとおりだな。

その時、小部屋の外からわっという歓声が響いてきた。

「せめて今日だけでも、双愛《そうら》ちゃんにこの時代の伝統芸能を体験していただこう!!」

おそるおそるフロアを覗《のぞ》く。マントを宙に放る戦士のように、制服を勇ましく脱ぎ捨てる男たちの姿が。

その下から現れたのは、やはりというか……純白のFUNDOSHIだった。

終業式だというのに捩《ねじ》り鉢巻きにふんどし一丁の男たちが、双愛を乗せたMIKOSHIを担《かつ》いで体育館を練り歩いている。

好き好きイースナたんファンクラブの一件で世話になって以来だが、とうとう俺の娘まで担がれることになるとは……。彼らは多分、二〇年後もあの玉座《ぎょくざ》を担いでる気がする。

双愛はちょっと困ったようで、それでいてこの騒ぎを楽しんでいるようでもあった。

他人事《ひとごと》のように伝統芸能から目を逸《そ》らす俺に、慧理那《えりな》が激励を送ってきた。

「観束《みつか》君……生徒会長になったら、全ての部活の活動内容を把握《はあく》する必要がありますわよ。あの方たちの部も例外ではありませんわ」

「いやだあああああああああああああ!!」

神堂《しんどう》慧理那会長はこんな意味不明な部活までくまなく把握してたのか！　そりゃそうだよな、ツインテール部なんて謎《なぞ》すぎる部活も、起《た》ち上げたその日のうちに部室に視察に来たし!!

知れば知るほど、俺に生徒会長は無理なんじゃないかと思えてきたぞ……。

だが、そんな意味不明なMIKOSHIに担がれる双愛を見て涙している人もいた。

神堂慧夢《えむ》理事長だ。桜川《さくらがわ》先生の部下のメイドさんたちをお供に、俺と慧理那の傍《そば》にやって来るや、その場にくずおれた。

「まごができだああああああああああ……」

常に凛《りん》とした佇《たたず》まいを崩さない、厳《おごそ》かな霊峰の頂を体現したような大人のツインテールである理事長が、顔をくしゃくしゃにして号泣している。擬音ではなくちゃんとおーいおいおいと言葉に出して嗚咽《おえつ》し始めた。

これが初孫を目にした親の普通のリアクションか。うちの母さんとはちょっと違うな。

「よくやりましたよ、よくやりましたよ、慧理那！　今夜は神堂家総出で宴ですわ!!」

「ええっとわたくしはまだ何も……」

気を緩めすぎて一言発するごとに着物がはだけていっている。落ち着いてくれ、理事長。

俺の視線に気づいたのか、理事長ははっとして恐縮した。でも服の乱れは直さない。

「む、婿《むこ》殿……お恥ずかしいところを……。まさかいきなり孫ができるとは思っていなかったものですから、取り乱してしまいましたわ……」

そりゃ理事長、この前三六歳になったばっかりだもんな……。ところで服の乱れ直して。

「本人がちゃんと説明してましたけど、双愛は二〇年後の未来から来た子なんで、厳密にはまだできていないというか、そもそも……」

俺はその先を言い淀《よど》む。双愛の母親が誰《だれ》かは確定していないのだが、こんだけ喜んでる理事長に指摘なんてできないぞ……!!

厳格な母という衣を脱ぎ捨て（物理的に衣も半ば脱ぎ捨て）歓喜に酔いしれる理事長の傍《そば》で、お供のメイドさんたちが俺に向けてにやけきった視線を発射してきた。

「いやーずっと心配してたけど、総二《そうじ》くんもちゃんとやることはやるんだなぁー」

「ねー☆　あんまし奥手すぎてお嬢様が不憫《ふびん》だから、私たち全員で総二きゅん囲んで襲《おそ》いかかろうとしたの、一〇回や二〇回じゃきかないもんー」

ボブカットのメイドさんが、俺を肘《ひじ》でうりうりと小突《こづ》いてくる。囲んで襲うって、制圧術か何かか……？

とにかく近しい人たちが双愛《そうら》のことを喜んでくれるのは、俺も我《わ》がことのように嬉《うれ》しい。

◇

終業式が終わり、それぞれのクラスでHRを終えた俺、愛香《あいか》とトゥアール、慧理那《えりな》と桜川《さくらがわ》先生は、双愛の希望で学校を案内した。

何に備えてか工具を手にしたDIY研究会など、多くの生徒たちが校舎に残って双愛に声をかけてくれた。

「ありがとうございます！　ありがとうございます！」

こまめに立ち止まって生徒たちにお礼を返す双愛が、見ていて微笑《ほほえ》ましかった。彼女はここで目にする全てが初めてのもののように、本当に嬉しそうにしている。

背格好もツインテールもほとんど同じなとある少女の輪郭が、双愛に重なった。

こうやって校舎を歩きながら、ごく普通の学校生活を体験することを……夢のように幸せな時間だと言った女の子。何十億年と独りで生きてきた、無邪気な女神の笑顔が。

そうして俺たちは最後に、屋上へとやって来た。街が一望できる、この学校でも最高のロケーションの一つだ。

最終決戦を終えて機能停止し、裏山で朽ち果て佇《たたず》んでいるトゥアールオーが、真っ先に目に飛び込んでくる。

慧理那は風にツインテールを揺らしながら、遠慮《えんりょ》がちに尋ねた。

「双愛さんは、この時代にどのぐらい滞在することができますの？」

「正確な日数は答えられないんですが……えっと……」

言葉に詰まる双愛を見て、慧理那はすぐにフォローを入れた。

「うふふ。とにかくその間ずっと、わたくしたちと一緒に楽しみましょう!!」

慧理那の笑顔に救われる思いだった。

事情があってか双愛が秘密主義なことでいろいろと考えてしまうが、やはりこの子にはこの時代で楽しい思いをして帰って欲しい。昨日《きのう》言っていたちょっとした問題なんて、ぱっと解決して、な。

そんな俺たちの思いを嘲笑《あざわら》うかのように、突如《とつじょ》として空に巨大なスクリーンが浮かび上がっていく。ノイズが走った後、そこには一体のエレメリアンの顔が映し出されていた。

精悍《せいかん》な顔つきのエレメリアンだ。幾多の修羅場《しゅらば》をくぐり抜けてきた、年輪のように面《おもて》に刻まれた凄《すご》みが見て取れる。


『この世界の人間たちよ！　我《わ》が名は――キマイラギルディ!!』


漂わせる気迫をそのまま音にしたような烈《はげ》しくも渋い声で、キマイラギルディというエレメリアンは堂々と名乗り上げた。

が、残念ながら、人々の反応は薄いようだ。

この学校の生徒一つとっても、グラウンドを見下ろすと歩いている生徒たちは空を一瞥《いちべつ》して終わりだった。

「あっエレメリアンだ」

「ふーん」

「おい、『いつでもテイルレッドたん』のデータ更新が中断されちまったじゃねえか!!」

むしろ、自分たちのスマホの画面までジャックされたことに憤っている。

侵略宣言を受ける一般人の反応ではない。

『……気のせいか、あまり注目されていないような……』

キマイラギルディが、顔つきはそのままに少し狼狽《うろた》えている。

一年前、ドラグギルディによってこの世界で初めて侵略宣言がなされた時と違い、エレメリアンの全世界ジャック配信もやや食傷気味だ。

人によっては、あまり使っていないスマホアプリのプッシュ通知程度の認識だろう。

『だが、これを聞いても私をスルーしていられるかな？』

めげずに放送を続けていたキマイラギルディは、とっておきとばかりに宣言した。

『私たちは未来からやって来た！　君たちの愛するテイルレッドの未来の活躍を、私は知っているぞ!!』

何……未来から来たエレメリアンだって!?

予想外の言葉に俺や愛香《あいか》は泡を食って手摺《てす》りを摑《つか》み、食い入るように空を見上げる。

先ほど興味なさげに素通りしグラウンドを歩いていた生徒たちも、驚いてスクリーンを見上げている。

そりゃそうだろう。この学校の生徒はみんな、未来から来たという女の子をつい今朝にも見知ったばかりなんだ。

しかも今、私『たち』って……つまりあいつ、部隊を引っ提げてやって来たってことか!?

『はははははははは、俄然《がぜん》興味が湧《わ》いたようだな！　君たちが私に注目しているのを感じるぞ!!』

さらに俺を……テイルレッドをダシにしたことで、世界的にも引きが強烈になった。

そんな光景がどこからか見えているのか、キマイラギルディは満足げに頷《うなず》いている。

『私たちは歴史を変えるためにやってきた……よりよい未来のためにな。それには、君たちこの時代の人間の協力が必要不可欠だ』

キマイラギルディは芝居っ気たっぷりに両手を広げ、全人類に協力を要請する暴挙に出た。

『端的に言おう——このままでは、そう遠くない未来、世界は滅亡する』

突然の告白に、俺は言葉を失う。周りを確認する余裕もないが、きっと愛香《あいか》たちも同じような驚愕《きょうがく》の表情を浮かべているのだろう。

『私たちはこの世界を侵略しに来たのではない。我《われ》らエレメリアン自身の未来をも救うため、君たち人間と協力して未来を変えるためにやって来たのだ』

キマイラギルディの弁舌に熱が籠《こも》る。一分前に全世界総スルーされそうになっていたのが嘘《うそ》に思えるほど、人々はやつの言葉に真剣に耳を傾けていた。

『そのためには君たちが愛するテイルレッドの力の根源について理解し、そして一人一人が自分自身の愛を高めていくことが大切だ!!』

そこまで言ったところで、キマイラギルディはゆっくりと腕を振った。撮影しているカメラの角度を操作したのだろうか……アルティメギル基地突入時に見た時とそっくりの大ホールが映し出される。

そこには、大勢のエレメリアンが整列していた。少し既視感のある見た目のやつもいる気がするが、おそらく全て初めて見る戦士たちだ。闘気が陽炎《かげろう》のように立ち上っているのが、スクリーン越しにも伝わってくる。

戦士たちはカメラの向こうにいる者たちを威嚇《いかく》するかの如《ごと》く、一斉に雄叫《おたけ》びを上げた。

あれがキマイラギルディの部隊か。こうやって全世界ジャック放送をしてきたエレメリアンは少なくないが、部隊の構成員をさあ見ろと言わんばかりに勢揃《せいぞろ》いさせて映してきたのは例がなかったはず。よほど信頼している、強力な部下たちってことか!!

『このように錚々《そうそう》たる益荒男《ますらお》を擁する我らが部隊だが……当面の間、私がその愛について人間に伝える役割を担う。平和な未来のために協力を惜しまないつもりだ!!』

何て勝手なことを。どうせ協力ってのは、人間の心の輝きを奪う暗喩だろうに……!!

再び自分が映るようにカメラを戻したキマイラギルディ。

『これから定期的に放送をしてやろう、私をウォッチリストに登録しておくがよい!!』

「全世界ジャック配信のウォッチリストって何だよ⁉」

俺のツッコミが届くはずもなく、空に浮かんでいたスクリーンは次々にかき消えていった。スマホなどの電子機器に映った映像も同様だろう。

しばらく呆気《あっけ》に取られていたが、どうも今回のエレメリアンはここ最近の野良とは規模だけではなく目的が違うようだ。

「理解を深めさせるって、属性力《エレメーラ》について講義でもするつもりか……？　いったい、何の目的で……」

「仕組みを詳しく説明したところで人々に属性力《エレメーラ》が芽吹くことがないのは、エレメリアンが一番よくわかっているはず。何か別の目的があると見て間違いないでしょうね」

「未来変えるとかほざいてたわね――滅んでしまう未来を」

愛香《あいか》の言葉を発端に、俺たちの視線が一斉に双愛《そうら》に注がれる。

「ッ……余計な真似《まね》をぉ……私の立場が……!!」

ギリギリと歯噛《はが》みし、眉《まゆ》根を歪《ゆが》めてスクリーンが消えた空をガン見していた双愛は、視線を感じたのかぎょっとしてツインテールを跳ねさせた。何か急に佇《たたず》まいが変わった気がするが、それだけ動揺しているんだろう。

「あ、ナ、何なんですかねーあのエレメリアンは……むさそう」

己が両眼を高速で水泳させ、今見たキマイラギルディについて誤魔化《ごまか》そうとする双愛。

この期《ご》に及んで、なんて健気《けなげ》な……俺たちをまだ気遣っているのか。

「双愛……君は、あのエレメリアンたちを追って未来からやって来たんだな」

「えっ」

いくら何でも、本当にちょっとした問題一つ解決するために時間移動してくるとは信じがたかったが、これで合点《がてん》がいった。

テイルブレスを持っている──つまり未来でツインテイルズになっている、俺の娘。

この子は過去へ飛んだエレメリアン部隊の始末をつけるため、単身追いかけてきたんだ！

心細かっただろう……未来の俺は何をやっているんだ!!

「えっと、その……実は……」

「皆まで言うな、双愛！　俺たちを気遣って、この時代に来た本当の理由を隠していたんだろ!?」

双愛は両眼をバタフライさせながら顔を逸《そ》らし、明後日《あさって》の方を向いた。

「ば、ばれちゃいましたか……!!」

「水くさいじゃないですか！　規則で言えないのかもしれないけど、私たちを頼ってくださいよ!!」

「でもせっかく夏休みが始まるのに、皆さんに迷惑はかけられません。私、すっごく強いですから、一人で大丈夫ですよ……!?」

あの大部隊を目の当《ま》たりにしてなお、こう言い切るとは、気丈な子だ。

「親に遠慮《えんりよ》なんかするんじゃない!!」

父性に目覚めた俺は腹の底から一喝すると、双愛《そうら》の肩を力強く掴《つか》んだ。やはり、少し震《ふる》えているのがわかる。

確かに俺の娘なんだ、ツインテールの強さは折り紙つきかもしれない。けれど見知らぬ時間《せかい》で単身怪人と戦うなんて、怖くないはずがないんだ。それは戦闘力とは関係ない。

エレメリアンたちとの戦いがただ強いだけでは乗り越えられないと、俺たちも身に染《し》みてわかっているからな。

「大丈夫。双愛のいた未来の戦力がどのぐらいかはわからないけど、この時代にだってツインテイルズは勢揃《せいぞろ》いしているんだ。どんな敵が相手だろうと負けないぞ!!」

「わたくしたち一致団結して、あなたを守ってみせますわ!!」

「お嬢様の言う通りだ。あんなやつさっさと倒して、できるだけ長くここで楽しんでいけばいいじゃないか」

みんなで口々に双愛を励ましていく中、愛香《あいか》は自信たっぷりに胸を叩《たた》いた。いい音がした。

「ママに任せて。ママはエレメリアン退治の専門家だから!!」

マジだから困るいや今は困らない頼もしい。

「かなりの数を引き連れてるみたいだったけど……ざっと見た感じ、四頂軍《しちょうぐん》みたいな直属部隊ほどの規模はなさそうだ。今のツインテイルズなら楽勝さ!!」

俺も愛香の矜持《きょうじ》を見習い、努めて大きな言葉を使っておく。

双愛は感極まったように肩を震わせると、

「皆さん……ありがとうございます!!」

この子は本当に、些細《ささい》なことで深くお辞儀《じぎ》をするんだな。ひどく慣れた動きに見えてしまうのは、気のせいだろうか。

もしそうだとしても、これ以上、君が頭を下げてツインテールを揺らさないように。

校舎を歩いていた時のように、楽しさでツインテールを弾ませることができるように……。

パパ、頑張っちゃうぞ!!


『ああ、それともう一つ!!』

渋声で不意打ちを食らい、拳《こぶし》に握り締めた決意が霧散《むさん》していく。

慌《あわ》てて空を見上げると、キマイラギルディが性懲《こ》りもなくスクリーンを出現させていた。

『私の協力者……いや、仕える王を紹介しておこう。君たちもよく知るエレメリアンだ』

仰々《ぎょうぎょう》しくフレームアウトしていくキマイラギルディ。

代わりに歩み入り、スクリーンに映ったエレメリアンの姿に、俺たちは絶句する。

猛《たけ》き竜のごとき剛戦士。多くのエレメリアンが敬愛してやまなかった、稀代《きだい》の名将。

――ドラグギルディが、そこに映っていた。

その角《つの》、その双眸《そうぼう》、その肉体。全てが初めて見たあの日、最後に見た彼《か》の日と合わせ鏡のようで……。

ただ全身がくまなく真紅に染まっており、記憶と重ならないのはそれだけだった。

「赤い、ドラグギルディ!?」

「なんで、あいつが……」

困惑しきりの慧理那《えりな》、愛香《あいか》と違い、トゥアールはみるみるうちに怒りを漲《みなぎ》らせていく。

「ッ……ドラグギルディ……!!」

無理もない。トゥアールの世界を侵略した張本人……テイルギアをまとって戦ったトゥアールが敗北した相手が、ドラグギルディなのだ。

俺にとっては絆《きずな》を深め、助力を受けたことすらあった、数奇な縁で結ばれたエレメリアンだが……トゥアール本人は、今でも目にすれば冷静ではいられないだろう。

ドラグギルディとあまり関わり合いがなかった桜川《さくらがわ》先生は反応に困っているが、双愛《そうら》は……未来から来た少女は、複雑そうな表情で空を見上げていた。

屋上の鉄柵をきつく握り締め続けるトゥアールの手に、俺はそっと自分の手を重ねる。

「大丈夫、あれはきっと何かのまやかしだ。ドラグギルディは、もういない……」

「総二《そうじ》様……」

自分にも言い聞かせる言葉にかぶさるように、俺の脳裏でとある会話が反響する。

『ドラグギルディ。来世《また》……逢《あ》おうぜ』

『テイルレッドよ。お前がツインテールを愛する限り……そのようなこともあろうな』

いつかの別れ際に交わした、戦士《ツインテール》と戦士《ツインテール》の約束が。

『覚えていよう。かつてこの世界で初めて、今の私のように世界中へ向けて宣言をした偉大な戦士を！　その名は、ドラグギルディ!!』

しかしトゥアールのために努めて冷静であろうとしていた俺も、続くキマイラギルディの追い打ちに、言葉を失った。

『この方こそは、そのドラグギルディ様の実子——アークドラグギルディ様だ!!』

間章　とある少女の決意。

「はぁ、はぁ……」

ネオンも街灯の光もない、薄暗い夜の街。

地平の先に雷鳴の断《いなな》きを臨《のぞ》みながら、少女の荒い息遣いの音だけが響いていた。

うっすらと確認できるシルエットは二つ。

膝《ひざ》をついて息を荒らげる、一〇代半ばほどの少女。そしてその前に仁王立ちする、二メートルを超えるような大男。

「諦《あきら》めろ、少女よ。運命は決した……お前にできることは、もはや何もない」

大男が少女へと声をかけた瞬間。近くに落ちた雷に照らされ、一瞬だけ二人の姿が詳《つまび》らかになる。

「我《われ》らアルティメギルの覇道《はどう》を阻《はば》む者は、何人たりとも容赦《ようしゃ》せぬ」

そこに立っているのは、テイルレッドと死闘を繰り広げた猛《たけ》き竜王。

ドラグギルディだった。

何も言い返せず項垂《うなだ》れる少女が、またすぐに薄闇《うすやみ》に包まれる。何色までかは定かでないが、装甲《そうこう》のような衣装を身にまとっているのだけが、何とか見て取れた。

再びシルエットに戻ったドラグギルディの傍《そば》に、一体のエレメリアンが歩み寄る。

ドラグギルディは頷《うなず》くと、右手を掲げた。

瞬間、二体の怪人の背後にゲートが出現。だが通常であれば極彩色の光に溢《あふ》れているはずのゲートの内部には、異質な光景が広がっていた。

何百万、何千万──数え切れないほどの写真が蠢《うごめ》いている。そうとしか形容できない。

「ツインテール異世界《バース》が……強制顕現《けんげん》した……!?」

それを目《ま》の当たりにした少女は愕然《がくぜん》とし、声を震《ふる》わせる。

「もう逢《あ》うこともあるまい。さらばだ、──、──」

稲光が轟《とどろ》き、怪人の別離の言葉を覆《おお》い包む。

「……せめてこの先は、心安らかに暮らすがいい」

ドラグギルディと、もう一体のエレメリアンは、ゲートの中へと歩み入った。

二人が歩き去ると同時に、ゲートは余韻すら残さず一瞬にしてかき消えた。

一人残された少女の頬《ほお》に、雨粒が落ちる。

雨の勢いは見る見るうちに強くなっていき、三度、雷鳴が周囲を照らす。

瓦解《がかい》したビル、折れた電柱、捲《めく》れ上がった道路に、ひっくり返って放置されている自動車。

雷が映し出したのは、崩壊した街並みだった。

周囲に一条の光も無いのは当然だ。人が心安らかに暮らすなどできようはずもない、哀《かな》しき世界がそこにはあった。

「…………」

ツインテールの少女は独り静かに肩を震《ふる》わせていたが、やがて嗚咽《おえつ》を呑《の》み込み、大きく息を吐いた。

「あいつ、とうとう実行に移す気ですね……。何とかしなくては……！」

少女は拳《こぶし》を握り締めると、踵《きびす》を返す。翻《ひるがえ》ったツインテールの毛先から振り散る雫《しずく》は、悲壮な決意を体現しているようだった。

「私が！　全ての世界とツインテールを守るんです!!」

キャラクター名鑑 049

観束《みつか》双愛《そうら》

DATA

性別：女
年齢：14歳
誕生日：2月3日
身長：145㎝
体重：42㎏
B83・W55・H79

二〇年後の未来からやって来た観束総二の娘。ソーラに似ているが、性格やセンスは別物。実はとんでもないファザコンで、小学生の頃にはすでに実の父と深い仲になろうと画策していた。周囲の女性の影響と思われる。二代目テイルレッドの自分は史上最強のツインテイルズだと豪語する。そんな彼女も素は目立ちたがり屋で誉められることが大好きな、普通の女の子だ。そう、普通の……。

第四章　赤の親娘《おやこ》のツインテール。

▼二〇年後の未来からやって来た俺の娘、観束双愛《みつかそうら》だ！　未来からエレメリアンもやって来ているみたいだけど、この子と力を合わせて世界を守ってみせるぞ!!（総二《そうじ》）

キマイラギルディの全世界ジャック放送の後、俺と愛香《あいか》、トゥアール、慧理那《えりな》、桜川《さくらがわ》先生、双愛は屋上からツインテール部部室へと速《すみ》やかに移動。

俺は双愛と撮った写真を添え、ツインテイルズ公式ＳＮＳへそう投稿した。

今のツインテイルズのオープンな活動を考えれば、双愛の存在もいずれ世界中が知ることとなる。だったらむしろ、自分たちから発信する。それも、キマイラギルディの放送と宣言を上書きする形で。双愛もこれを了承してくれた。

未来からのエレメリアンの侵略というかつて例のない脅威《きょうい》に、世界中の人々が怯《おび》えることがないように。加えて、協力を持ちかけるエレメリアンの甘言を信用しないように、という思いもある。

……だけどこの時の俺は、感覚が麻痺していたのだろう。深く考えずに迂闊《うかつ》な投稿をしてしまったことに気づいていなかった。

何はともあれ、俺たちは早速双愛から詳しい事情を聞くことにした。

長机で俺の隣に座った双愛は無言で項垂《うなだ》れ、自分の腿《もも》を見つめている。いや、腿の上に載せたスマホに視線を落としているようだ。先ほどの投稿でも見ているのだろうか。

「双愛。未来からやって来たっていう、キマイラギルディたちについてなんだけど……」

俺は言葉を探り探り、慎重に質問する。本当は何もかも説明して欲しいのだが、双愛が迂闊なことを口にすると歴史が変わってしまうらしいのが困りものだ。

「あいつが連れていたドラグギルディもどきも、ホールにいたその他大勢も、みんな未来のエレメリアンってことでいいんだよな？」

キマイラギルディは短時間でいくつもの衝撃的事実を捲《まく》し立てて放送を終えたが、最後に明かした事実はその中でも最も信じがたいものだった。

ドラグギルディに、息子がいた──。

ある意味俺がもっとも気になっている点だ。

結局さっきの放送では一言も発しなかったが、あのアークドラグギルディというエレメリアンは、身体《からだ》の色が赤いということ以外、全てがドラグギルディと瓜二《うりふた》つだった。

あいつの正体が何者なのか、俺はまずそれを知りたい。

しばらく待っても、双愛《そうら》からの返答がない。またぞろ答えることができずに沈黙しているだけかと思いきや――

「…………せっかく未来から来て、みんなの注目を一人占めしてたのに……ぽっと出のエレメリアンが話題をさらっていって……くそぅ……!!」

ぐるぐる渦《うず》を巻いているように幻視するほど両眼が平泳ぎし、声は嗄《か》れ、腿《もも》の上に置かれた手はきつく握られて震《ふる》えている。

「双愛さん？」

「え、あ、はい!?」

慧理那《えりな》が覗《のぞ》き込むと、双愛は驚いて声を引きつらせた。

「ごめんなさい！　私、未来ではちやほやされてたから、つい動揺してしまって……!!」

未来から来た謎《なぞ》多き少女が、徐々に人となりを見せ始めている。これが双愛の素《す》なのだろうか。

自分が目立たないと嘆く女の子……その既視感の元に俺が辿《たど》り着くより先に、張本人が歓喜の声を上げた。

「うーんこれは私の娘！　わかりますよ！　トゥアールちゃんが世界の中心、物語の主役であるべき瞬間、何故《なぜ》かさらに目立つ人たちが現れるんです！　この娘《こ》はその不憫《ふびん》な特性を受け継いでいます!!」

そうだ、トゥアールにそっくりなんだ。トゥアールはもっと元気いっぱい、力いっぱい叫んで悲嘆をアピールするので、すぐには重ならなかった。

「俺もドラグギルディ戦でバッチリ決めてた時、仮面ツインテールが現れたんだけど……」

ドラグギルディとの戦いを思い出して俺が苦笑すると、トゥアールは柔らかな微笑《ほほえ》みを浮かべた。

「……でしたね。私はもう、ドラグギルディへの憎しみは過去に置いてきた……総二《そうじ》様の温《ぬく》もりが私という女を変えたのです——。何ならその時の再現映像を今から撮影しぼぉうあ!!」

これまで何度となく見てきた映像を再現するかのように、愛香《あいか》の拳《こぶし》で天井に突き刺さるトゥアール。

「わー」

双愛は人体が建材を貫く様を目《ま》の当たりにしながら、全く動じる様子はない。

愛香とトゥアールのお馴染《なじ》みのじゃれ合いは、まさか二〇年後も続いているんだろうか。

「気にすることないわよ双愛、ママだってSNSのハートの数とか気になるもん」

変わったな、愛香……。昔は掲示板にテイルブルーの悪口書いたやつ特定して骨を折るとか言っていたのに、今はSNSの反応に一喜一憂しているとは……。

いや、変わってない、媒体がちょっと今風になっただけか？

「大丈夫ですわ。そのエレメリアンの野望をあなたが砕けば、また注目を一人占めです！　母が保証しますわ!!」

「会長も親権狙《ねら》ってんの!?」

やはり双愛《そうら》の言う通り、慧理那《えりな》も例に漏《も》れず自分がママだと言い出した。この分じゃ、イースナやロエルたちも同じように主張するかもな。

突き刺さった天井から脱出したトゥアールは、閃《ひらめ》いた、とばかり人差し指を立てた。

「じゃあもう大岡裁きでいいじゃないですか。双愛ちゃんのツインテールを左右から引っ張って……」

「ああ、痛がる双愛を見かねて先に手を離した方が本物の母ってわけ？」

「それは父が許さん」

俺は断固たる父親の威厳を張《みなぎ》らせ、トゥアールと愛香《あいか》の提案を切って捨てる。

「そーじ!?」

ツインテールを強引に綱引きするなどという暴挙、俺の背中のツインテール吹雪《ふぶき》が見過ごさない。家父長制が廃《すた》れて久しい世だが、ツインテールについては厳格で昔気質《かたぎ》な親でありたいものだ。

「あぁ、やはり観束《みつか》君は素敵なお父様になりそうですわ……いっそわたくしにも教育を……」

慧理那がこちらを見てはぁはぁしている。おそらく、俺のツインテール教育論に同調してくれたのだろう。

レールから脱線した話題が宇宙にまで行きそうだったので、俺は軌道修正を試みた。

「話を戻すけど、キマイラギルディたちについて……」

「！　アッハイそうです、あれはみんな未来のエレメリアンです‼」

双愛は一応、質問は聞いていたようだ。思い出したように声を上げると、そこから先は彼女の方から説明してくれた。

「キマイラギルディは、アルティメギルの再興を企《たくら》んでいるんです！」

それは裏を返せば、二〇年経《た》ってもアルティメギルほどの大規模な組織は現れていないということか。変わらず野良エレメリアンたちは組織復興を夢見て活動している……と。

さすがに二〇年もあれば、さっき放送で目にした部隊ぐらいのけっこうな数が集まったっていうわけだな。

「けど十数年かけてもそれが叶《かな》わず、過去に戻ることに固執し始めました。キマイラギルディは元は戦闘力の乏しい科学者系エレメリアンだったんですが、あまりに時間移動の実験の失敗で死にかけすぎて、パワーアップしていったみたいなんです」

マーメイドギルディから進化したエンジェルギルディと同じだ。非力な科学者タイプのエレメリアンが、何らかのきっかけで強大な力を得たということか。

「私はキマイラギルディのシステムを利用して時間移動し、後を追ってこの時代に来た——というわけです!!」

そこまで続けざまに言い切って、安堵《あんど》したように嘆息する双愛《そうら》。

過去の人間である俺たちに伝えていいこと悪いことの基準が細かすぎて、疲労するのだろうか。

「一息つきなさい、娘よ」

桜川《さくらがわ》先生は双愛の背に手を添え優しく座らせると、彼女の前にティーカップを差し出した。

やっぱり桜川先生も双愛を自分の娘と思っているようだ。

「ありがとうございます」

そして誰《だれ》からそう扱われても全く動じない双愛。強い子だ……。

「なるほど。時間移動のシステムは未来の私が開発したものではなく、あのキマイラギルディというエレメリアン固有の技術だったたんですね」

顎《あご》に手をやり神妙に考え込んでいたトゥアールが、一つの結論を出した。

「エレメリアンに先越されて、やっぱ悔《くや》しい？」

「まあ、少しも残念じゃないかと言ったら嘘《うそ》ですが……安心しました」

愛香《あいか》に慮《おもんぱか》られたトゥアールは、言葉の通り安堵の微苦笑を浮かべていた。

「もし僅《わず》か二〇年先の未来でエレメリアンに何らかの技術革新が起こり、誰でも容易《たやす》く時間移動できるようになっていたら、大変です」

「！　そうなったらツインテイルズは異世界だけではなく、異なる時間からの侵略にも備えなければならなくなりますわ!!」

導き出された事態に戦慄《せんりつ》する慧理那《えりな》に、トゥアールは深い頷《うなず》きを返す。

「今のところキマイラギルディだけの技術であれば、対処のしようはあります」

言われてみればそうか。幸いこの時代は、ツインテイルズの戦力が万全だから何とか迎撃《げいげき》できるだろうが……。

いや、待てよ。それってちょっとおかしくないか？

「アルティメギルを再建したいから過去に戻る……強い戦士を集めるためでしょうか？　けれど、どうして今なのでしょう？」

慧理那がちょうど俺が考えていた疑問を投げかけ、愛香もそれに続く。

「確かにね……そーじがテイルレッドになる前にまで戻っちゃえば、もっと楽にこの世界を支配できる。歴史を変えて、アルティメギルを存続させることもできるはずなのに」

それを聞いた双愛は、むーと考えこんでしまう。最初は何らかのナビゲーターに従って言葉を選んでいるのかと思っていたが、この様子だといちいち話していいことを自分で判断しているのだろうか。だとすると、大変そうだ。

「キマイラギルディは、元ドラグギルディ部隊の戦士。パパがテイルレッドになる前……っまりこの世界を侵略しに来る前に、何か理由があって部隊から離れたようなんです、が……」

双愛《そうら》はさらに言葉を続けようとして、口を噤《つぐ》んでしまった。その先は、話しちゃいけないことが含まれるのか。

「オーケーマイドーター、それだけ聞ければ十分です。アルティメギルが壊滅しなければ、キマイラギルディは時間移動の研究を始めない。もっと前の時代に戻ってツインテイルズの誕生そのものを阻止してしまえば、自分自身の存在すら消える危険があると理解している、ということですね」

ピッ、と弾《はじ》いた指で双愛を示すトゥアール。

なるほど、それなら俺も噛《か》み砕いて理解できる。ツインテイルズがアルティメギルを壊滅させなきゃ、キマイラギルディが過去へ戻ろうとする動機もなくなることになる。

つまり、歴史の矛盾《むじゅん》が起こってしまうのか。

「さすがトゥアールさん……!!」

双愛のツインテールがほっとしているのがわかる。それで正解、ということなのだろう。

そうか、表情よりもツインテールだ。この子が話せないことが多いなら、その分俺が意思を汲み取ってあげればいいんだ。ツインテールを通してなら、それも容易だ。

「なあに、双愛ちゃんもいい説明でしたよ。さすが私の母乳で育っただけのことはあります」

愛香《あいか》はトゥアールをジト目で睨《にら》みながらも、質問を続けた。

「ちなみにこのままだと未来が滅亡するってのは、あいつの方便？　世界中の人間の属性力《エレメーラ》を高めるために、大袈裟《おおげさ》に言ってるとか」

「過去の人間がその先の生き方すら変えかねない重大な事実は、もっとも言えないことの一つです。ごめんなさい……」

「うん、わかった。じゃああたしはハッタリだと思っておくわ。そんなこと、あたしたちが絶対させないし」

「愛香さん……!!」

双愛に頼もしげな目で見つめられ、愛香は満足げに頷《うなず》く。

「わかった？　これが親ってものよ、トゥアール。母乳で育てるかじゃなく、子供をいつも安心させてあげられるかどうか……どれだけ頼れる存在か。それが一番大事なの」

「くっ……！　未来永劫《みらいえいごう》乳が成長しないという事実を知っても歴史が変わらない女は胆力《たんりょく》が違いますね……!!」

「成長しないという歴史を変えればいいだけよ。今を生きるあたしの胸はこの先必ず成長するわ」

恐ろしく清涼感たっぷりな顔つきで、堂々と歴史改変宣言をする愛香。

双愛の言葉の影響で過去の人間がその先の生き方を変えそうになってるんだけど、大丈夫か!?　判定ガバガバすぎないか!?

「邪魔でなければ、私も質問いいか」

ツインテイルズの会議ではいつも慧理那《えりな》の後ろに控えて進んで発言をしない桜川《さくらがわ》先生が、珍しく疑問を提示してきた。

「私はドラグギルディというやつを直《じか》に見たことがないが……その実子、という肩書きが気になってな。エレメリアンは子を残せないのではなかったか」

それは俺も聞きたかったことなであありがたい。

「尊《みこと》さんの言うとおりです。周知の通り、大原則として、エレメリアンは子孫を残せません。あれはおそらくコピー体か何かで、『魂《たましい》を受け継いだ戦士』のことを子供と比喩しているだけだとは思います。そんなのでさえ本来造れるはずはないんですが……」

トゥアールは言いながら双愛《そうら》を窺《うかが》う。肯定も否定もしない……いや、できないのか。

異を唱《とな》えたのは、慧理那だった。

「未来ではエレメリアンも子孫を残せるようになっている、という可能性はないのですか?」

「何ともいえません。が、エレメリアンは心を持った生命体とはいえ、自然発生する存在です。台風や豪雨が子孫を持てないのと、究極的には同じ理屈のはずなんです」

トゥアールにしてはアバウトな喩《たと》えだが、エレメリアン発生のメカニズムは当のエレメリアンたち自身すら完全に解明できているわけではない。

それに唯一答えを提示できる双愛がだんまりなので、自分たちであたりをつけるしかない。

そんな双愛は気もそぞろに、ツインテール部部室の中を見回していた。やっぱりこの部室も物珍しいのか。その移ろう視線が、やがて壁の一点で止まる。

ポスターのように大きく引き延ばされ、飾られた写真。アルティメギル首領との最終決戦で、ツインテイルズ全員が一斉に変身した時のものだ。

俺たちが卒業した後、このツインテール部はどうなっているんだろうな。

「一つはっきりしているのは、双愛ちゃんがキマイラギルディの時間移動技術を利用してこの時代にやって来たとわかった以上、迂闊《うかつ》にやつを殲滅《せんめつ》するのは避けるべきだということです。いいですね、愛香《あいか》さん」

「なんであたしにだけ釘《くぎ》刺すのよ!?」

「愛香さんだけはどんなエレメリアン相手でも問答無用で喧嘩《けんか》売るからです！　戦うのは、私が時間移動技術の全貌《ぜんぼう》を解明してからにしてください!!」

しぶしぶ納得する愛香。ここまで念を押されれば、さすがのテイルブルーも出会い頭にエレメリアンを抹殺しようとする本能は封印するだろう。さすがのテイルブルーも。

「当面はキマイラギルディの監視と調査ですね。次からはイースナやロリちゃんズたちも一緒に話し合っていきましょう!!」

トゥアールの起案に、双愛も含めた俺たち全員で頷《うなず》く。

しかしこちらから探りを入れるまでもなく、接触の時はすぐに訪れたのだった。

◇

夏休み初日。

俺と愛香《あいか》、トゥアールは、ツインテール部の活動のために午前中から登校した。

グラウンドが何やら賑やかなのが気になり、校舎に入る前に立ち寄ってみる。

運動部だけではなく、文化部であろう制服の生徒も入り交じり、人垣ができていた。

囲いの中心に他の生徒よりも一回り以上大きい、やけにガタイのいい生徒がいる。

不審に思い、さらに近づく。

「キマイラギルディ!?」

そこにいたのは、俺たち陽月《ようげつ》学園の制服を着たキマイラギルディだった。

夏真っ盛りな今、冬制服のブレザーをしっかり羽織《はお》っているものの……肩や足など、ところどころ棘《とげ》張ったパーツが制服を突き破って露出してしまっている。

「フッ……この学校にテイルレッドが通っていると聞き、転校してきたのだ。今日からよろしく頼む!!」

さわやかに挨拶《あいさつ》してくるキマイラギルディ。軽く手を振ろうとしただけで、制服の肘《ひじ》がベリッと破れていた。俺を見てそう話しかけてくるってことは、こいつはテイルレッドの正体を把《は》握済《あくす》みのやつか……。

何もかも唐突過ぎて気が遠くなってきたが、俺は残された力を振り絞ってコンタクトを試みた。

「ツッコミ所が多すぎて何から言うか迷うけど、今日から夏休みだぞ!?」

「なにい!?　では全校集会とかで私のことを紹介してもらえないのか!?」

「不法侵入者がどんだけ厚かましいのよ!!」

白目になって放心していた愛香が、やっと我《われ》に返って身構える。

だけど基地で出現を探知しなかったってことは、キマイラギルディは属性力《エレメーラ》を解放していない……つまり人間を襲《おそ》おうとはしていないってことだ。

妙なことを企《たくら》んでいるのは間違いないだろうが……。

「テイルレッドと一緒のスクールライフを楽しめないとは！　はるばる未来からやって来たというのに！　はーつらい！　つらいわー!!」

大袈裟《おおげさ》に嘆くキマイラギルディを余所《よそ》に、愛香はテイルブルーに変身した。

「うんうん、つらいね、大変ね……だったらそんな人生、もう終わった方がいいわよね？」

そしてウェイブランスを頭上で回転させて逆手に持ち替え、穂先を地面に突き刺した。

キマイラギルディの周囲に集まっていた生徒たちが、ぎょっとして後退《あとずさ》る。

「……テイルオン」

俺も遅れてテイルレッドに変身し、動向を窺《うかが》う。

殺気立つブルーを諫《いさ》めるように平手を突き出し、キマイラギルディは微笑を浮かべた。

「待て、私は君たちと戦うつもりはない!!」

「あたしは戦うつもりしかないのよ!!」

キマイラギルディは周囲に集まっている生徒たちを手で指し示し、意味深に嗤《わら》う。

「私がこの時代の人間から属性力《エレメーラ》を奪うつもりはない――と、言ってもか?」

「うん」

「そうだろう、だから話を…………えっ?」

芝居っ気たっぷりに首を傾《かし》げていたキマイラギルディが、思わず目を白黒させる。

「あの、人間の害になることはしないと言っているんだが」

「だから？　エレメリアンは問答無用で倒すに決まってるじゃない」

純粋な眼差《まなざ》しで大暴言を放ってくるブルーに言葉を失い、助けを求めるように俺を見つめてくるキマイラギルディ。そんな目で見られましても、こちらとしては……。

「ほ――――ら光速伏線回収!!　そこのタブレットみたいな胸の人！　昨日《きのう》の話を忘れないでくださいっ!!」

「うっ……」

トゥアールにすかさず諌められ、タブ……ブルーが唸《うな》る。

さすがの俺もこの速さでド忘れされるのは驚いた。今キマイラギルディを迂闊《うかつ》に倒せば、双《そう》愛《ら》が未来に戻るのに支障が出てしまうかもしれないのだ。ブルーは不満げに構えを解いた。

「おい。アークドラグギルディはどうした、一緒じゃないのか!!」

「あの方はいずれ新生アルティメギルの王となるお方……現場の作戦には関与されんよ」

俺が一番気になっていた、ドラグギルディもどきは来ていないようだ。まあ、ドラグギルディと同じ姿のやつが高校の制服着てるのは見たくないが……。

「作戦って言ったな。俺が通っていると知って、ここに来た理由は何だ。学校のみんなを人質にでもするつもりなら、絶対に許さないぞ!!」

俺がキマイラギルディに凄《すご》むと、周りに集まっていた生徒たちが申し訳なさそうに狼狽《うろた》えている。見た限り何かをされたわけじゃなさそうだが、じゃあ何でエレメリアンの話を聞いていたんだ？

「むしろ逆だ。君の学友たち……つまりテイルレッドのツインテールに最も身近に接してきたであろう者たちだからこそ、真っ先にコンサルをしたいと思ったのだ」

「コンサル？」

怪訝《けげん》に問い返す俺に、キマイラギルディは深く頷《うなず》いた。

「人間は誰《だれ》もが自信を持って、『これが好きだ』と自覚できるわけではない。私はその後押しをしている。自分が何属性なのか？　何の属性を持つ可能性があるのか？　それを教えて回っているというわけだ」

俺たちに一歩近づき、諸手《もろて》を広げるキマイラギルディ。その拍子に、制服の両肩口が大きく破ける。もう諦《あきら》めろよ転校は……。

「つまり私は！　〝性癖コンサルタント〟なのだ!!」

「何ッ……性癖コンサルタントだと!?」

かつてない珍妙な肩書きに、俺は戦慄《せんりつ》を禁じ得ない。

「何様のつもりだか……あんた自身は何の属性なのよ!?」

ブルーが胡散臭げにガンを飛ばすも、キマイラギルディはむしろ爽《さわ》やかな微笑を浮かべた。

「それを言ったら先入観を持たせてしまうだろう。私はあくまで公平に、そして的確にアドバイスをする。自らの膨大な性癖の知識と、ＡＩによるバックアップによってね」

ＡＩを導入しての顧客への提案……いよいよそれっぽいこと言い始めたぞ。

「たとえば君……あのテイルレッドを見て、どう思う?」

キマイラギルディのすぐ隣にいた男子が唐突に話しかけられ、しどろもどろになりながら答えた。

「え、俺？　い、いや……素敵なツインテールだなーと……」

ありがとう、タイの色からして一年の男子Ａ。

キマイラギルディは小さく首を振ると、俺の顔を指差してきた。

「だが君の視線は、レッドの頰《ほお》に最も定まっている……君に合う属性は頰属性《パフ》だ！　これから自覚的に頰を愛《め》でるがいい、日々がさらにエネルギッシュなものになるぞ!!」

「頰……そ、そうかも……好きかも……」

めっちゃ俺の頰を見てくる！　とある男子の好みが、エレメリアンの手で花開いた瞬間だった。

あいつ、本当に性癖のコンサルタントしてやがる……!!

考えたな。確かに属性力《エレメーラ》は無理矢理芽吹かせようとして芽吹くもんじゃないが、自分に合ったものをしっかりと提示されれば、その後育てていくのは自分自身。一見、問題はない。

一方でトゥアールとブルーはかなり苛立《いらだ》っている様子だった。

「そうやって人間に属性力《エレメーラ》を拡散させて、最後には奪うつもりでしょう」

「あの手この手で口上だけ変えたところで、結局あんたたちエレメリアンがやってることはいつも同じなのよ!!」

「確かに、あるいは旧世代のアルティメギルの作戦の責任ではあるかもしれない……。だがこのままでは、世界は滅亡するぞ」

アルティメギルの常套《じょうとう》作戦――ツインテールの戦士に力を与えて活躍させ、世界中に属性力《エレメーラ》を芽吹かせた後で奪う――の功罪を認めつつ、キマイラギルディは昨日《きのう》の放送と同じ言葉を繰り返した。

「────世界から属性力《エレメーラ》が衰退し始めている。人間はもっと積極的に属性を持つべきだ!!」

おちゃらけた格好と肩書きで学校にやってきた闖入者《ちんにゅう》は、そう口にする瞬間だけ、燃えるような情熱と凍《い》てついた悲嘆、相反する二つの感情をその双眸《そうぼう》に宿らせた。

「夏休みなのに学生の諸君を引き留《と》めておくのも無粋。今日はこのぐらいにしておこう」

その奇妙な勢いに呆気《あっけ》に取られていた俺たちを余所《よそ》に、キマイラギルディは背後に転送ゲートを出現させた。

「覚えておきたまえ、ツインテイルズ。こうして過去にやって来たのは先行投資だ。私はこの時代で一つたりとも属性力《エレメーラ》を奪うつもりはない。君たちと争うつもりはないし……争うこと・・・・・はできない」

「……」

自分に釘《くぎ》を刺されたようで、ブルーが露骨に不満そうな顔をしている。

「たくさんの性癖に溢《あふ》れていた方が世界は面白いぞ、テイルレッド。君の愛するツインテール属性は、無限の性癖の中の一つに過ぎん……今一度それを自覚するべきだ」

まるで子供を窘《たしな》めるような口調でそう言い残すと、キマイラギルディはゲートの中へと消えていった。

知ったふうな口を……。そんなこと、俺だってようくわかってるさ。

「大丈夫か、みんな！」

俺はやつの周りにいた生徒たちに事情を聞く。

「ああ、俺も自分に合った性へ……属性を教えてもらっただけだよ」

「私も……」

「ごめん、『それがテイルレッドのためになるから』って言われて、つい……」

そんなことまで言いやがったのか、あいつ……！

人の善意につけ込んだ、詐欺紛《まが》いの話術を駆使しやがって。何がコンサルだ!!

「パパ〜っ！」

「双愛《そうら》！」

制服姿の双愛が、グラウンドの中を駆けてきた。

「遅れてごめんなさい、今ここにキマイラギルディがいたんですか？」

「ああ、もう撤収したから大丈夫。とりあえずこれから、みんなで話し合いをしよう」

愛香《あいか》とトゥアールも一緒に、ツインテール部部室へと向かうことにする。

侵略しない、属性力《エレメーラ》も奪うつもりはない。

そんなエレメリアン相手に、攻撃なんて仕掛けられないぞ。どうする……？

◇

陽月《ようげつ》学園から速《すみ》やかに撤収した後、キマイラギルディは様々な場所に忙《せわ》しなく出現しているようだった。その行動範囲は、日本全国どころか世界中に及ぶ。

俺たちは属性力《エレメーラ》でやつを捕捉できないのだから、各地の一般市民の目撃情報頼りだ。

ＳＮＳにアップされた情報を辿《たど》ると、キマイラギルディは性癖コンサルを名乗りながら全世界に出没。

今朝学校で見たのと同じように、一般人に片っ端《ぱし》から最適な属性をアドバイスしては去って行くらしい。

その足取りを追っているだけで、夏休みの初日は終わってしまった。

俺と愛香《あいか》、トゥアール、双愛《そうら》は、疲れ果てて地下基地に移動した。生徒会の仕事があった慧《え》理那《りな》と桜川《さくらがわ》先生も合流する。

「これだけ人間と接触して、属性力《エレメーラ》を奪う素振《そぶ》りすら見せないなんて……やっぱりあいつの言ってることは本当なのか」

俺は思った以上にくたびれていたようで、言葉の結びに溜息《ためいき》が交じる。

「キマイラギルディはアルティメギル再興のために、あらゆる種類の属性を研究し続けていました。そのデータの蓄積を活かして、性癖コンサルタントをしているんです」

双愛が、珍しく饒舌《じょうぜつ》に語り始めた。

「そもそも人間が全てを自分だけで決断できるなら、コンサルタントという職業自体成立しません。今の段階では、キマイラギルディのしていることは悪事じゃありません。自分だけの愛……性癖……その思いを後押ししているんですから」

滑らかですらすらとした語り口に、俺たちは全員聞き入る。それはいいのだが——俺は気が気ではなかった。

「自分は大きなおっぱいが好きな気がする。本当にこれが好きなのかな。本当にこれでいいのかな…………そんな不安な気持ちを『いいんだよ』と肯定してもらえれば、これ程嬉《うれ》しいことはありません」


俺の子が……俺の娘が、性癖とかおっぱいとか普通に口にしている……。

背中を冷たい汗が滑り落ちていく。何だろう、この……何とも言えない焦燥《しょうそう》感は。

未来の俺は育て方を間違えたのだろうか……いやそもそも何で自分の娘を性癖にまつわる戦いに関わらせたんだ!?　俺が現役なら、それでいいじゃないか!!

内心の悶《もだ》えが隠しきれず微震し始めた俺は、いつの間にか双愛に覗《のぞ》き込まれていた。

「ふふっ……やっぱり。パパは二〇年後でも女の子が下ネタっぽいこと言うと照れるんですね。私だってもう一四歳なんですから、エッチなことくらい……、とか全然言いますよぅ」

馬鹿《ばか》な……まだ早い！　俺はくわっと目を見開いた。

「たとえば、男性器とか女性器の別名とか。——ちん」

「やめっ……！」

血相を変えて身を乗り出そうとする俺を見て、神妙な表情から一転、くすくすと笑う双愛《そうら》。

完全に遊ばれている……。俺はふて腐れるようにして頬杖《ほおづえ》をついた。

「さすが私の娘です双愛ちゃん、五分に一回レベルで下ネタ言って総二《そうじ》様を鍛《きた》えていきましょう!!」

トゥアールママ（自称）はまだいいのだが——

「やっぱりお父様の前で脱ぎたくなったりしますの？」

はぁはぁしている慧理那《えりな》ママ（自称）が、スルーできない恐ろしい質問をしている。

「そうですね、親子ですから！」

双愛の口から、思わず振り返るレベルの回答が繰り出される。

続けて桜川《さくらがわ》先生ママ（自称）が大真面目《まじめ》な顔で質問した。

「それじゃあ娘よ、君もやっぱり観束《みつか》に婚姻届《こんいんとどけ》を渡すのか？」

「はい、初めて婚姻届をパパに渡したのは、五歳の時でした！」

「フッ、素晴らしいぞ我《わ》が娘……誇りに思うぞ!!」

それ冗談でも肯定していいやつか!?

わかんねえ、娘ってやつがわかんねえよ……!!　やっぱりパパは嬉《うれ》しいのかなあ!!

あ、でも五歳の娘から結婚するって言われたら、

「私がツインテイルズになりたいって言った時も、最初はすごく反対されたんです。これはパパもママも、どっちもでしたけど……」

そりゃそうだろう、俺じゃなくったって反対するよ！

「観束君はわたくしがテイルイエローになる時も、テイルギアを自衛のためだけに使って、エレメリアンとは戦うなと気遣ってくださいましたわ。その方針は、わたくしの娘にも引き継がれているのですわね……」

うっとりと天井を見上げる慧理那。完全に双愛を自分の娘として接している……。

「あはは、あたしもそうだったわよ。初めてテイルブルーになる時はそーじに心配されて、この基地で一問着《ひともんちゃく》あったなぁ……。最後はそーじを説得して変身したんだけどね!!」

「それは総二様じゃなくてトゥアールちゃんなんですけど!?　しかも瀕死にされてブレス強奪されましたけど!?　大丈夫ですか愛香《あいか》さん、未来の影響で記憶改竄《かいざん》されてません!?」

それからしばらくの間、俺を肴に女子トークが弾んでいた。

ちょっと疎外感を感じ始めた頃《ころ》合いで、双愛が俺に近づき、耳打ちしてきた。

「心配しないで、パパ！　パパが思っているより、女の子は強いんです。ヘンタイ怪人なんかに負けません!!」

「……そうか……」

俺は苦笑を浮かべた。複雑な気持ちだけど……エレメリアンとの戦いをこの子が自分で選んだのなら、親としては応援してあげるべきなんだろう。

いわゆる、子供の進路みたいなものだんだから。

何かどんどん考え方が親寄りになってきちゃってるけど、今から心構えができてしまうこと自体は未来に影響しないのかな。

さらにしばらく女子同士で談笑した後、トゥアールは元気よく椅子《いす》から立ち上がった。

「特殊なエレメリアンに関しては、イースナが詳しそうです。明日は久しぶりにツインテイルズ全員で集まることになっていますし、その時ゆっくりと話し合いましょう!!」

トゥアールは双愛《そうら》へと遠慮《えんりょ》がちに視線を送り、

「……私はちょっと調べ物がありますので、お先に失礼します!!」

シュタッと手を挙げ、コンソールルームから出ていったのだった。

双愛はうーんと考えこみ、一瞬ニヤリと笑った……ように見えた。

「……あの、パパ。今日はこの家に泊めてもらっていいですか？」

「ああ、もちろん」

「それじゃ、準備してからまた来ますね！」

元気よく手とツインテールを振って、風のように去って行った。

昨日《きのう》までは双愛はスタートゥアールのような移動船でこの時代に来て、そこで寝泊まりしていると思っていた。けどキマイラギルディの技術を利用して時間移動したと聞き、それはないとわかった。

俺の家でも地下基地でもいいから、最初から好きなだけ泊まればよかったのに。

地が見えてきたとはいえ、やっぱり双愛はまだ俺たちに遠慮しているように感じるな。

一方慧理那《えりな》は、双愛の元気な去りっぷりを見て朗《ほが》らかに微笑《ほほえ》んでいる。

「……少しずつ自分のことを話してくれるようになりましたわね、双愛さん」

「何となくまだ、素《す》を隠してる気がするけど……」

不意に訝《いぶか》しむような目つきになった愛香《あいか》を、桜川《さくらがわ》先生が窘《たしな》める。

「二〇年前の人間なんて、たとえ家族でも他人みたいなものだろう。他人行儀になるのも仕方ないさ。お嬢様の仰《おつしや》るとおり、仲を深めるのは少しずつでいいんだ」

「他人か。二〇年だと、そうなるのかなぁ……」

そういえば愛香がタイムスリップした時代は今から一〇年前だったか。その時はどうだったんだろう。

皆がぽつぽつと帰っていく中、俺と愛香《あいか》だけが室内に残った。

というか、「話がある」と愛香がツインテールで訴えてきたので、残らざるを得なかったのだが……。

「あたしはキマイラギルディがこれ以上何かする前に、問答無用で倒すべきだと思う」

予想どおりの言葉が来た。腕組みをして睨《にら》み付け、頑として譲らないという強い意志を感じる。

「だから、あいつを倒すと双愛《そうら》が……」

「帰れなくなるかも——って、おかしな話じゃない？　じゃあ双愛は、どうやってこの時代の問題を解決する気なの？　たぶん未来に帰る手段は用意してると思うわよ、あの娘《こ》」

言われてみればそうか。戦いたい倒したいって思いから逆算して導き出したんだろうけど、愛香にしては冷静な意見だ。

双愛も、最終的にはキマイラギルディを倒すつもりなのか？

「だけどキマイラギルディは、この時代の人間の心を奪うつもりはない、って再三言ってるんだぞ。むしろテイルレッド好きに偏った人々の趣味嗜好《しこう》を、正しく多種多様な愛に導く手助けをするって……」

「そうやって何度も騙《だま》されてきたでしょ。戦うつもりはないって言っておいて、最後まで戦わないで終わったエレメリアンが、今までに一体でもいた？」

それは愛香が相手の話も聞かずにノータイムで喧嘩《けんか》売るのも多分に関係してると思うが、確かにすぐには思い至らない。何百体何百回と戦ってきたのにだ。

「けど戦わずに終わったエレメリアンがいなくても、唯乃《ゆの》のようにわかり合えたエレメリアンがいることだって事実だ」

こういう特別な例を出すのはずるいとわかっているけど、大切にしなくちゃいけない。

「キマイラギルディが人間のために行動するって言っている限り、俺はあいつを信用してみるし……もし騙していたなら、責任を取って必ず倒す」

今度は俺が目で訴える番だった。

そっぽを向くようにして視線を切り、腕組みをして熟考していた愛香だったが――

「わかったわ。そーじはそれでいい」

肩を竦《すく》めて嘆息する。

「愛香……！」

「あたしはいつもどおりエレメリアンを警戒しておいて、もしもの時は『やっぱりね』って言いながら攻撃するわよ。それでいい？」

結局、折れてくれたのは愛香の方だった。

俺は仲間に支《ささ》えられて信念を貫き通せるのだと、こういう時痛感する。

「……いつもごめんな、愛香。頼りにしてる」

感謝を伝え、立ち上がる。てっきりこのまま愛香《あいか》も一緒に帰る流れだと思いきや、愛香はまたそっぽを向いてしまった。多分、完全に納得したわけじゃないんだろう。

揺れるツインテールへと謝意を残し、俺は部屋を後にした。

◇

総二《そうじ》がコンソールルームを後にして、しばらく後。

腕組みをしたままの愛香が、ぐらりと揺れた。

石にでもなったように身動《みじろ》ぎもせず、椅子《いす》から転がり落ちる。その際、肩と頭を床にしたたか打ちつけるも、眉《まゆ》一つ動かさない。

その代わり、頬《ほお》から耳、首元まで、茹《ゆ》で上がったように真《ま》っ赤《か》になっていた。

総二の去り際の一言が何度も頭をリフレインし、いても立ってもいられない。

「…………」

ごろごろごろ……。

廃棄寸前の古タイヤもかくやという摩擦の無さで床を転がっていく愛香。

しかし、可愛《かわい》らしく悶《もだ》えていたのは数秒。離陸直前の飛行機が滑走路を慣らし走行してから一気に加速するように、回転速度を急上昇させた。

ごろごろごろごろごろごろごろごろごろごろごろごろごろごろごろごろご
ろごろごろごろごろごろごろごろごろごろごろごろごろごろごろごろごろご
特殊合成スチールの壁にぶつかって凹《へこ》ませ、また転がっては反対側の壁に激突して凹ませ、進行方向上にテーブルがあれば脚を砕いて進む。

ときめきという推進力で加速した乙女《おとめ》は、もはや超科学製の物質でさえ止めることは敵《かな》わなかった。

「ええいエンジン止めなさいこの人間ロードローラー、基地を更地にするつもりですか!!」

騒ぎを聞きつけたトゥアールが、コンソールルームに駆け込んで来た。

「そーじが超かっこいい……」

「エロ漫画のヒロインのラスト数ページみたいなとろけきった顔を私に見せないでもらえますか!?」

ゆらりと起き上がった愛香の弛緩《しかん》しきった顔を見て、思わずたじろぐトゥアール。

「そーじが、『俺はお前がいないと駄目なんだ』って言ってくれたのっ……!!」

「それぜったい日本語字幕と吹き替えでだいぶズレがあるやつでしょう!!」

より自分にとってエモい感じに翻訳しているきらいはあるが、さして意訳ではない。

トゥアールは拳《こぶし》を握り締め、己の不甲斐《ふがい》なさに歯噛《はが》みした。

「総二《そうじ》様へのチョロさでは私が世界一でありたいのに、あなたはいつも一歩も二歩も私の先をゆくっ……!!」

「チョロくてもいいっ……そーじのためならあたし何だってできるもん!!」

恥ずかしさのあまり平手で床を何度もはたき、ヒビを入れる愛香《あいか》。

「うーん一挙手一投足がエロ漫画時空の女!!」

トゥアールは口を尖《とが》らせながら、近くの椅子《いす》に乱暴に腰を下ろす。

「……察するに愛香さんはエレメリアンを倒したい派に立って総二様と意見がぶつかったようですが……」

「察しがよすぎるわ」

やりとりを見ていたのかという程当たっているが、長い付き合いゆえの洞察だろう。

「双愛《そうら》ちゃんの未来への帰還方法もろもろ以前に、キマイラギルディの行動にはまだ謎《なぞ》が多い。どの道しばらくは泳がせておく必要があります」

「ってかあたしは、双愛も謎が多い気がする。隠し事とは違う秘密、っていうか……」

「無理にでもこの基地に泊まらせるべきだったかもしれませんね。引き留《と》めるべきでした」

愛香は天井を指差し、

「あんた聞いてなかったんだっけ？　あの子今日は、そーじの家の空《あ》き部屋に泊めてもらう、って……」

そしてトゥアールと二人同時に息を呑《の》む。普段はいがみ合っていても、こういう時に考えることは一緒だ。

愛香とトゥアールは寸分違わず同じタイミングで一つの可能性に辿《たど》り着き、お互いに顔を見合った。

◇

地下基地を後にした俺が喫茶店に顔を出すと、いつも通り多くの客で賑わっていた。

「いやぁ、総二君に娘ができるとはね！　酒が進むよ!!」

コーヒーカップを手にしながら赤ら顔で笑うおじさん。

メガネのＯＬさんが、俺を見て納得したように頷《うなず》く。

「なるほど……二〇年後の未来からやってきた双愛ちゃんが一四歳ということは、子作りは今から約五年後……」

そういう計算ポンってしないでくれるか……!?

「総ちゃん学生結婚しないのおおおおおおおおおおおおおおおおおおおお!?」

学生時代にデキ婚したマイマザーが、カウンター内で心の底から残念そうな雄叫《おたけ》びを上げている。

そういうのは人それぞれだから……。

項垂《うなだ》れていた母さんは、ベル音に導かれて店の備え付け電話を手に取った。

受話器を耳に当て、何やら俺をちらちらと見ながら通話している。

「大統領専用機が来週に到着するって。総《そう》ちゃんに娘ができたのを世界を挙げてお祝いしたいみたいよ～」

「この店の電話、どことホットライン繋《つな》がってんだよ!?」

しまった……もっとよく考えてから双愛《そうら》のことをSNSに投稿するんだった。

テイルレッドの誕生日程度で世界がお祭り騒ぎだったんだ、未来から娘が来たなんて知ったらそりゃもっと騒ぐよなあ！

カウンター席に座るシルクハットの老紳士が、しみじみと呟《つぶや》く。

「それにしても未来から人が来るなんて、ツインテイルズはすごいね」

テイルレッドに娘がいるというお祭り騒ぎだけじゃない。タイムトラベルが実在する――

その事実を、世界中の人がいつもの軽いノリで知ってしまったことに、一抹の不安が過《よ》ぎる。

だけどキマイラギルディという未来からのエレメリアンが現れた以上、たとえ双愛を隠し通したとしても、この時代の人々は時間移動技術の存在を知ってしまっただろう。

そう考えるとやっぱり、双愛の存在は積極的に知ってもらった方が心強いかもしれない。

タイムトラベルの技術を悪用して過去にやって来た怪人を、未来の戦士がしっかりと取り締まるために追いかけて来た構図なのだから。

そういえば、この店の常連には時間移動能力者を自称している人がいたはず。

果たして、奥の席にそのトレンチコートの客を見つけたが――

「そそそそそそそそうだね僕も同志が見つかって嬉《うれ》しうれうううううしししし」

……………本物の時間移動者が現れたことで激しく動揺している……。そこは堂々と胸を張っていて欲しかったが。

「オイルフィールドアゲマス」

そしていつもの中東の富豪っぽい客がいつもの口説き文句を俺に言ったかと思うと、

「あはは……大丈夫、数年後にパパが根負けして渡されたみたいですから、これ以上は大丈夫ですよっ、油田《オイルフィールド》」

準備をして戻ってきたらしき双愛が、俺の肩越しにとんでもない事実を告げたのだった。

◇

これまで俺たちと少し話してはいずこかへと去り、を繰り返していた双愛が、やっと我《わ》が家に泊まることになった。

まだ少し距離があるように感じるし、これを機会に打ち解けられればいいな。

空《あ》き部屋に案内しようとしたところ、双愛《そうら》は何故《なぜ》か俺の自室が見たいと言いだした。


「これがパパが高校生の頃《ころ》の部屋かぁ……」

俺の部屋に入るや、物珍しげに中を見わたす双愛。

俺が結婚して別の家で暮らし始めたから初めて見るのか、それとも単に部屋のレイアウトや置いてあるものが二〇年後とは全く違うのか。

二〇年後も俺がテイルレッド現役なことを考えれば、地下基地があるこの家から引っ越しはしないと思う。多分後者かな。

「わぁ、これが慧理那《えりな》さんが入る犬小屋なんですね！」

早速壁際に設置されたイレギュラーを発見する双愛。

「その名称の物体が自分の部屋にあるって認識する度《たび》に、ふと我《われ》に返りそうになるよ……」

「それでこれが……」

双愛は整理棚を物色し始め、そこから目聡《めざと》くカラフルな箱を見つけた。

エロゲーだ。

にまにまと茶化《ちゃか》すように見られるので、一応弁解はしておく。

「それはイースナの私物だぞ？」

あげると言われているが、イースナの持ち物を預かっているという認識でいる。

「はい、知ってます。エロゲーはイースナさんの宝物ですもんね。エロゲーがどういうものか、本人から教えてもらいました！」

「……そうか、イースナ…………………俺の娘にエロゲーを教えたのか……」

未来のイースナへ心中で抗議する俺を糾弾《きゅうだん》するかのように、

「パパは心配しすぎです！」

双愛は腰に手を当て、可愛《かわい》らしい怒り顔を近づけてきた。

「遅かれ早かれ知ることになるんですから、近しい人に優しく丁寧《ていねい》に教えてもらえるならそれが一番じゃないですか!!」

言うほどエロゲーって誰《だれ》もが知るものか……!?

「ごめん、双愛を子供扱いしてるわけじゃないんだ」

俺が平謝りすると、双愛はパッケージを手にし、その裏面を眺めた。

とても優しい目をしているが、その……そこには素《す》っ裸の女の子が密集しているんだが。

「イースナさん、未来で嘆いてました。この世界ではパッケージのエロゲーがほぼ絶滅しちゃったって」

イースナはエロゲーのパッケージの開封を、ある種の儀式のように楽しんでいたからな。ダウンロード販売だとそれができなくて、味気なく感じるのかもしれない。

「双愛《そうら》は本当に俺たちのことを何でも知ってるんだな」

「もちろん！　……っと……」

こんな些細《ささい》な質問にさえ、双愛は言葉を迷う素振《そぶ》りを見せる。

直截《ちょくさい》な言葉に託して、全てを打ち明けたいに違いない。そうした方が、ずっと楽だ。

会話が途切れたところで、双愛は俺のベッドに腰を下ろした。

そして訴えかけるような目で俺を見ると——ツインテールの結び目に手を伸ばす。

ゆっくりと、ツインテールを解《ほど》いていった。

「ザッッ」

気道が窄《すぼ》み、潰《つぶ》れたカエルのような声が出る。俺の魂《たましい》が口から出て、天井に昇っていきそうになるのを感じる。

「やっぱりそういうリアクション。この頃《ころ》からずっとそうだったんだ……!!」

苦笑する双愛。……ということは俺はアラフォーになっても目の前でツインテールを解《ほど》かれると死にそうになっているのか。

四〇歳を不惑と呼ぶが、そっからあと数年でどっしり構えられる気がまったくしないんだが……。

「ねえ、パパ……お願い。ツインテール結んで」

ツインテールを結ぶ——おそらくは生まれてから何度も親がしてきたであろうそんな当た

り前のことを、双愛はまるで一生のお願いのようにしてきた。

ベッドに腰掛けた俺の膝《ひざ》の上に座り、背中を預けてくる双愛。

この体勢じゃ、かえってやりづらいよ。双愛の後頭部が、ほとんど俺の目の高さにあるんだから。

だけど双愛が小さな時は、きっとこうやってツインテールを結んであげたんだろうな……。

「親になった俺は……双愛にツインテールを押しつけていないか？」

無言で手を動かすのも恥ずかしく、双愛の髪の毛を手の平で掬《すく》い取りながら、俺はそんなことを尋ねた。

「パパはそんなことしないですよ。自分でもわかってるでしょ？」

「……ありがとう」

速さを競う大会じゃない。ゆっくりと、丹精込めてツインテールを結んでいく。

双愛の鼓動が、背中から俺の身体《からだ》に伝わってきた。

ふと、不安にも似た疑念が頭を過《よ》ぎる。

この子はどうしてこんなにも、俺に甘えてくるのだろう。

一四歳ともなれば、むしろ親とは距離を取ろうとするものではないだろうか。

幸い俺は反抗期がなかったが、それでも自分の母親が重度の中二病だと知った時には軽くグレそうになった。

周りを見わたせば、慧理那《えりな》は自分の母親が人智《じんち》を絶したドMだと知った時、(それだけが原因ではないが)闇堕《やみお》ちして大暴れするぐらいには絶望していた。

イースナだって、メガ・ネが良かれと思って世話を焼くと「おかんか!」と疎《うと》んじるポーズを取る。

本心かはともかく、反発して親との距離感を模索することで、自立心を養う……それが思春期の子供にとっては普通のことだと思う。

だけど双愛《そうら》は出逢《であ》って以降、日を増すごとに親《おれ》との距離が近づいている。堰《せき》を切ったように甘えてくる。堪《こら》えていた感情が、抑えきれなくなったかのように。

求めても手に入らない親の愛情を、この時代でやっと見つけたかのように……。

――――まさか、本当は……。

二〇年後の未来では、俺はもういないのか……?

双愛がやけに言葉を選んで話すのは、未来が変わらないようにしているのではなく、これから起こる歴史が衝撃的過ぎて語れないことが多いから、とか……。

いや、そんなはずはない。

自分で言うのも何だけど、アルティメギル首領以上の強さを持ったエレメリアン相手でもなければ、テイルレッドが戦って負けるとは思えない。

年齢とともに戦闘力を維持できなくなるのか？

俺は、戦いの果てに散ってしまうのだろうか。我《わ》が子を残して……。

さすがに想像が飛躍しすぎているだろうか。

「……パパ……」

ツインテールを結び終えると、双愛が俺の胸にしな垂れかかってきた。

ツインテールごと娘を抱き締め、俺は決意を新たにする。

未来が変わったって構わない。

この子を悲しませることがないよう、俺はまだまだ強くなる。

ツインテールを極めてみせるぞ――。

◇

さまざまな思いを胸に、総二《そうじ》が娘との触れ合いをしている時。

「「いや近い近い近い!!」」

愛香《あいか》とトゥアールは地下基地のモニターにかじりつき、一喜一憂していた。

相変わらず、スナック感覚で総二の部屋を盗撮している。

「……何かこうやって地下基地のモニターで総二様《そうじ》の部屋盗撮しながらぐぬぬって負け犬ムーブかますの、めっちゃデジャブなんですけど……」

「誰《だれ》が負け犬よ！　あたしが負けたって思ってないんだから、あたしは負けてないわ!!」

「台詞《せりふ》がもう負けてる……」

おうっおうっと嗚咽《おえつ》を漏《も》らすトゥアール。

「三〇代でお祖母《ばあ》ちゃんかぁ……。息子は可愛《かわい》い女の子になって、孫もあんなに可愛い女の子で……もう思い残すことはないわ……」

そして、いつの間にかやって来ていた未春《みはる》も二人の後ろで嗚咽を漏らしていた。

「いやさすがに実の親娘《おやこ》では駄目でしょ、おばさん!?」

「あら何のこと？　おばさんは父娘《おやこ》で仲良くしてるようにしか見えないけど～」

わざとらしく知らんぷりをしているが、未春も気づいているはずだ。双愛《そうら》の甘え方が、娘から父へのそれではないことに。

慌《あわ》てふためく愛香《あいか》とトゥアールの前で、カメラは捉《とら》えた。

双愛が、ニヤリと口端《くちは》を吊《つ》り上げているのを。

「はい決定！　狙《ねら》ってる！　狙ってやってやがるわあの子ぉー!!」

「愛香さんは双愛ちゃんが抱きついた時点では気づかなかったでしょうけど、あの胸の感触を丹念に殿方に味わわせる回りくどい抱きつき方は狙ってやる以外あり得ないんですよ!!」

トゥアールをメンコにして床に叩《たた》きつけ、愛香《あいか》は頭を抱《かか》えた。

「それにしても……う～……あんなふうに甘えればいいのかぁ……娘の後で『ツインテール結んで』って言ったら、変に思われるかなぁ～」

よろめいて立ち上がるトゥアールは、さらに事態が悪化しているのを目《ま》の当たりにする。

『パパ、一緒にお風呂《ふろ》はいろ！』

『ああ、いいぞ！』

雰囲気に絆《ほだ》された総二《そうじ》が、普段なら絶対に躊躇《ちゆうちよ》する申し出をあっさりと受け容《い》れていた。

「「よくねえええええええええええええええええええええええええええ!!」」

綺麗《きれい》にユニゾンするどころか、高音低音のパートに分かれて絶叫を重ね合う愛香とトゥアール。

「やめさない双愛《そうら》！　ママ、あなたのこと実の父親を誘惑するようなふしだらな娘に育てた覚えはないわよ!!」

「血の繋《つな》がりがあろうと総二様に発情する、それでこそトゥアールちゃんの娘です！　やはり双愛ちゃんは私の産道を通ったと見て間違いありません!!」

母候補二人は、全く対極の意見をぶつけ合う。

「いやこれもう確定でしょう！　トゥアールちゃんの娘要素しかありません！　愛香さんの遺伝子が入っててこんなテクニカルな誘惑ができると思いますか!?」

「知り合いのおばちゃんのトゥアールさんがいらない知識吹き込んだだけって可能性の方が高いでしょ!!」

「誰《だれ》がおばちゃんですかああああああああああああああああああああああああ!!」

「な、なんでそんな怒ってんのよっ!?」

声のトーンが半音上がって絶叫するトゥアールに思わず気圧《けお》される愛香。

「でも、しょうがないわよ。双愛ちゃんだって年頃《としごろ》の女の子だもん、若くてかっこいいパパを見たらきゅんってしちゃうでしょ?」

「「～～～～～～～～!」」

可能性として考えていたものの目を逸《そ》らしていた事実を未春《みはる》に指摘され、愛香とトゥアールは目を見開いて絶句する。

お互いに肩を押し合うように、二人は我先《われ》にとコンソールルームを飛び出していった。

未来の娘の野望を打ち砕くために——。

未春は微笑《ほほえ》みながら二人を見送る。

「時空を超えて出逢《であ》った恋の相手が実の父親とか、ロマンよね～」

そして、一人だからこそできる邪悪な独り言を虚空に溶けさせた。

「……父と娘の禁断の愛……お祖母《ばあ》ちゃんはアリよ、双愛ちゃん」

第五章　まなツインテール、再び。

双愛《そうら》が初めて俺の部屋にやって来た夜は、騒がしい幕切れを迎えた。彼女のツインテールを結んであげてから程なく、愛香《あいか》とトゥアールが室内に突入してきたからだ。

どうやら二人は双愛と一緒に寝たかったようで、地下基地の空《あ》き部屋へと双愛を連れていった。俺の自室のドアが木《こ》っ端微塵《ぱみじん》にされたことを除けば、とても微笑《ほほえ》ましい一幕だ。

というかこの前学校で披露したトゥアールを槍《やり》に見立てたエグゼキュートウェイブが、その時に早くも完成を見ていた。ドアを破壊したのは、人類最高の叡智《えいち》を収める頭蓋骨《ずがいこつ》だ。

愛香の怪力とトゥアールのタフさが合わされば、恐るべき必殺技が生まれるといういい例だろう。

そんなことがあった翌日。俺と愛香、トゥアール、慧理那《えりな》と桜川《さくらがわ》先生、双愛はツインテール部部室に集まり、残りのメンバーがやって来るのを待っていた。

「またキマイラギルディの広告が表示されますわ……!!」

長机に突っ伏し、トゥアルフォンを手にした慧理那が悲嘆に暮れている。

「昨日《きのう》はヒーロー番組の一番いいシーンで広告が……うぅ……」

かなり参っているな、慧理那。せめて慧理那が好きな特撮おもちゃなどの広告ならともかく、エレメリアンの顔が大写しになるのだからたまったものではないだろう。

「わたくし『YOU TUIE《ヨウチユーイ》』は広告が非表示になるプランに入会していますので、キマイラギルディは勝手に自分の活動の宣伝広告を動画に差し挟んでいるようですわ」

「仮にキマイラギルディが正規の手順を踏んで自分の広告を出稿したとして、動画サイトがそれを受け容《い》れるはずもないけどな……」

それにどうやら被害は、動画サイトに限った話ではないようだ。キマイラギルディは、あらゆる媒体を駆使して属性のコンサル活動に勤《いそ》しんでいる。

「SNSでもあたしの渾身《こんしん》の投稿の上下がエレメリアンのプロモーションに挟まれてるんだけど!?」

精力的にツインテイルズ公式SNSに投稿している愛香にとっては、死活問題だ。

愛香のトゥアルフォンの画面の中。投稿の真下にあるのは、ダンスを求めるように手を差し出し、『太股《ふともも》、好きですか?』と問いかけているキマイラギルディのサムネだ。動画へのリンクだろう。めっちゃハートついてる……。

「SNSのハッキングぐらい私にもできますが、それを受けてキマイラギルディが行動をエスカレートさせた場合、消耗戦《しょうもう》になりそうなのが気がかりですね」

額《ひたい》を指で押さえて考えこむトゥアール。

「見てそーじ……戦闘員《アルティロイド》のあのヒョロガリ体型に合わせてオーダーメイドされた、上等なスーツよ」

さらに続けて愛香《あいか》が見せてきたのは、スーツでビシッと決めた戦闘員《アルティロイド》を後ろに従え、『スーツにキュンときたあなた、それです』と語りかけてくるキマイラギルディだった。それですって何ですだよ。

「本気で性癖コンサルするつもりか……それも、地球全人類を対象に」

キマイラギルディは、人類のためと銘打った活動——暗躍を続けている。

ツインテイルズとエレメリアン、どっちの言葉を世界の人たちが信用するか、考えるまでもないことだ。しかしそれは、キマイラギルディ自身も織り込み済みのようだ。

無理に自分の意見を押しつけず、あくまで相談の体で。さながらサブリミナル効果のようにじわじわと、人々の意識に性癖を広めていく。

属性力《エレメーラ》。人間の心の輝き。趣味嗜好《しこう》。

俺たちツインテイルズが守ってきたもの——。

それはエレメリアンにコンサルされなくても、人それぞれが養っていくべき愛のはずだ。

けれどキマイラギルディは、このままでは人の心が自然と衰退し、そう遠くない未来に世界が滅ぶと断じている。

それは愛香も言っていたように、あいつが最終的に属性力《エレメーラ》を奪うための作戦を遂行するために盛《も》って話しているだけなのか。

それとも、本当に……。


それから一時間。部室にイースナとメガ・ネ、唯乃《ゆの》、ロエルとリルナもやって来た。

久々にツインテイルズ全員集合だ。

ロエルとリルナも含め、全員陽月《ようげつ》学園高等部の夏服を着ている。さすがに姉妹姫は幼すぎてちょっとコスプレ感があるが、二人はたまにこの姿で学校に出没しては、マスコットのような扱いを受けているのだ。

「ほおう……こいつが総二《そうじ》の娘か。成長したテイルレッドって感じだな！」

唯乃は初めて直《じか》に見る双愛《そうら》をしげしげと眺め、にかっと歯を出して笑った。

「わー、ほんとだ！　大人のテイルレッドだね!!」

「テイルレッドのくせに胸があるぞ……」

そういえば唯乃やロエル・リルナは、俺が変わった姿のソーラも、女神のソーラも見たことがないのか。

ストーカー特有の気配消しとともに、イースナが双愛に肉薄している。

双愛のツインテールを見つめ、あることに気づいたようだ。

「も、もしかして、このメッシュ……わ、私たちのパーソナルカラー、全部……?」

「はい、未来ではツインテールにメッシュを入れるのがトレンドなんです」

「詳しく!!」

俺は五体を疾風《しっぷう》と化し、イースナと逆側のツインテールの房に急迫する。

なるほど、確かに初見ではそこまで気づかなかったが、双愛《そうら》のツインテールのメッシュは、青と黄、黒、白、桃、紫、水色……少し銀もあるぞ。

「へぇー! 偶然だけど、メッシュの色が俺以外のツインテイルズのパーソナルカラーが入っているな!!」

「はい、偶然ですね!」

俺は双愛と微笑《ほほえ》み合う。

「…………」

「…………」

俺は未来のおしゃれを見てテンションが上がったが、愛香《あいか》とトゥアールは何故《なぜ》か小声で言い争いを始めた。

「……もしかして双愛、母親の可能性をあたしたち全員に持たせてからかうために、あんなメッシュを入れているんじゃ……」

「愛香さんは悪い方に考えすぎです。ヒロインレースに敗れた私以外の女の子たちへの敢闘賞《かんとうしょう》として、全員分のパーソナルカラーを宿してあげたと考える方が妥当です」

「そっちの方がきついけど!?　だいたい青のメッシュが一番多いの、見ればわかるでしょ!!」

「明らかに白が一番ツインテールを彩《いろど》っています！　というか総二《そうじ》様のあのおとぼけを偶然ですねで済ますセンスがトゥアールちゃんの娘です!!」

メガ・ネは愛香とトゥアールの言い争いをチラ見し、何故か今が機会とばかりイースナの肩を叩《たた》いた。

「イースナちゃん、ほら、質問。もっと聞かんと」

メガ・ネに後押しされるように、イースナが双愛に接近する。

「そ、双愛ちゃん、歌……上手《うま》い……?」

「ツインテールカラオケ得意ですよ」

「私の娘、だね……」

ツインテールカラオケなる娯楽は気になるが、イースナにはさらに確信を高める秘策があるようだ。おかんの助言通り、質問数を増やすという秘策が。

「そ、双愛ちゃんが自分から言えないなら、私たちが、上手く質問して……誰《だれ》が母親なのか、導き出してあげれば、いいんだよ……」

イースナは神眼鏡《ゴッドめがね》のブリッジを指で押し上げ、双愛へと質問攻勢を開始した。

「母親は、黒髪ですか……?」

「答えられません」

「主に、大鎌《おおがま》を使って、戦いますか?」

「答えられません」

「宇宙人、ですか?」

「いいえ」

素《す》っ頓狂《とんきょう》な質問を挟むことではっきり答えられるものもあると確認したイースナは、さらに問いかけを続けた。

「アイドル、ですか?」

「たぶん部分的にそうです」

「あっ、そこは解釈が、わかれるとこ……!　空を飛べますか……相棒がいますか……その相棒はロボットですか……眼鏡《めがね》をかけてますか……かわいいですか……異世界人ですか……イースナちゃんです、か……!!」

「答えられません、たぶん部分的にそうです、答えられません、答えられません、はい、たぶん部分的にそうです、答えられません……!!」

イースナが最後どさくさに紛《まぎ》れてストレートに自分かを聞いたのまで含めて、双愛《そうら》は怒濤《どとう》の質問に完璧《かんぺき》に回答しきった。

広義の意味じゃ、エレメリアンの唯乃《ゆの》まで含めてこの場にいる全員異世界人だからな。

「て、手強《てごわ》い……。心配しなくても、全部バラしていいのに……。私が母親なら、知っても別に気まずくなって未来、変わったりしない……。ちゃんと産んで、あげる……」

イースナは俺を見てぐふふふと笑う。言ってることの意味はイマイチだが、先に起こることを知っても俺たちの心構え次第で未来が変わらないようにできる、という考えはかなり大事なことじゃないかな。この先双愛と一緒に過ごしていく上で。

愛香《あいか》とトゥアールも、途中からイースナの質問を見守っていたらしい。

「まあ、ツインテイルズ全員アイドルみたいなもんだとして、あたしたちみんな空飛べるわよね？　あの質問『はい』でも特定に繋《つな》がらないと思うけど」

「それだとツインテイルズメンバー以外が母親の可能性がほぼ消えてしまうでしょう。飛行機に乗ることを空を飛べると解釈すれば、全人類が対象になりますが」

「はー、なるほど……」

今度は言い争いから一転、小声で相談をし合っている様子だ。仲がいいな。

「でもこれで、私がお母さんの確率、高まった……」

「よかったなあイースナちゃん」

おかんにおかんであることを喜ばれるイースナ。

そんな様子を見た慧理那《えりな》が、長机に乗り出すようにして双愛に詰め寄っていった。

「ですが！　双愛さんはヒーロー番組を好きだと仰《おつしや》っていましたよね!?」

「番組そのものというか、おもちゃを集めちゃいますね」

「ようこそ神堂家《しんどう》へ！」

何らかの確信を得たように瞳《ひとみ》を輝かせ、慧理那《えりな》は抱き締めるかのように諸手《もろて》を広げる。

「わたくし結婚披露宴では、神堂採石場でナパーム爆発をバックに写真を撮りたいですわ……。双愛《そうら》さんが生まれたらその写真を見せながら思い出を語るのです……!!」

愛らしいのか物騒なのかわからない目標を語る慧理那。

「でも慧理那さん、ナパーム使わなくてもそれ以上の爆発自分で出せますよね？」

「違いますわ！　架空の特撮ヒーローができることを大概自分でできるようになった今も、それとこれとはまた別なのですわ!!」

確かに、と深いわかりみを得る双愛。

いつの間にか、双愛の対面の席についていたはずのロエルが彼女の傍《そば》に近寄っていた。

「えへへー、ロエルわかっちゃったっ。双愛ちゃん、ロエルと一緒だねっ♪」

「な、何がですか？」

「一緒じゃないよ。こいつのは計算だ、姉様とは違う」

リルナがジト目で横から口を挟む。このやけに抽象的な会話の内容を理解しているらしい。

「ロエルも計算……げふんげふん、まあいっか、そういうのは言わないのがマナーだもんね！　愛香《あいか》お姉ちゃん辺りはすぐ気づきそうなものだけどー、やっぱり娘ってことでバイアスかかってるのかなぁー♪」

どんな時でも温和な微笑《ほほえ》みを絶やさない双愛が、ロエルに絡まれてから頬《ほお》をひくつかせているように見える。それを見てロエルはさらにご満悦のようだ。

「こうやってみんなを振り回すお姫様ムーブ、これはロエルたちにしかできないことだもん！　ロエルとリルナちゃんの子供で決ーまり！　だよね!!」

「ボ、ボクは総二《そうじ》の子供なんて産みたくないけど故郷の王国のお世継ぎを作るまで帰れないから……」

ロエルとリルナの肩を後ろからそっと叩《たた》くのは、桜川《さくらがわ》先生だった。

「だが双愛はメイドとしての資質に優れているのも、この数日でわかっているぞ。特にお茶を淹《い》れさせたら私の部下よりも上手《うま》い。私の娘だと思うがな」

みんなに囲まれてしっちゃかめっちゃかの双愛だが、唯乃《ゆの》だけはそれを一歩離れて眺めていた。目聡《めざと》く気がついた慧理那が、唯乃を気遣う。

「唯乃さんは、双愛さんがご自分の娘だとは思わないんですの？」

「思いてーけどよー、エレメリアンと人間って子供作れんのかな〜？　試してみりゃわかるかな、総二？」

「な、何言ってんだ!!」

突然流れ弾が飛んできて、思わず声が裏返る。意味わかって言ってるのか、こいつ!?

けどそのエレメリアンに子供はできるかって話題はつい先日、ドラグギルディの息子から派生してトゥアールたちと議論し合ったことなんだよな……。

「危《あ》っぶな、こういう時天然の唯乃《ゆの》は要警戒だわ」

額《ひたい》の汗を拭《ぬぐ》う仕草をする愛香《あいか》を余所《よそ》に、唯乃は双愛《そうら》のツインテールをピッと指差した。

「でもちゃんと紫色のメッシュも入ってるじゃねえか。ありがとよ、双愛」

「あはは、偶然ですよ偶然！　このメッシュの色は、偶然!!」

「ま、母親探しは置いといてよ。双愛……あんたがどれくらい強《つえ》えのか知りてえな、俺様は」

ロエルとの絡みで調子を崩しかけていた双愛だが、唯乃のその質問で逆に目を輝かせた。

「私はテイルレッドの娘ですよ？　もちろんテイルレッドを超えて、ツインテイルズ史上最強！　未来の守護神で世界中のアイドルです!!」

おおおお～、と全員から感嘆の声が上がる。

「そりゃすげえや。今の総二《そうじ》は、ＭＡＸの形態じゃなくても惑星一個ブチ壊すぐれーやるぜ。それよりも強えとは、大したもんだ!!」

「も、もちろんです……」

唯乃は目を眇《すが》めて双愛を見つめた後、フッ、と優しい吐息《といき》をこぼした。

「そんじゃあ言える範囲で構わねーから、未来のこと教えてくれねえか？　今から二〇年の間に、どんな面白え戦いが起こったか、とかよ!!」

「馬鹿《ばか》ねあんた。そんなこと事前に知ったら、それこそ未来が変わっちゃうじゃない」

したり顔で唯乃に指摘する愛香。胸が永遠に成長しないと聞かされても、未来は変わらないという事実を知って絶望したのは、ほんの二日前のはずなのだが……。

しかし戦い大好きな唯乃にしては、いやにあっさり質問を変えたな。

「そうですね……まず、パパがツインテール大臣になりましたよ」

「未来にそんな光栄な役職があるのなら、謹んで拝命するが――」

「するの!?」

愛香の矢のようなツッコミをツインテール型の軌道で虚空に受け流し、俺は双愛に問い返した。

「それは何年後のことだ？」

「たぶんこの時間の半年後くらいに、日本にツインテール省が発足すると思います」

意外と早いな。もう今の段階で水面下で準備が進んでるとしか思えない。

「えっ、そーじ大学行かないの!?」

「あ。パパが学生時代は仮でしたが、大学卒業後に、すぐ就任しました！」

重ねてスピード人事がすぎる……。

「少し心配でもあるな……。ツインテールが政《まつりごと》に組み込まれていいものか」

「そんな真剣に憂慮するに値する次元の案件じゃないと思うわよ、それ」

俺の苦悩をジト目で睥睨《へいげい》し、呆《あき》れる愛香《あいか》。

「きっと観束《みつか》君がこの学園の生徒会長になったことが、ツインテール大臣就任への契機となったに違いありませんわ!!」

もはや秋の生徒会選挙もこれで盤石《ばんじゃく》だとばかり、慧理那《えりな》が嬉《うれ》しそうに手を合わせる。

日本のツインテール大臣より、いち学校の生徒会長になることを考える方が緊張するのは何故《なぜ》だろう。

「あとは、俳優のデック・ニールソンさんと一緒にツインテール映画に出たり」

俺、すでにデックさんから映画に誘われてるけど、今のところちゃんと断ってるぞ。

油田のお客さんといい、未来の俺って口説き落とされすぎじゃないか……!?

「そしてこれもまた正確な年月はお伝えできないのですが、愛香さん……テイルブルーの発案で、ツインテール最強トーナメントが開催されます!!」

「ツインテール最強トーナメントだって!?」

俺は思わず立ち上がる。頂にツインテールのマークが輝くトーナメント表が、宙に浮かんで見えるかのようだ。

「あたしツインテイルズ全員で心ゆくまで試合してみたいって思ったこと何度もあるわ。実現するんだー!!」

「何で無駄に行動力あるんですかこの頭が少年漫画のおもしろJKは!?」

愕然《がくぜん》とするトゥアールと対照的に、愛香は祈るように両手を組んで天井を仰いでいる。

「トーナメントかぁ……めっちゃ楽しみ！　ねえ、もう何年も待たないでこの夏休みに開催しちゃわない!?」

「早くも歴史を変えようとするなよ!!」

俺の懸念を余所《よそ》に、もう一人やる気満々なやつがいた。唯乃《ゆの》だ。拳《こぶし》を手の平に打ちつけ、白い歯を覗《のぞ》かせて不敵に笑っている。

「俺様は今すぐ試合開始でも構わないぜ。ツインテイルズのメンバーは、どいつもこいつも再戦してえやつらばかりだからな!!」

唯乃は、桜川《さくらがわ》先生とトゥアール以外とはだいたい戦闘経験があるからな。ロロリーも、フェニックスギルディとはやり合ったことがあるみたいだし。

「ね、ちょっとだけ結果教えて？　優勝したの誰《だれ》？　あたし？」

一方トーナメント発案者の愛香が、事前に試合結果を聞くという暴挙に出ていた。

「愛香さんは準決勝でパパに負けちゃいます。決勝戦が私とパパでした!!」

ちょっとどころかめっちゃ教えるじゃん……。

嘘《うそ》だ、絶対に負けるはずがない！　と逆上するかと思いきや、愛香はみるみるうちに頰《ほお》とツインテールを弛緩《しかん》させていった。

「そっかぁ……。えへへ、あたしそーじに負けちゃったんだ……」

「愛香《あいか》のやつ、テイルレッドに負けちまうってのに、どうしてニヤついてんだ？　悔《くや》しくねえのか？」

「この魔獣は自分が暴力の化身だと自覚しているからこそ、思い寄せる男性にそれ以上の力で手も足も出ず負けて組み伏せられたいという歪《ゆが》んだ欲望を抱《いだ》いているんです……そりゃ、きゅんきゅんのじゅんじゅんですよ」

不思議そうに首を傾《かし》げる唯乃《ゆの》に、トゥアールが小声で何か説明しているようだった。

「もちろん！　優勝したのは私ですけどね!!」

えっへんと胸を張る双愛《そうら》。愛香の視線がそちらに向く。

女の子が胸を張ると本能的に怒るいつもの癖《くせ》かと思いきや、

「そっかそっかー、双愛ったら、やたら最強アピールしてくると思ったけど、そういうことか～。あたしの娘なら腕っ節が強くて当然だもんね～」

むしろ、表情を弛緩《しかん》させていた。

「誰《だれ》がママか、気づいて欲しいってコト、で・しょ？」

またぞろ万力めいた力強さで双愛にウインクを送る愛香。絶好調だなどうした。

ロエルが半笑いで「はっ」と嘲《あざけ》るように吐《は》き捨てたように見えたが、俺が見ているとわかると頬《ほお》に両手の人差し指を添えてはにかんだ。

「やだよ試合とかめんどくさい……他に何か楽しいイベントないの？」

リルナが不満げに口を尖《とが》らせる。

「私が強くてこの世界を任せられるからか、パパはちょいちょい他の異世界を見に行ったりするのが増えましたね。出張というか……」

双愛の何気ない呟《つぶや》きに、トゥアールが一瞬ビクリと肩を震《ふる》わせた。自然な成り行きだと思うが、何か気がかりなことでもあるのだろうか。

双愛は俺の異世界旅行について、まるで絵本でも読むように語り始めた——。

◇

最強のツインテールであるテイルレッドは、無限大に存在すると言われる並行世界全てにその勇名を轟《とどろ》かせた。

並行世界で活動している野良エレメリアンの大半は、テイルレッドという伝説の戦士の名を心に刻みこそすれ、自分から彼女が暮らす世界へと向かわない限り一生会うことはないと思っていただろう。

それだけ並行世界の数は膨大であり、本来異なる世界同士の干渉はあり得ないのだ。

そこにある日テイルレッドがやって来たのだから、当事者たる野良エレメリアンの動揺は計り知れない。

錯乱《さくらん》したのか開き直ったのか、捨て台詞《ぜりふ》とともにテイルレッドにかかっていくのが常だ。

「このような辺境の世界に、テイルレッドが来られるはずがない!!」

「テイルレッドの名を語る狼藉者《ろうぜきもの》め！　者ども、であえであえ!!」

「モケ────!!」

別の世界でも。

「ええい、テイルレッドといえど、ここで果てればただのツインテール!!」

「ツインテイルズも今宵《こよい》限りよ!!」

さらに別の世界でも。

「ふん……アルティメギル壊滅で一度は死んだ身!!」

「お手向かいいたしますぞ、テイルレッド!!」

「エレメリアンの死に花を咲かせてくれるわ!!」

あるエレメリアンは最後まで本物のテイルレッドだと信じず、あるエレメリアンは助からぬと悟って自棄になって。

初めから戦闘意志があるわけではないテイルレッドにかかっていっては、返り討ちにされていた。

とうとうテイルレッドは、とある異世界で可愛《かわい》らしくエレメリアンを叱《しか》った。

「いい加減にしろ！　このツインテールが目に入らないのか!!」

たなびくツインテールに一喝され、エレメリアンたちは自然と膝《ひざ》を折り、頭を下げていった。こうしてテイルレッドの異世界漫遊は続いていくのだった……。

◇

——という話を双愛《そうら》から聞かされた俺だが、いまいちピンと来ない。

「つまり未来の観束《みつか》君は、世直し旅をしているのですわね」

「旅というか日帰り旅行というか、行ってすぐ帰って来るというか……家族に心配かけたくないみたいで」

双愛からその言葉を聞き、ほうっと安堵《あんど》したような溜息《ためいき》をつくトゥアール。

「やっぱそーじは愛妻家ね〜。よしっと！　公式アカに双愛のこと投稿したわよ‼」

世直し旅の話の途中で愛香《あいか》がトゥアルフォンを操作してるのは見えていたが、このためか。

最近専用機をもらったロエルやリルナも含めた全員で自分のトゥアルフォンを取りだし、愛香の投稿を確認する。

いつの間に撮ったのか、この部室で俺と双愛、愛香の三人で並んで撮られた写真と、やはり普段の愛香のキャラとはちょっと違うテンションでの投稿文が添えられていた。

▼今、ウワサの未来からやって来た女の子、観束双愛《みつかそうら》ちゃんと楽しくお喋《しゃべ》り中！　未来のこと、たくさん聞いちゃった！　でも誰《だれ》がママかは秘密なんだって～！　だけどこうして、そーじと二人で一緒に双愛ちゃんの隣に立つと……ふふ……♡（愛香《あいか》）

「お願いですからくたばってくれませんか!?」

トゥアールが顔を極限まで歪《ゆが》めて糾弾《きゅうだん》し、同じくアカウント権を持つイースナが、自分の新曲のPRを間髪容《かんはつい》れずに書き込むことで愛香の投稿を目立たなくしていた。

「ま、また『二人で』とか、『一緒に』とか、文面に……埋め込んでる……」

「被写体が三人だろうと意地でもそう書くのはある意味すごいな」

桜川《さくらがわ》先生が全くすごいと思っていなさそうな声で賞賛する。

「別にいいでしょ、世界の人たちだって双愛のこともっと知りたがってるって!!」

「はい！　それはもちろん！　私のこと、世界の皆さんにいっぱい紹介して欲しいです!!」

「ほら！　ほらほら！　子供の望むことをしてあげるのが親でしょうが！　ネットでのコミュニケーションに理解のない親は子供と距離できるわよ!!」

愛香にドヤ顔で論破されたトゥアールは、全身を震《ふる》わせながら白衣のポケットに手を差し入れ、何らかの機械をにゅるんと取り出した。

「アンチアイカシステム二一号、アイカトウケツスール……これを使う時が来ました……」

おお、久しぶりのアンチアイカシステムだ。スマホのスタンドのような三角っぽいフォルムをしている。自分に向けられた武器へ、愛香の目は冷ややかだ。

「何が凍結だか。冷凍庫かなんかで、あたしを凍らせるつもり？　ブチ壊して脱出すれば終わり。いつものパターンでしょ」

「いいえ違います！　この機械はこうしてトゥアルフォンを装着することで、世界に存在する全ＳＮＳを掌握し、ＡＩによって愛香さん反応を感知！　愛香さんのアカウント権だけを剝奪する……つまり凍結するのです！　たとえ個人的にアカウントを作り直そうと全て瞬時に凍結しますし、二度とツインテイルズ公式に書き込むこともできません!!」

……………超科学を駆使してすることがアカウントＢＡＮとは……。

「キマイラギルディのネット宣伝対策装置を作っていたのですが、よく考えたら私が対策したいのは愛香さんなので、アンチアイカシステムに流用しました!!」

何で初志貫徹してキマイラギルディ対策に邁進《まいしん》してくれなかったんだ……。

ところが効果のしょぼさに反して、愛香は顔面を蒼白にして呼吸を震わせ始めた。

「はははははははははＳＮＳ中毒になった愛香さんにはこれが効きます！　今まで力に力で対抗してきましたが、柔よく剛を制するが科学の神髄《しんずい》！　これで――」

愛香は蹴躓《けつまづ》いて倒れ込むようにして、トゥアールの腰に縋《すが》り付いた。

「や、やめて……それだけはやめて！　あたしからＳＮＳを奪わないで!!」

「ひいっ、何ですか！　いつもなら『じゃああたしはあんたの生命《いのち》の鼓動を凍結するわ』とか言ってシステムもろとも私を攻撃してくるでしょう!!」

愛香《あいか》に吹き飛ばされすぎて、ツッコミが来ないと逆に不安になる体質になっちゃってるんだよな、トゥアールは。これも二人の歴史、メモリアル・ツインテールか……。


ロエルが「あっ」と長机の上を指差した。

電子妖精《エレクトフェアリー》・とぅあるんが浮かび上がっていたのだ。

「エレメリアン、出現です」

黒丸お目々に逆三角の口、アニメチックにデフォルメされた二頭身のトゥアールを見て、嬉《うれ》しそうにする双愛《そうら》。

「わあ、とぅあるんだ！　この頃《ころ》は服着てるんですね!!」

未来にまた一つ不安が生まれるが、今はそれどころではない。

ここまでのキマイラギルディの性癖コンサル行脚《あんぎゃ》はエレメリアン出現反応として探知していなかった……つまり今日は、明確な戦闘意思のあるエレメリアンが現れたというわけだ。

トゥアールが端末に現場の映像を表示して長机の上に置き、俺たちは一斉にその画面を注視する。エレメリアンの見た目は、やけに既視感のあるものだった。

「キマイラギルディ？　いや違う、これは……」

「見た目が手抜きになったキマイラギルディって感じだな。あいつの分身体か？」

俺の予測を継ぎ、唯乃《ゆの》が訝《いぶか》るように画面を睨《にら》む。

キマイラギルディに顔の似たエレメリアン。顔や身体《からだ》のパーツが簡易的で、やつの量産品といった見た目だ。

「とにかく、これであいつの大言壮語《たいげんそうご》が出鱈目《でたらめ》かどうかはっきりするでしょ」

この前先走って酷《ひど》い目に遭ったからか、愛香は出撃するとは名乗り出なかった。あるいは、アイカトウケツスールのダメージがひどいのかもしれない。めっちゃ効果出てるじゃん。

「では、慧理那《えりな》さんとイースナ、出撃お願いします！」

慧理那とイースナが、同時に頷《うなず》く。トゥアールは撮影の順番的にイエローとブラックを選んだのだろう。

「そうですわ！　双愛さん、一緒に出撃しませんか？　ツインテイルズ史上最強というその強さを、是非『メモリアル・ツインテール』に収めましょう!!」

慧理那に羨望《せんぼう》の眼差《まなざ》しで見つめられ、いつもの調子で快諾《かいだく》するかと思っていた双愛だったが、控えめな態度でそれを固辞する。

「あ、いえ、私は遠慮《えんりょ》しておきます。まだ本調子ではなくて……変身は次の機会に」

撮影されることが未来に影響するから断るわけじゃないのか。

そりゃそうか、俺や愛香がもう双愛の写真をＳＮＳに投稿しているもんな。

「そうですか、それは残念……。では、わたくしの戦いをとくとご覧ください！　新必殺技も開発しましたの!!」

「フィ、フィニッシュは一緒に決めよう、慧理那《えりな》……」

「ええ、バッチリ撮っていただきましょう!!」

「仲良しさんでええなあ。ほな、今回はうちはお留守番しとくで。しっかりな！」

メガ・ネに激励され、慧理那とイースナはイエローとブラックへと同時に変身。仲睦《なかむつ》まじく転送ロッカーの中へと入って行った。

残った俺たちも転送ロッカーから地下基地へ移動、二人の戦いを見守ることにする。

「一応俺も後から行ってくるよ。大丈夫、二人の撮影の邪魔にならないようにするから」

そうトゥアールに言い含めて、俺も出撃することにした。愛香《あいか》と約束した以上、キマイラギルディの動向はしっかりと把握《はあく》しておきたいからな。

……行くのを控えるべきだったと、すぐに後悔することになるのだが……。

◇

「やっちまいましたわ〜〜〜〜〜〜〜〜〜〜〜〜〜〜〜〜〜〜〜〜!!」

やっちまいましたわね……。

戦闘後、愛香とトゥアール、メガ・ネ、桜川《さくらがわ》先生、ロエルにリルナ、唯乃《ゆの》、そして双愛《そうら》の待機する地下基地へ帰投した俺とイエロー、ブラック。

しかしご覧の通り、慧理那はコンソールルームに入るや、部屋の隅で頭を抱《かか》えて座り込んでしまった。桜川先生が背中をさすっているが、それは酔っ払いの介抱ではないだろうか。

帯同されていた戦闘員《アルティロイド》も含め、華麗に撃破していたイエローだが、様子を窺《うかが》いに行った俺を目にした瞬間、はぁはぁしだして……まあ、後はいつもの通りだった。

いつも通りだから、これもメモリアル・ツインテールってことでいいんじゃないだろうか。

「やっちまった慧理那は置いておくとして、今はキマイラギルディについてじゃ」

ブラックから変身解除し善沙闇子《いいすなあんこ》になったイースナは、今日の戦闘について振り返った。

「今日の敵はやはり、キマイラギルディの分身体のようなものじゃった……いわばキマイラソルジャーとでも言うべきか。本体が近くにいないのに、独立して行動しておった」

神眼鏡《ゴッドめがね》を持つイースナが捕捉できなかったのなら、キマイラギルディは戦場の近くで隠れて観察してたわけでもないだろう。確かに自立行動が取れる分身体というのも変わってるな。

「現場にいた一般人に話を聞いたら、キマイラソルジャーは言葉を喋《しゃべ》って例の性癖コンサルをしていたらしい。しかし途中からヒートアップして、しつこく食い下がってきたようでな」

イースナの調査結果を聞いたトゥアールは、訝《いぶか》しむようにメインモニターを見つめた。

「それで反応を検知したというわけですね。しかし人間の属性を奪おうとしたわけではなく、あくまで属性力《エレメーラ》の芽吹きを促進していると……」

キマイラギルディの行動を静観したいと愛香《あいか》に言った俺だが、補欠も動員して性癖コンサルが強引になってきたのを見ると、考えを改めなければいけないのかもしれない。

ところが意外な人物が、俺のその方針を引き継いでいた。

「あの……この時代の人間ではない私が言うのもなんですが、もう少しキマイラギルディの活動を注視してみるのは駄目ですか？」

双愛《そうら》だ。さすがにこれには驚いたようで、愛香が声を軽く上擦《うわず》らせながら聞き返した。

「何言ってんのよ、双愛はそのキマイラギルディを倒すために来たんでしょ⁉」

「倒すことが解決方法だとは思っていません。そのまま未来に帰すことが一番です」

確かに双愛は自分からは一度も、キマイラギルディ部隊を殲滅《せんめつ》するといった明確な目標を提示していない。俺たちの勇み足と言えばそれまでだが、だったら双愛はどうやって彼女の言うところの『問題』を解決するつもりなんだろう。

まだ何か言いたそうな愛香を一瞥《いちべつ》し、トゥアールが腕組みをして考えこむ。

「そうですね……双愛ちゃんもこう言っていることですし、キマイラソルジャーによる補助活動も含めて、キマイラギルディの行動をもう少しの間静観してみましょうか」

「んん？　てぇことは、しばらく戦いはねえってことか？」

唯乃《ゆの》が気怠《けだる》そうに頭の後ろで手を組む。

トゥアールは意味ありげに自らの胸を揺らしまくりながら、背にしたメインモニターに戦闘結果とは別の映像を表示する。

「――――ここは一つ、みんなで慰安旅行に出かけましょう!!」

そこには、透き通るようなスカイブルーが一面に映し出されていた。

◇

キマイラギルディの移動戦艦――基地の大ホールは、夥《おびただ》しい熱気に包まれていた。集ったエレメリアンたちのあまりの男むささで、空気が粘度を帯《お》びているかのようだ。

それもそのはず、メインモニターにテイルレッドが大写しになっているからである。このプリティーなツインテールを見て、騒ぐなと言う方が無理な話だ。

まずは背中に並々ならぬ愛を持つ戦士・ボアギルディが、テイルレッドが背を向けた瞬間に映像を一時停止させ、存分にベストショットを堪能していた。

「いい背中だ……。布越しにもわかる華奢《きやしや》な背骨のライン、つるつるの肌……。やはり最強のツインテールを持つ幼女は、その中心線たる背中のクオリティも桁違《けたちが》いだ」

別のエレメリアンが、画面の端《はし》で見切れているテイルブルーを指差す。

「しかし背中を見たいのならば、テイルブルーが丸出しにしているが?」

「丸出し？　確かに隙間《すきま》はあるが、そこそこ布で覆《おお》われているではないか」

「そっちは前面だ」

ブルー本人が聞いたら殺戮《さつりく》フェスティバルが開会するであろう薄氷《はくひょう》の会話も、和気藹々《わきあいあい》と繰り広げられる。ただただ通常営業だった。

テイルレッドの背中のあまりの愛らしさに我慢できなくなったのか、ホールの中心で気合い一喝するボアギルディ。

「覇《は》ッ!!」

両腕で肘《ひじ》置きを形成し、直角に曲げた膝《ひざ》、ピンと伸ばした上半身。この不安定な体勢ながら、体幹が少しもぶれていない。まこと見事な人間椅子《いす》であった。

「フッ……さすがだ。久しぶりに見たな、お前の奥義を」

それを目にした他のエレメリアンたちも、賞賛を惜しまない。

「当然だ。俺はテイルレッドに座ってもらい、存分に背中の感触を堪能するため、この椅子の構えを極めたのだからな」

筋骨隆々《きんこつりゅうりゅう》の怪人が、全身全霊で椅子を演じている。

その完璧《かんぺき》なる座り心地《ごこち》といったら、世界中の小説家やイラストレーターたちから「是非座らせてください」と依頼が殺到すること請け合いであろう。彼らが仕事で使っているワークチェアの数百倍もの機能性と安定性を、身一つで実現しているのだ。

しかし残念なことに、ボアギルディはテイルレッド以外を自分に座らせないと心に決めていた。商品化を固辞し、気高き《けだか》専用品《ワンオフ》となることを選んだというわけだ。

それだけではない。ボアギルディは、直角に曲げた膝はそのままに、何と上体を一八〇度近くまで反らし始めたのだ。

周囲のエレメリアンたちは、その体勢が何を意味するのか即座に看破《かんぱ》した。

「ほう……リクライニングか」

「あやつの胸板に背を預けきゃっきゃとはしゃぐテイルレッドが、俺たちの目にもはっきりと見えるわ」

どうやらエレメリアンたちには、人間椅子で無邪気に遊ぶテイルレッドが具現化して見えているようだった。

背中だけではない。モニターに映るテイルレッドを見て、エレメリアンたちは次々に自分の属性を、それにまつわる妙技を披露していく。

「やっているな、君たち」

ホール内に遅れてやって来たキマイラギルディも、この喧騒《けんそう》を見てほくそ笑まずにはいられない。

「おお、キマイラギルディ様！」

「しかと性癖を高めておけ。いずれ君たちにも、私の性癖コンサルに付き合ってもらうぞ‼」

ホールに響く漢《おとこ》たちの笑い声。変態的な妄想に巻き込まれるテイルレッド。

まさにアルティメギル全盛期がそのまま再現されたかのような活気だ。

エレメリアン黄金時代、ここに再び。

ついに総二《そうじ》たちの世界に、恐るべき変態たちが凱旋《がいせん》したのだ。

◇

照りつける日差し。一面の砂浜。寄せては返す波。

そして――ツインテール。

全体会議から数日。双愛《そうら》の歓迎会と交流会も兼ね、俺たちは一年ぶりに神堂《しんどう》家のプライベートビーチ、通称ツインテール海岸を訪れた。

「この島、小さい頃《ころ》にパパや慧理那《えりな》さんに連れてきてもらったことがあるんです」

「ホントか！」

来て早々、意外なことを話す双愛。この島とも、長い付き合いになっていくんだなあ。

「まさか善沙闇子《いいすなあんこ》の活動のロケハンで来た島が、神堂家の持ち物じゃったとはな……」

感慨深く呟《つぶや》くイースナ。今日は最初から善沙闇子モードだ。

去年の今頃《いまごろ》は、この口調の彼女とまだ敵同士だったというのが信じられない。

砂浜から続く道路の先にコテージが数棟並んでいて、大庭園を挟んで十階建てはあろうかというビルタイプのホテル。島の施設もそのまま変わっていない。

今回もコテージを更衣室として使用するため、女子組と分かれる。

「そんじゃ総二、俺様たちも着替えに行こうぜ」

「おう」

唯乃《ゆの》に誘われて同じコテージへと歩いていく俺の肩を、愛香《あいか》が引っ摑《つか》んだ。

「おうじゃないでしょ！　しれっとそーじと一緒に着替えようとしてんじゃないわよ、唯乃!!」

「し、しまった、雰囲気に流されてつい……」

言われて俺はやっと気づいた。

「いくら女同士だからって、あんたら、俺様の前で着替えしたくねえだろ？」

頭を搔《か》きながら弁明する唯乃に、愛香は呆《あき》れ顔を向けた。

「その気遣いができて、どうしてあんた自身は総二の前で着替えようとすんの!!」

俺とさらに別のコテージをあてがってもらい、そちらへと歩いていく唯乃。

「昔はすっぽんぽんで変身してた唯乃さんがねぇ……」

「昔はお股《また》丸出しで飛び蹴《げ》りしてきた焼き鳥がのう……」

背後でトゥアールとイースナが感心しているのが聞こえ、俺は含み笑いをもらした。

「それじゃパパ、私たちも着替えましょう!!」

「双愛《そうら》もこっち!!」

ごく自然に俺についてきていた双愛を、愛香《あいか》がインターセプトしていく。

「え、でも私、一四までパパと一緒にお風呂《ふろ》入ってましたよ?」

「また随分最近ね…………いやそれ今じゃない今!!」

愛香にしぼられながら、双愛は女子組のコテージに入っていった。

今でも一緒にお風呂……?


——仲がいいんだな、未来の観束《みつか》家は!!

◇

真っ先に着替え終わった俺は、砂浜で腕組みをしながらみんなの到着を待つ。

ちなみに家で探しても見つからなかったので、俺も今年は海パンを新調した。右太股《ふともも》の部分にツインテール属性のエンブレムが印字された逸品だ。

波の音のリフレインも心地《ここち》よく、時間が過ぎてゆく。

やがて準備を終えた女性陣が、揃《そろ》って砂浜へとやってきた。途中で唯乃《ゆの》も合流したようだ。

去年も実感したとおり、水着はツインテールを引き立たせる。女性陣の放つツインテールの気迫が突風となって迫り来るが、俺も去年までの俺ではない。

並み居るツインテールを、己が身一つで受け止めるだけの成長を果たしていた。気迫に同調し、海パンに刻印されたツインテールマークが発光したようにさえ感じるぜ。フッ……。

「あー、お兄ちゃん、ロエルたちの水着見てニヤニヤしてる～！　えっち～♡」

「あの笑いがエッチなやつだったらここの誰《だれ》も苦労してないじゃん、姉様……」

ロエルとリルナが着ているのは、普段のドレスをそのまま水着にしたようなワンピース。やはりドレスと同じ白黒色違いの差し色があり、肩にまでフリルがついているのが特徴だ。

「おう、どーだ総二《そうじ》！　この前イースナと買ってきたんだぜ!!」

潮風に舞うポニーテールも眩《まぶ》しく、陽光で八重歯《やえば》を煌《きら》めかせる唯乃。彼女が着ているのは、競泳水着に近いスポーティーなタイプの水着だ。ワンポイントで炎のマークが右胸の上についている以外、さして飾り気はないが……それがむしろ、紫のラインと合わせて唯乃の健康的な魅力を引き立てている。

「感慨深いのう……。こうして総二と一緒に海に来て、わらわの瑞々《みずみず》しい水着姿を披露することになろうとは……」

去年は「だーくぐらすぱー」と大きく書かれた名札のついたスクール水着を着ていたイースナだが、今年は一転、お洒落《しゃれ》な水着に身を包んでいる。今日は善沙闇子《いいすなあんこ》モードだが、その水着もアイドル衣装のデザインを取り込みつつ上下で分かれたスカートタイプだ。

去年よりけっこう伸びたツインテールと相まって、まさに瑞々《みずみず》しい。

「私も、若いパパと海に来るのは初めてですっ。ど、どうですか……？」

頰《ほお》を赤らめながら、後ろ手に組んで水着を見せてくる双愛《そうら》。

やはり愛香《あいか》言うところの地雷系コーデの意匠が入った水着。去年の俺が変身したソーラの水着姿とは、かなり印象が違うな。

「私、こんなに大きくなったんですよ……？」

「ああ、大きくなったんだな！」

前屈《かが》みになって俺を見上げてくる双愛、その大きく成長したのであろうツインテールを見て、父としての感慨に満たされる。しばらくして双愛は、ぷーと頰を膨《ふく》らませていた。

去年の海水浴では一緒じゃなかったメンバーは、この五人だ。

桜川《さくらがわ》先生に去年賜った教えを忘れず、全員分の水着を順番にしっかり褒《ほ》めていった。

一方、愛香たちもみんな去年とはデザインの違う水着だが、何となく傾向は似ている。おそらくそれぞれの趣味なんだろう。

「わたくしも、今日が楽しみで新しい水着を買いましたの！」

慧理那《えりな》はフリルが施《ほどこ》された可愛《かわい》い水着を披露するためか、くるくると回転してツインテールを舞わせる。

「初手《しょて》から淫乱《いんらん》ダンスはやめてください、慧理那《えりな》さん！　今日は長いんです!!」

「ツ、ツインテールの舞いですわ！　それにわたくしは準備運動をしていただけで——!!」

「お嬢様の邪魔をするな、トゥアール」

次は、桜川《さくらがわ》先生だ。去年の海水浴で着ていた水着と形状が似ているが、色は水色になっている。おそらく、アナザーテイルブルーのカラーに合わせたのだろう。派手なパステルカラーも、桜川先生の大人の色気とのコントラストで映えている。

「人数増えたせいで一人一人を吟味する尺が短くなってません!?　トゥアールちゃんのおっぱいは九人分時間をかけて視姦《しかん》してくださいね、総二《そうじ》様!!」

ティアドロップ型の白いビキニの上に白衣をまとったこの夏話題の科学者コーデでキメたトゥアールは、ことさらに胸を揺らすように飛び跳ねていた。

「あ、あたしもちゃんと新しい水着だからね。いろいろ成長したし……」

照れくさそうに身をよじる愛香《あいか》。

何も言わずただ半笑いになっただけのトゥアールが、早くも砂浜に頭を埋められた。

ちなみに今年は愛香の水着のトップを、決定的なダウトが蝕《むしば》んではいなかった。

去年は水着に着替えた途端、トゥアールに匹敵する豊かさに変身していたものだが……。

俺も天丼で来られた時のリアクションに窮していたので、助かったと言えるだろう。

——お前も成長したな、愛香——。

「なあ津辺《つべ》、やっぱりあのパッド芸、今年もやってよかったんじゃないか？　どうしてさっき更衣室で一度盛り盛りしたのに外してしまったんだ？」

「桜川先生、しっ！　あとパッド芸じゃない!!」

愛香が桜川先生の口を手で塞《ふさ》ごうとしている。……成長してなかったんだな、愛香……。

全ての私服でそうなわけじゃないが、こうやってツインテイルズで揃《そろ》ってどこかに出かける時、自然と自分のパーソナルカラーを基調とした衣装を用意する習慣のようなものができた気がする。何かチームって感じがして、いいな。

白いビキニに彩《いろど》られた胸を存分に揺らし、トゥアールが拳《こぶし》を衝《つ》き上げる。

「というわけで、海！　メモリアル・ツインテール第五章の開幕です!!」

「第何章まで撮れば完成なのよ!!」

飛んでいるカメラドローンを見て、愛香が肩を落とす。

というか、思ったより進んでたんだな、動画編集。

「お～い」

遅れてやって来たのは、何か着ぐるみが水着のようになっているメガネドンだった。

「ウェットスーツメガネドンや。イースナちゃんに新調してもらったんやで～」

自慢げに披露するメガ・ネの周りに、愛香たちが集まっていく。

確かにサメのゆるキャラが水着着てるようにしか見えないな。

「じゃあ、普段メガネドンってすっぽんぽんなの？」

ロエルに無垢《むく》な質問を向けられ、メガネドンが困り果てる。

「……どうなん、イースナちゃん」

「メ、メガネドンが服じゃから……」

「それだとメガ・ネプチューンが裸ということにならないか？」

リルナに追い打ちで質問され、イースナも困り果てる。

そうしてちやほやされているメガネドンを、双愛《そうら》は一歩下がって見つめていた。

何か眉《まゆ》を顰《ひそ》めているように見えるが、ウェットスーツ型の水着が羨《うらや》ましいとか？　双愛の水着だって、それ以外ないってくらい似合っているけどな。


愛香《あいか》は俺を抱き寄せるようにして、トゥアルフォンで写真を撮った。

「ねえトゥアール。そーじと一緒の水着写真、公式アカに投稿しようと思うんだけど……どうかな。やっぱ水着はちょっとライン越え？」

「私の前に己の乳に相談してくれますか!?　つぎゃおぅわあああああ一年ぶり!!」

愛香に投擲《とうてき》され、飛び石のように海面を跳ね飛んでいくトゥアール。

準備運動もせずに、あんな沖の方まで……。

「愛香ちゃん、元気やね～」

「去年はそーじであってソーラだったから……そーじとちゃんと一緒に海来るの、久しぶりだもん！　ね!?」

「ああ、三年ぶりくらいか」

探しても海パンが見つからないと思ったら、どうりで。俺、去年はソーラの姿でしか海に来てなかったのか。

振り向くと、昆布やヒトデをまとわりつかせたトゥアールが目の前に立っていた。

「水着脱いでヒトデで乳首隠して現れてみようかと思いましたが、ちょっと迷いました。どう思います？　総二《そうじ》様？」

「え、水着でいいと思うけど……」

ゆうに二キロはぶっ飛んだのに、数秒でここまで戻ってきている夏のミステリーに比べたら、ファッションはそこまで頓着《とんちゃく》しなくてもいい気がしてきた。

「ですよね、有機物で私のおっぱいに直《じか》に触れるのは総二様だ――」

トゥアールが何か言い終える前に愛香が手刀でツッコミを入れようとしていたが、その指がトゥアールの直前でピタリと止まった。

「あれ？　トゥアールあんた、ちょっと身体《からだ》締まった？」

濡《ぬ》れぼそったトゥアールのお腹《なか》のあたりをしげしげと見つめる愛香。

「おっぱいが痩せないよう計算しながら、全身鍛《きた》えてますよ。最近ちょくちょく自主トレしてますからね」

「え、筋トレ？　何で？」

「……私がツインテールを取り戻す一番の近道は、しっかりとテイルホワイトになることです。体力つけようと思いまして」

「やるじゃんトゥアール!!」

愛香《あいか》にしては珍しく、手放しでトゥアールを賞賛している。

というか、めちゃくちゃ嬉《うれ》しそうに目を輝かせていた。

「今までも私のことを見直す機会はわんさかありましたよね!?　どうして過去イチいい顔で褒《ほ》めてくるんですか!?」

「帰ったら一緒に筋トレしようよ！　ていうか今!!」

「そしてJKめいた距離感で脳筋アプローチ！　やめて来ないでえええええええええ」

早速砂浜を追いかけっこしだす愛香とトゥアール。仲いいなあ。


「…………」

誰《だれ》よりもはしゃいでいそうな唯乃《ゆの》が静かだと思ったら、波打ち際で腕組みをして水平線を睨《にら》み付けていた。

「もしかして唯乃、カナヅチか？」

「…………まあ、海なんざ、飛んで越えればいいからな」

スポーティーな水着に似合わぬ緊張した口ぶりに、俺は思わず苦笑する。

意外な一面を発見してしまったな。

振り返ればツインテール。愛娘《まなむすめ》が、赤い髪をたなびかせて俺の手を握りしめてきた。

「パパ、泳ぎ方教えて！」

「ああいいぞ、双愛《そうら》もカナヅチか？」

「泳げるけど教えて！　溺《おぼ》れたらよろしくね！」

哲学かな？

手を繋《つな》いで波打ち際まで歩いていくと、背中にロエルが飛びかかってきた。

「リルナちゃーん！　ロエルたちも行くよー!!」

ロエルに摑《つか》まっていたリルナが、反動で投げ出されて波にさらわれていく。

「ボクは海なんて初めてなんだよ、わ――――助けて――――――っ!!」

今年の海は、本当に賑やかになりそうだ。

◇

双愛という娘、そしてロエルにリルナという年少組と戯《たわむ》れる総二《そうじ》を遠目に見て、愛香は溜息《ためいき》をつく。

「楽しいけど……去年からあんまり進展してない……」

その顔に影がさしているのは、ビーチパラソルの下でしゃがんでいるからという理由だけではないだろう。

「それは愛香《あいか》さんの自業自得でしょう、進展する機会はいくらでもあったんですから」

隣に腰を下ろしているトゥアールの第一声がすでに手厳しい。その発言は日本列島並の大きさのブーメランとなって、彼女自身にも突き刺さるのだが……。

「ほら見てくださいロエルちゃんを、じゃれるフリをして的確に総二《そうじ》様の海パンの紐《ひも》を緩めにかかっています」

後でロエルを叱《しか》ろうと心に決めながらも、愛香は地団駄《じだんだ》を踏んだ。

「あたしの計画だと高校二年の今頃《いまごろ》はとっくにつき合ってて夏休みが始まる前に些細《ささい》なことで大喧嘩《げんか》して何やかんやで仲直りして前よりラブラブになってる時期のはずだったの!!」

「友達の女の雑な仲直りックスのフローチャートなんてこの世でもっとも聞きたくない話の一つなんですけど!?」

「じゃーあんたはどうなのよ、科学者のくせに無計画なわけ!?」

またぞろしょうもない下ネタでも返されるかと思っていた愛香は、

「……ありますよ。夏休みにしたいこと」

不意に神妙な顔つきになったトゥアールに虚を突かれた。

「……また異世界旅行に行きたいです」

煽《あお》ったはずが思いもよらぬ真面目《まじめ》な答えを返され、愛香は慌《あわ》ててトゥアールに詰め寄る。

「ちょっとあんた……まさか他の世界救いに行くとか言うつもりじゃないでしょうね!!」

「そうではなくて……。アルティメギルとの戦いが終わったからこそ、これまで自分が巡ってきた世界がその後どうなっているか、確かめに行きたいんです」

淡々と打ち明けるトゥアールと裏腹に、愛香は困惑で声を詰まらせる。

「この前双愛《そうら》ちゃんが言っていましたよね。未来で総二様は、日帰り異世界漫遊をするようになったって。私がずっと気になっていた、わたり歩いてきた世界のその後──。確かに日帰りなら、この世界でのツインテイルズの活動も何とかなるんじゃないかって思って……」

「何でよ……あんたまさか、責任感じてるの？」

トゥアールは小さく首を振ると、膝《ひざ》で胸を押し潰《つぶ》すようにして抱き締めた。

「前に公園で話した時に言いましたよね。ツインテール復活のためのアプローチを考えているって。エレメリアンに侵略された世界が、その後どんな変化を辿《たど》っているかがわかれば……何かヒントを得られるかもしれない、と思って……」

「……滅んだ世界が少しも変化してないのを見たら、余計に辛《つら》くなるだけでしょ」

「でしょうね。けれど……思いついたことは何でも試さないと。私たちの青春時代は永遠じゃないんですから」

総二《そうじ》に年中発情しているだけかと思っていたトゥアールが、そんな真剣にこの夏休みの予定を考えていたとは。

複雑な気持ちだった。一緒の進路に進むと信じ切っていた友達が、不意に遠く離れた地の学校を受験すると打ち明けられた時のような……悔《くや》しさと寂しさが同居した思いだ。

愛香《あいか》は不機嫌を隠そうともせず、尻《しり》の砂を払って立ち上がった。

「勝手にすれば。これで双愛《そうら》のママはあたしってことで決まりみたいね」

「何おう、今すぐ浜辺で子作り開始して、リアルタイムで歴史を確定させてやりますよ!!」

せっかく砂を払ったというのに、愛香はトァウールの尻にタックルしてグラウンドに持ち込んだ。砂まみれで揉《も》み合う二人。

「一人旅行考えてる女が子作り!? 笑わせないでよ、会長たちの方がよっぽどライバルとして手強《てごわ》いっての!!」

「いいえいくら愛香さんが三六五日絶え間なく受精したがってそうなツラの女であってもこれだけは譲れません!!」

「そっくりそのまま返してやるわ拳《こぶし》に乗せて!!」

「普通に返却してくどあああああああああああああああああああ!!」

愛香《あいか》のアッパーで砂ごと間欠泉《かんけつせん》のように噴き上げられたトゥアール。

頭から砂浜に落下し、よろよろと立ち上がった時には、双愛《そうら》が二人の元にやって来ていた。

「本当に仲がいいんですね、二人は」

「腐れ縁だからね……。そーじが鈍くてあいつとは進展しないのに……」

諦《あきら》め交じりの溜息《ためいき》をつく愛香に、双愛は悪戯《いたずら》っぽく微笑《ほほえ》んだ。

「でも、未来のパパはやる時はやるみたいですよ？」

「でしょうね！　たとえ遥《はる》か先のことだろうと、総二《そうじ》様がちゃんと女を妊娠させたという事実だけで下腹部が熱くなります!!」

トゥアールをスルーし、双愛は艶《つや》っぽく呟《つぶや》く。口許《くちもと》に手の平を添え、内緒話のようにして。

「プロポーズも、パパからだったみたいですから」

「え、ちょっとそれ詳しく!!」

愛香はトゥアールを放り投げ、目を血走らせて双愛に詰め寄った。

「まあ、ちょっとズレた台詞《せりふ》だったみたいですけど」

「あ、待って！　やっぱ言わなくてだいじょぶ!!」

詳しくと言った張本人が、両手で耳を塞《ふさ》いでいる。

「幻滅しそうだからですか？」

双愛が遠慮《えんりょ》がちに聞くと、愛香は静かにかぶりを振った。

「……そーじが言ってくれたなら、どんなヘンテコな台詞だって世界一のプロポーズだよ」

耳から外した手を胸に抱き締め、愛香は頬《ほお》を染めながら微笑んだ。

「いやだから何自分が双愛ちゃんのママ確定で頬染めてるんですかこのメルヘンゴリラは⁉」

投擲から秒で帰還したトゥアールの抗議を余所《よそ》に、愛香はさりげなく双愛に尋ねた。

「……未来のそーじのこともいいけど……あたしは、双愛の飾らない本心とか聞きたいかな」

思わせぶりに虚空を仰いだ後、双愛は真顔で愛香とトゥアールに向き直った。

「えーと、『あー、この時代のパパまだ童貞なんだ、だったら私が奪っちゃお、結婚前ならウワキにならないし！』……とか、ですか？　若い頃《ころ》のパパもめっちゃ好みですしっ」

「思ったよりヤバい本心だった⁉　え、てか今、若い頃『も』って言った⁉　未来でもぉ⁉」

カマをかけたがそこまでとは思っていなかった愛香のポーカーフェイスが崩壊する。

「愛香さん、これ、この目！　この童貞食いたくてムラムラしてる節操無しの女の目はトゥアールちゃんの娘の証拠です！　動かぬ証拠が次々に出てきて困ったもんですね⁉」

総二の家に泊まりに来た夜と同様、愛香とトゥアールは双愛に振り回されるのだった——。

慧理那《えりな》とイースナはビーチチェアに寝そべり、一緒にくつろいでいた。

愛香とトゥアールのじゃれ合いが、潮騒《しおさい》と重なって耳に心地《ここち》いい。

「のう、慧理那《えりな》よ。怖いか？」

「何がでしょう？」

「遥《はる》か未来でも、わらわたちがまだ現役で戦っているかもしれないと知って……じゃ」

「不思議と恐れはありませんわね。わたくしがヒーロー好きだからでしょうか」

慧理那はむしろ、わくわくしていた。

二〇年もあったら、テイルイエローはもっとパワーアップしているかも。

新しい必殺技をいくつも編《あ》み出しているかも。

そして何より、一児の母になっているかも……という期待が、終わらない戦いへの不安を容易《たやす》く塗り込めてしまっていた。

「二〇年後か……想像もつかんわ。メガ・ネを『おかんか』と言っていたわらわが、双愛《そうら》のおかんかもしれんとはのう」

「これまで生きてきた時間よりも長い、ずっと先の話ですものね。今のお母様よりも大人になっている自分の姿……なかなか想像できませんわ」

「円熟した大人の女性になっているということじゃからな。さすがにわらわも、今のアイドル衣装を着て萌えソングを歌うというわけにもいくまい。どんな路線変更をしていることやら」

アイドルとして、いわば社会人としてすでに大人の世界を生きているイースナは、あるいは年上の愛香《あいか》たちよりもずっと明確に、未来のビジョンを思い描いていた。

二〇年の間に、新曲が初登場一位ではなくなる時があるかな。

今のペースでは曲をリリースできなくなるだろうな。

アイドル善沙闇子《いいすなあんこ》の将来を、いろいろ考えてしまう。

「あるいは、寿引退をしているやもしれぬが……な」

「む、寿引退？　私は結婚してもメイドはおそらく続けるが――」

「うおわビックリしたあ!!」

寿なるフレーズに敏感に反応し、尊《みこと》がにゅっと顔を出す。イースナはビーチチェアから転げ落ちそうになっていた。

が、驚きはそれだけでは終わらなかった。


「おや、君たちはもしや……ツインテイルズ」

この島に総二《そうじ》の他にいるはずのない男の声で話しかけられ、今度は慧理那がビーチチェアから飛び起きる。

庇《かば》うように前に出た尊、そしてイースナとともに、慧理那が見たのは――彼女が最近ネットで動画を観る度《たび》に目にするエレメリアンそのものだった。

「――キマイラギルディ!!」

第六章　属性力《エレメーラ》の未来。

俺たちは慧理那《えりな》の驚き声に反応し、一斉に彼女の元へと集まる。

そこにいたのは、現状最大の敵――キマイラギルディだった。

単身ここへ乗り込んで来るとは、何が目的だ……!!

「みんなでバカンスを楽しんでいる時に邪魔に現れるとは、お前は空気が読めないのか?」

ツインテイルズ最年長の桜川《さくらがわ》先生に叱《しか》られ、キマイラギルディは両手を振って否定した。

「誤解だ。世界を飛び回って、たまたま休憩に降り立ったのがこの島だっただけだ。君たちがいるとは知らなかった、本当だ」

何かを思い出したのか、イースナがポン、と手の平を叩《たた》く。

「わらわも一年前、適当に選んだ島が何故《なぜ》かここだったんじゃった」

そういえばダークグラスパーが急にこの島に現れた時、特に理由は聞かなかったっけ。まさかイースナまで何とはなしにここに来たなんて。

この神堂《しんどう》島、ツインテールのバミューダトライアングルみたいな場所なのか……!?

「おいお前、テレビを観ているときとかに勝手に放送を挟むのをやめろ。お嬢様が迷惑しているだろう!!」

桜川先生に凄《すご》まれるも、キマイラギルディはお手上げのポーズで茶化《ちゃか》すだけだった。

「こう考えてはどうだろうか。全てのテレビ放送、ネットの動画……それらの方こそ、私の有用な性癖放送のＣＭに過ぎないと」

「どんだけ自信家なんじゃ、貴様。アイドルのライブ中継の途中に怪人のヘンテコ授業聞かされるファンの身にもならんか!!」

自分のライブ中継が被害に遭ったようで、イースナも苛立《いらだ》ちを隠さない。

「君たちが何と言おうと、私の言葉に耳を傾ける人間は増え続けている……世界中が私の講義を求めている。身体《からだ》がいくつあっても足りないくらいだよ」

「それでキマイラソルジャーを全世界に派遣し始めたのか……」

俺の凝視に微笑《ほほえ》みで返し、キマイラギルディは嘆息する。

「しかしそのキマイラソルジャーにコンサルを任せるには、私が遠隔操作をしなければならない……先日は慣れずに闘気が漏《も》れてしまい、君たちに誤解されたようだ」

暗にイエローたちがキマイラソルジャーを撃破したことを非難するような口ぶりだ。

あくまで自分に戦う気はない、というスタンスを堅持したいのだろう。

「だがせっかくツインテイルズが勢揃《せいぞろ》いしているのだ。ここで性癖コンサルをして、君たちの誤解を解いておきたいのだが？」

厚意での提案というより、挑むような視線を向けてくるキマイラギルディ。

こっちには好戦的なメンバーも多い、挑発気味に言った方が効果的だと判断したんだろう。特に俺の幼馴染《おさななじみ》が、マジで隙《すき》あらばパワーで解決しようとするからな……。

だから俺は、きっぱりと断りを入れることにした。

「必要ない。俺はコンサルされるまでもなく、ツインテール属性の他にいろんな属性を学んだ。仲間たちにも協力してもらってな」

俺が視線を送ると、愛香《あいか》、トゥアール、慧理那《えりな》、イースナが順に頷《うなず》いていた。

「そうよ。あたしはスク水着て」

「トゥアールちゃんはナース服とかです」

「わたくしはバニーさん服でしたし……」

「わらわはブルマを見せたのじゃ」

「あ、私は女教師だそうだ」

少し遅れて桜川《さくらがわ》先生も続く。属性喫茶での成果だ。

「そしてその果てに、やっぱりツインテールが好きだっていう結論は揺るがなかった。エレメリアンにコンサルタントなんてしてもらう必要はない!!」

「そうか、それは残念だ」

しかしこのキマイラギルディ、これまで放送のスクリーンではバストアップだけだったし、学校で相対した時は制服を着ていたりで、初めて全貌《ぜんぼう》を見たが……かなり異質だ。

頭がたてがみめいたパーツに覆《おお》われている以外、腕も足も胴も、全ての部位の装飾に統一感がない。太さも左右で違うし、何なら身体中《からだじゅう》継ぎ接《つ》ぎのように見える。

体色こそ全身白や黒色が多いが、その継ぎ接《は》ぎの身体にどこか既視感を覚えるのは、俺の気のせいだろうか。

伝説上のキマイラそのままだと言ってしまえば、それまでだが……。

「この身体が気になるか。これは成長の過程でこうなっただけでね……元は名も別のしがない雑兵、末端の研究員だよ」

本人の口から研究員と聞いて、自身がそうなトゥアールと、かつての親友がそうな唯乃《ゆの》が、他より大きく反応を見せた。

「私はドラグギルディ部隊の戦士だが……この世界に部隊が来る前、とある命を受けて一人、別の異世界にいた。気づいた時には、部隊どころかアルティメギルが壊滅していたよ」

双愛《そうら》が言っていたとおり、こいつもアルティメギルの生き残り組か。他の野良エレメリアンとは作戦に対する執念というか、熱量が違うわけだ。

「それから数十年、アルティメギル再興のために尽力してきたのだが……時が経《た》つにつれ、困ったことが起こっていると悟ってね」

「困ったこと?」

俺は気の抜けた調子で尋ねる。

「君たちが今いるこの世界……この世界の文明レベルは、数多《あまた》ある異世界のもっともオーソドックスな水準と言えるだろう」

「この世界に一番最初に来たエレメリアンが、石器時代と大差ないって揶揄《やゆ》した文明レベルが、か?」

「そうだ、アルティメギルと比すればそれだけの差はある。それを認められぬ君でもなかろう」

俺が皮肉交じりに返すも、キマイラギルディはそれを堂々と意趣返しした。

「この水準の文明の、あらゆる異世界で、今後数十年、全く同じ現象が起き始めるのだ」

「自信だけじゃなく主語もデカいのう。それは何じゃ」

「人間たちは、酷《ひど》く失敗を恐れるようになってしまった。食事に映画、恋愛に至るまで……とにかく『外れ』を嫌う……冒険を疎《うと》む。そして無論、性癖もだ」

イースナ言うところの主語のデカい、困ったこと……それはあまりにもミニマムな、今この瞬間もニュースで報じられているような些細《ささい》な社会変化だった。

「まして性癖とは本来、秘して隠すもの。文明が発達するにつれ、国家によって規制されることもある……縮小していく一方なのだ」

「ですが規制によって性癖がより濃く強固になることも、ままあるでしょう」

トゥアールの言葉に一定の理解を示しながらも、キマイラギルディは結論を告げた。

「はっきりしているのは、人間はただ幸せなだけでは、満たされていては、その性癖と愛は衰退していく一方だということだ。だから私はこうして過去に戻り、性癖の布教に尽力している」

キマイラギルディは、愛香《あいか》に意味深な視線を向けた。

「ある日不意に、『貧乳』がいいなと思った人間がいるとする。だがその人間はすぐに、こう熟考するのだ。『巨乳』の方が間違いないいんじゃないかな、と……」

「そいつの最初の選択は間違ってないわ。熟考なんていらない」

「いったん落ち着けい、貧乳」

イースナに窘《たしな》められる愛香。

「やがて人々は一つの結論に辿《たど》り着く。『だったらツインテールでいいんじゃね？』と」

キマイラギルディの演説は、どんどん熱を帯《お》びていく。

「この世で一番強い戦士の性癖だ……これ以上の間違いはあるまい!!」

「ツインテールで妥協するみたいに言うな!!」

俺の反論をまさにその通りだと拾い上げ、キマイラギルディはこちらに顔を近づけてきた。

「テイルレッドの少年よ、君ならばわかるだろう……初めてツインテールを知ったその昂揚《こうよう》を。ツインテールへの愛を確信したあの日のときめきを！　それは妥協では絶対に得られない、尊《とうと》い気づきだ!!」

誰からともなく、溜息が聞こえる。

「私はそのときめきを、今一度人類に知って欲しいのだ……‼ キマイラギルディがどれだけ壮大に演説をぶち上げても、俺たちの誰一人としてそれに賛同しない。


何故《なぜ》なら、「お前が言うな」だからだ。

その最たる主張者であろうトゥアールが、声を怒らせながら反論する。

「ツインテールの戦士を育て上げ、奪う……その常套《じょうとう》作戦が生んだのが異世界の現状、そしてこの世界です！　文字通りあなたたちが撒《ま》いた種でしょう!!」

「……一理ある。だが、だとすれば尚のこと、我《われ》らが世界を変革させなければならない。先日も学校でそう言ったではないか」

大仰《おおぎょう》に拳《こぶし》を握り締めるキマイラギルディの前で、リルナがぎゅっと脚を閉じて震《ふる》え出した。

「リルナちゃん、おトイレ行きたかったの？」

「ち、違うよ姉様、あいつ話長いけど違うよ……」

強がっているけど、あれは行きたいんだろう。

キマイラギルディも幼女が尿意に苦しんでいるのを察し、むう、と唸《うな》る。

「……手短に話そう。性癖をコンサルし、人間の属性力《エレメーラ》を高める。それによって強い属性力《エレメーラ》が生まれ、やがて強いエレメリアンが生まれる……これが私のアルティメギル再興の下準備だ」

愛香《あいか》と慧理那《えりな》が呆《あき》れながら言う。

「あんた、そんなこと馬鹿《ばか》正直に話して……」

「わたくしたちが止めないと思ったのですか!?」

「いや、それよりお前……包み隠さず全部ベラベラ説明して、未来が変わったらどうするつもりだ!?　お前の存在そのものが消えてしまうかもしれないんだぞ!!」

俺の焦燥《しょうそう》を受けてむしろ怪訝《けげん》な顔つきに変わるキマイラギルディ。やがて俺の隣に立つ双《そう》愛《ら》を見て、何かに得心がいったように吐息《といき》を零《こぼ》した。

「──そもそも本来その時代にいない存在と交流をして、未来が変わらないはずがない。それがどんな些細な会話や触れ合いであったとしても、だ」

それを聞いて俺たちは少なからず動揺したが……最も反応したのは双愛だった。

口ぶりからそうでないかとは思ったが、やはり双愛とキマイラギルディとは知己の仲か。するとキマイラギルディは、俺たちの時代でいうところの直属軍隊長のような強者なんだろう。最強である双愛と何度か相見えて、倒されていないということだからな。

「まして私は、世界中の人間にコンサルという名の交流をした……ここまで別時間からの干渉があれば、もはや時間の修正力を以《もっ》てしても同じ歴史を歩むことは不可能だろう」

「しれっと言っておるが……未来が変わって一番存在が危うくなるのは貴様じゃろう!」

イースナの懸念を、キマイラギルディは気位高そうな一笑で否定する。

「私をこの時代に導いたのは単なる時間移動ではない……私は未来で生まれたコンピューター……T2と直結している。その演算によって時空流を超えている以上、私は今も未来と繋《つな》がっている。ゆえに存在そのものが消えることはあり得ないのだ」

「T2……?」

それが何を意味するのか、愛香《あいか》たちは困惑するが……俺は即座にわかった。

「──Twin《ツイン》 Tail《テール》か……!!」

うむ、と讃《たた》えるように頷《うなず》くキマイラギルディ。

「そんなふざけたコンピューター、可能ならもっと強大なエレメリアンがとっくの昔に完成させているはずでしょう!!」

いよいよ不機嫌を隠そうともせず、トゥアールが言い捨てる。

「それは無理だ……生まれた、と言ったはず。誰《だれ》かが作ったのではない……偶発的に誕生したのだ」

偶然できた……!? 時間移動を可能とするほどの演算力を備えるコンピューターが!?

「始まりは取るに足らない、普通のコンピューターだった。この世界の市販品の性能と大差のないような……な。おそらくはこの世界へ侵攻したエレメリアンの誰かが、作戦中に所持した手遊び程度の備品だったのだろう」

キマイラギルディは、自分の周りに四角を描くように腕を動かした。だいたい自宅のドア二枚分ぐらいの大きさのコンピューターか。

「その廃棄されていたコンピューターが何の偶然か、ある動画をネットの配信サイトから受信した。その動画とは──『メモリアル・ツインテール』……」

唐突に慣れ親しんだ言葉を聞き、全員が困惑する。

「ツインテールという情報一つから、この宇宙は世界を支配するまで進化したっていうのか……!?」

女神ソーラが言っていた。ツインテールが始まりとなって創生されたのだと。

そのAIも、ツインテールを起点に無限大にも等しい莫大な内部情報を構築したのだろう。

自衛のために毒を持つ。効率的に餌《えさ》を摂取するために、身体《からだ》の部位が長く伸びる。

それは選ばれた強者が自らの意思で成し遂げた成長ではなく、偶然突然変異でそれができた個体が生き延び、他が淘汰《とうた》されていっただけのこと。

種族の進化とは、数十億数百億のうちの一つが摑《つか》み取った偶然の変化なのだ。

そのコンピューターも、何千億という処理命令の中からたまたま自我が芽生える一つきりのルートを選択するという奇跡があったからこそ、誰も予想し得ないような進化を果たした。

ツインテールという偶然を勝ち取り、力と変えて……。

「そのコンピューター……T2は貪欲《どんよく》にツインテールの知識を欲し……どういうわけかアルティメギルとツインテイルズとの戦いの歴史、資料までをも入手して取り込んだ。私が性癖コンサルをできるのも、このT2のおかげだ」

聞いていて空恐ろしくなる。Ｔ２は明らかに意思を持って行動している……まさに生体機械、バイオコンピュータだ。

「やがてＴ２は未来に残った資料だけでは飽き足らなくなったのだろう。ついに時空を超えるプログラムを生成した。私はこれを、エレメーラ・メモリー・システムと名付けた」

いつの間にか出現させていたフェニックスラッシュターで肩を叩《たた》きながら、唯乃《ゆの》はようやく口を開く。

「キマイラギルディさんよ、大層なお題目だが……俺様はこの世界の人間たちが結構気に入ってんだ。みんなと話してて、まさに気づきを得ることも多くてな」

こいつにしては素直に聞き続けていたが……それだけ興味深い話だったんだろう。

しかしキマイラギルディに対してどういうスタンスを取るか、結論が出たみたいだ。

「それを無理矢理変えるってんなら、当然俺様は戦う。ここにいるやつらも、きっと同じだろうよ」

「私は分を弁《わきま》えているつもりだが……どうかお願いしますと頭を下げる気はない。ここまで打ち明けてなお邪魔立てするというのなら、言葉以外にも頼るのみ」

「本性を現したわね」

キマイラギルディの反論を聞いて、愛香《あいか》が冷ややかに鼻を鳴らす。

「私は未来の礎《いしずえ》たるこの時代を最大限尊重してる。その上でこれ以上譲歩するつもりはないというだけだ」

唯乃はさらに目を眇《すが》め、キマイラギルディの身体《からだ》をフェニックスラッシューターの刃先で指し示す。その自負の根源を看破《かんぱ》したかのように。

「てめえ、その身体……気になってたが、いろんなエレメリアンのデータぁぐちゃ交ぜにしておかしくなりやがったな」

そうか、俺の既視感の正体はそれか！

キマイラギルディの肉体はどこもかしこも、俺たちが戦ったアルティメギルのエレメリアンの誰《だれ》かで見たようなパーツの継《つ》ぎ接《は》ぎなんだ‼

「T2と出逢《であ》うまでは、自分の身体を実験台にするより他なかったのでな。今の私の肉体は、あらゆるエレメリアンの墓標でできている」

唯乃とキマイラギルディが話している間に、ブルーは変身完了していた。

「だったら今すぐホントの墓石になりなさい‼」

そして、急襲。完全解放《ブレイクレリーズ》するまでもなく速攻でウェイブランスを投げつけたが——それはキマイラギルディの身体を空気のように通り抜け、砂浜に突き刺さった。

「通り抜けた……⁉」

「君はある日曜の夜、次の日学校に行くのが無性にいやになったとして……月曜日という概念そのものを破壊することができるか？」

驚愕《きょうがく》するブルーに、キマイラギルディは平然と説明する。

「──異なる時間の生命体を攻撃するとは、そういうことだ。君は目に見えぬ次の日を必死に槍《やり》で突いているに過ぎん。君たちでは、この私を倒すことは絶対にできんのだ」

そして武器を構えている唯乃《ゆの》にも、同じことだ、とばかり牽制《けんせい》するような視線を送る。

キマイラギルディの自信の根源はこれか。たとえ戦いになったところで俺たちには何もできないとタカを括《くく》っているから、世界中で好き勝手できるんだ。

「あたしは生まれてこの方学校に行きたくないって思ったことないから、そんなふうに脅されてもピンとこないんだけど？」

もっともブルーにはそんな気取った威《おど》し、全く効いてはいなかったが。

「ボクもよくわかんないけど、そのための双愛《そうら》だろう？　この子なら、お前を倒せる!!」

その双愛は、最年少のロエル、リルナに期待の籠《こも》った目で見られていた。

なるほど確かに……裏を返せば同じ時代を生きる双愛なら、キマイラギルディを攻撃できるんだ。

意気揚々《いきようよう》と名乗り出るかと思いきや、双愛は何故《なぜ》か少したじろいでいる。

「協力しよう、双愛。キマイラギルディの危険性は十分わかった。俺も今、こいつと戦う」

唇《くちびる》を噛《か》みしめ、一瞬俺に何かを訴えかけてきたように見えた双愛だったが、深呼吸をした後には不敵な笑顔に変わっていた。

「……それじゃあいきましょう、パパ！」

「ああ……いくか、娘よ！」

……なんてな。

仲間に見送られるように、俺と双愛は一歩踏み出し、並んでキマイラギルディに相対した。

「よせ」

短く忠告するキマイラギルディの真意など一顧《いっこ》だにせず、俺は右腕を胸の前で構える。

緊張しているのかさらに何度か深呼吸した後、双愛も同じく右腕を構えた。

「「テイルオン!!」」

観束《みつか》親子二代、二つの赤の輝きが砂浜を照らす。

二大テイルレッド、並び立つ。

ついに未来のテイルレッド――いわばフューチャーテイルレッドが、この時代に降臨した!!

双愛は子供の姿になることはなく、女神ソーラの変身したミスティテイルレッドのような見た目だ。髪の毛の色が全く変わらず、カラフルなメッシュがそのまま残っている。

「未《いま》だにパパの方が私より可愛《かわい》いの、ちょっと妬《や》けちゃいます！」

「まあ、いくつになっても変身するとこの姿だからな。パパはまだまだ現役だぞ～」

娘のツインテールに興奮冷めやらぬ俺だが、それを見ていて奇妙な胸騒ぎに襲《おそ》われた。

これまでの口ぶりからして、双愛は戦いの場数をそれなりに踏んでいるはずなのに、変身してエレメリアンと相対するその立ち姿が妙にぎこちない。

たとえるなら、テイルレッドのファンの女の子がコスプレしたのを見た時のような……。紛《まぎ》れもなく本物のテイルギアをまとっているのに、まるで初めておつかいに行くツインテールを見守るような、耐え難《がた》い不安を感じる。

巨大な戦いの頻度《ひんど》が減り、俺のツインテール・センサーの感度が衰えているのか……？

「私がダメージを与えればキマイラギルディは実体化します！　その瞬間に攻撃を!!」

「わかった!!」

一足先に飛び出すフューチャーテイルレッド。キマイラギルディは棒立ちだ。観念したのか……？

フューチャーテイルレッドの拳《こぶし》が、キマイラギルディの胸板に直撃する。おお、通り抜けないぞ！

タイミングを見計らって飛び立っていた俺は、その隙《すき》を逃《のが》さずブレイザーブレイドで斬《き》りつける。

が、刃《やいば》は先ほどのブルーのランスと同じく、あえなく空を切っていた。

背後でブルーたちが驚いている。

「パパ、もう一度!!」

今度はフューチャーテイルレッドもブレイザーブレイドで斬りつけるが……鉄パイプでコ

ンクリートを叩《たた》いたような頼りなさで、弾《はじ》き返されていた。

当然そのインパクトの瞬間に合わせて振るっていた俺の剣も、先ほどの再現映像のようにキマイラギルディの身体《からだ》を通過していった。

「私にダメージを与えれば、直結したエレメーラ・メモリー・システムが乱れてこの時代に実体化する……確かにその可能性はある。ダメージを与えられればな」

虚脱感に溢《あふ》れる声で、的確にその理由を説明するキマイラギルディ。

慧理那《えりな》が真っ先にその既視感に気づいた。

「……双愛《そうら》さん……まるで、わたくしが初めてエレメリアンと戦った時のような……」

――フューチャーテイルレッド……双愛は、テイルギアを使いこなせていない！

過去にやって来た弊害《へいがい》か!?　いや――

俺ははっとしてキマイラギルディへと向き直る。

「だから忠告したのだ。自分の娘に恥をかかせるとは……幼女だからと言ってそれはデリカシーが足りないぞ、テイルレッド」

茶化《ちゃか》すように呟《つぶや》いた後、キマイラギルディは顔つきを強張《こわば》らせた。

「――観束《みつか》双愛はこの時代を救うためにやって来たのではない。私の時間移動を利用して、過去へと逃げたのだ。彼女は……弱いからだ」

「出鱈目《でたらめ》を言うな!!」

「彼女は私の時間移動を察知して、これ幸いと便乗した……自分と同年代のツインテイルズが集まるこの時代なら、無力さを噛《か》みしめる必要はないからな」

変身解除して水着姿に戻り、唇《くちびる》を噛む双愛《そうら》。

誰《だれ》とも目を合わせることができず、ただ悔《くや》しそうに項垂《うなだ》れている。

もしかして俺たちは今まで、とんでもない思い違いをしていたんじゃ……。

『――ここにいたか、キマイラギルディ』

キマイラギルディの背後に転送ゲートが出現し、中からくぐもった声が聞こえる。

慌《あわ》てて跪《ひざまず》くキマイラギルディの前に、赤いドラグギルディがその威容を露《あら》わにした。

「よせ。我《われ》はまだ、一介の戦士だ」

「はっ……」

恭《うやうや》しく礼をし、立ち上がるキマイラギルディ。

現れた赤いドラグギルディを前に、俺はひどく心が冷めていくのを感じていた。

そしてそれは、キマイラギルディに看破《かんぱ》されたようだ。

「どうしたテイルレッド、君にとっては劇的な再会ではないのか」

「冗談言うな。そのドラグギルディが外見《ガワ》だけ真似《まね》た紛《まが》い物だって、この目で見たら一目でわかった」

ヴァルキリアギルディが本物のドラグギルディを復活させた時は、目を合わせる前から存在感に気づいた。放たれる闘気を感じただけで、ツインテールに痺《しび》れが走るようだった。

だが、いま目の前にいる赤いドラグギルディは、まるで置物のように内なるツインテールに存在感がない。カリスマの欠片《かけら》もない。

俺との二度目の戦いで完全燃焼し、肩を並べて戦い、そして静かに消えていったあいつとは……全くの別人だ。

「そう……アークドラグギルディ様は、私の手でご降臨あそばれし人造のエレメリアン。それがT2によって自我を……いや、魂《たましい》を吹き込まれたのだ」

「マーメイドギルディの策略で生み出された、ホロウエレメリアンに近いということですね」

トゥアールがそう結論づけ、俺は一層自分の胸の裡《うち》が冷めていくのを感じていた。

AIで魂を再現された——このドラグギルディに何の凄《すご》みも感じないのは、そのためか。

俺と視線がぶつかったアークドラグギルディは、程なくこちらへと一歩近づいた。

「気づいていようが、未来のエレメリアンであろうともキマイラギルディ以外とは存分に戦えるぞ、テイルレッドよ」

その大きな手の平に属性力《エレメーラ》が練り上げられ、乱《みだ》れ刃《ば》の大剣が形成される。遠慮《えんりょ》をするな、と言外に含めているかのようだった。

「……T2に直結して時間の特異点になった、キマイラギルディだけが例外ってことか……」

そうでなければ、イエローたちがキマイラソルジャーを倒せるはずがないからな。

あいつ、日曜だ月曜だって喩《たと》えでしれっと論点ずらしてやがったな。

数瞬の睨《にら》み合いを経て、先に仕掛けてきたのは、アークドラグギルディだった。

「ぬんっ！」

俺は振り下ろされる大剣に向けて上段に構えたブレイザーブレイドを、あえてすぐに下ろす。そして無造作に右手を突き出し、刃《やいば》を素手で受け止めた。

確かに触れ合える……が、膝《ひざ》で勢いを殺すまでもない。ただ強引に阻《はば》まれた一斬《いちざん》の衝撃は俺の足元から突き抜けていく。俺を中心に、砂浜に直径数メートルのクレーターができ上がる。

受け止めた剣を強引に跳ね上げると、俺はドラグギルディを睨み付けた。

斬撃《ざんげき》一つとっても、まるで気迫を感じない。魂《たましい》が……ツインテールがこもっていない。

「ドラグギルディ。お前は確かに、俺とまた逢《あ》う約束をして消えていった。けれどそれは、そんな紛《まが》いの肉体を得てする再会じゃないはずだ」

ゴッドドラグギルディどころか、初めて戦ったドラグギルディにも遠く及ばない。

これなら基本中結形態《ノーマルチエイン》で十分だ。

ところがアークドラグギルディは、何かを悟ったように大剣を空にかき消した。今の攻撃はこいつにとっても、俺を試しただけなのか。

「テイルレッドよ……二人だけで話がしたい」

その申し出を却下しようとしてか一歩前へ踏み出したブルーを、俺は視線で制止した。

「……大丈夫だ、任せてくれ」

何も言えず俯《うつむ》いている双愛《そうら》が気がかりだったが……トゥアールたちが話しかけているのを見て、ひとまず任せることにした。

導くように俺が先《せん》だって飛び立つと、アークドラグギルディも遅れて地面を蹴《け》った。

◇

島の奥にある小さな岸壁の上で、俺とアークドラグギルディは対峙《たいじ》した。

アークドラグギルディは、潮風に揺れる俺のツインテールを見つめながら。俺はやつの双眸《そうぼう》を睨み付けながら。

波の調律を、何度か繰り返し聞いた。

呼びつけた割りにいつまで経《た》っても口を開かないので、焦《じ》れた俺の方から問い質《ただ》す。

「人造エレメリアン……それにしては、お前はあまりに俺のことを知りすぎている……まるで、ドラグギルディの記憶を全て持っているように！　結局お前は何なんだ!!」

「我《われ》はＴ２のＡＩによってプログラムされた自我を持っているだけだ。しかし、与えられた使命は果たす」

「使命……お前はドラグギルディの息子を演じているのか!?」

思わず問い返した俺の言葉を吟味し、アークドラグギルディは声を凍《い》てつかせた。

「――テイルレッドよ、あまり残酷なことは言うな」

「残酷だと!?」

「その言葉、お前の愛娘《まなむすめ》にこそ刺さるはず」

アークドラグギルディはこの青空が繋《つな》ぐ先に立つ少女を思うように、虚空に視線を馳《は》せた。

「テイルレッドの娘に生まれれば、テイルレッドになるしかない……ともすればテイルレッドを演じるしかない。親の偉大さゆえに葛藤《かっとう》し、己の弱さを知りながらそれでもテイルレッドであることを選《えら》択んだ娘を……お前は憐《あわ》れむのか」

その言葉に脳天を貫かれ、寄せる波に視線を落とした。

「フッ。AIの説法など、お前のツインテールには響かぬか」

「そんなことは……!!」

「だが礼を言っておこう、テイルレッド。貴様とこうして相対したことで、我《われ》も内からツインテールが迸《ほとばし》ってくるのを感じる。足りなかった最後のピースが塡《は》まった気分だ」

まるで俺と対話することで、かつての気迫を取り戻すかのように。

アークドラグギルディは、みるみるうちに全身から猛々《たけだけ》しさを漲《みなぎ》らせていく。

これも、ＡＩの進化だというのか……？

「これがキマイラギルディの狙《ねら》いだったのかもしれんがな」

避けえぬ戦いを覚悟し身構えた俺だが、アークドラグギルディは何かを察したように「む」、と唸《うな》ると、滾《たぎ》る闘志を鎮めていった。

「……キマイラギルディは撤退したいようだ。この場はここまでか」

この時代では戦闘意思はないと断言していたキマイラギルディに、アークドラグギルディも同調しているということなのか。

そんな俺の推察は、アークドラグギルディの去り際の言葉によって打ち払われる。

「我はドラグギルディの子、アークドラグギルディ。アルティメギルの再興のために生まれし者。これより先は、言葉すら不要。ツインテールで来い――テイルレッド!!」

アークドラグギルディは赤いマントを翻《ひるがえ》し、転送ゲートの中へと消えていった。

やつ自身は、俺との戦いを望んでいる。キマイラギルディの顔を立てて撤退したが、湧《わ》き出したツインテールの疼《うず》きを抑えきれていなかった。

ならば俺は望み通り、お前をドラグギルディの息子として遇する。

そして親子二代にわたって……お前たちの野望を止めてみせる……!!

◇

キマイラギルディが撤退した直後、慧理那《えりな》たちは恐る恐る双愛《そうら》へと歩み寄った。

僅《わず》かな時間で知った事実が多すぎて正直誰《だれ》もが混乱しているが、とにかく双愛に言葉をかけてあげたかったのだ。

しかし、その場に立ち込める気まずい沈黙を破ったのは双愛だった。

「リルナさん、おしっこ大丈夫ですか?」

「えっ今それ気遣う!?」

ぎょっとするリルナ。双愛がいたたまれなさすぎて尿意が引っ込んだなどとは言えない。

しかしおかげで、リルナの下腹部も場の空気も弛緩《しかん》した。

「あの……双愛さん。心配する必要はありませんわっ。わたくしも最初は、戦闘員《アルテイロイド》も倒せないほど弱かったですから!」

慧理那は双愛の両手を握り、優しい声音《こわね》でそう伝える。

テイルイエロー、神堂《しんどう》慧理那はこの場の誰よりも弱さの辛《つら》さを知っている。双愛を励ましてあげられるのは自分しかいないのだ。

愛香《あいか》やトゥアール、イースナ……周りの女子たちも次々に頷《うなず》いていった。

「けれど観束《みつか》君との特訓を経て、自分の心の奥底にある本当のツインテール愛を知ることができた。無駄に着込んでいた衣服を脱ぐことができたのです！　だから——」

「あはは、大丈夫ですよっ」

慧理那の助言を慎《つつ》ましく遮《さえぎ》り、双愛は肩を竦《すく》めた。

「――――私ホントは、ツインテイルズの活動とかぶっちゃけどうでもいいので！　本気じゃないのに強くなれるはずないんですよねー」

明らかに無理をしているとわかる、乾いた笑いを浮かべる双愛。

「皆さん、私はこんなですけど、心配しないでください！　実際未来がどうなるかなんてもうわからないですし、何より、テイルレッドの娘は一人だけとは――――」

勢い任せに言い切ろうとしたその先を呑《の》み込み、双愛は皆に手を振ってその場を後にした。

尊《みこと》も、ロエルも、リルナも、唯乃《ゆの》も……なんと声をかけていいかわからず、バツが悪そうな表情でその場に立ち尽くしている。

唯一メガ・ネだけが去りゆく双愛に手を伸ばそうとしたが、途中で弱々しく下ろされた。

誰も自分のツインテールを叱《しか》ってくれる人がいない。

子供にとって叱責《しっせき》が救いになる時もあるということを理解している者は……親は、この場には他に誰もいなかった。

◇

赤いマントがその残滓《ざんし》さえも消え去った。決意を新たに、俺は踵《きびす》を返す。

岸壁から続く草むらに、寂しげに揺れるツインテールを見つけた。

双愛《そうら》だ。一人でこっそりやって来たようだ。

「……皆さんに気遣われて、こっち来ました……あはは」

また俯《うつむ》き加減で、バツが悪そうに微笑《ほほえ》んでいる。

俺はテイルレッドの姿のまま、双愛の立つ草むらへと駆け寄った。

「ごめんなさいっ、パパ！　嘘《うそ》ついてて……!!」

快音を響かせて手を合わせ、拝むように謝ってくる。

「いや……」

思わず言葉に詰まる。嘘と言っても、どこからどこまでがそうなのか……正直、混乱している。

「ぜーんぶ、キマイラギルディの言う通りです」

いじけるように唇《くちびる》を尖《とが》らせ、双愛は打ち明け始めた。

「未来が変わるから話せないことが多い……そんなの嘘です。自分のキャパで取り繕《つくろ》えない話題を全て避けていただけ。アドリブが利かないんですよ、私」

不謹慎かもしれないが、それだけは少し嬉《うれ》しくなってしまった。

俺もそうだよ。

ああ、この子は俺の娘なんだな……と、こんな変なことでそれを自覚してしまった。

「いやー、バレちゃいましたね……私がクッソ弱いこと……はぁ、こんなことなら最初から見栄張らないで、全部打ち明けちゃえば楽だったなぁ……」

「あ、そんなにショックは受けてないんだ……」

嫌な言い方をすれば、みんなの前で晒《さら》し者のような仕打ちを受けたというのに、双愛は案外ダメージを受けている様子がない。どう慰《なぐさ》めればいいかと思っていたところだったので、逆に驚いてしまったほどだ。

「だって仕方ないじゃないですか！　どだい張り合えってのが無理な話ですもん！　強すぎるんですよパパたちは！　戦闘力も！　キャラも!!」

「え、キャラ……!?」

双愛は開き直って取り繕うのをブン投げ、俺に駆け寄るや愚痴《ぐち》り始めた。

「私だっていろいろ頑張ったんですよ！　口調！　趣味！　服装！　もうね、往年のツインテイルズに負けないよう、めっちゃ濃いキャラになろうって努力したんです!!」

もしかして双愛の派手な私服、この時代に合わせたんじゃなくてあれもキャラ作りの一環だったのか……？

「でも無理ですって！　愛香《あいか》さんとトゥアールさんのあの化け物じみたおもしろコンビに対抗できると思いますか!?　キャラ立ちすぎてるんですよ！　この時代に来て二人の全盛期のじゃ

れ合い生で見て、気絶しそうになりましたよ!!」

「あれは無数の異世界巡ってもそうお目にかかれない、特殊なじゃれ合いだと思うぞ……」

「でも新世代のツインテイルズになるには、あれを超えなきゃいけないんです！　あのレベルを周りから求められるんですよお!!」

駄々っ子のようにぶんぶんと両腕を振る双愛《そうら》。

別に超える必要があるわけじゃないと思うけど……双愛の意地、目標なのかな。

「やっぱり双愛は、俺の娘なんだな」

俺は苦笑と同時に変身解除して男の姿に戻り、あらためてそう言葉にした。

「キャラなんて言い出したら、俺の立つ瀬がないよ。俺を見ろよ、あまりにも普通すぎてツインテイルズの中じゃ凡人のまた凡人だぞ?」

俺が恥も外聞もなく自嘲《じちよう》すると、双愛は白目になってよろめいた。

「…………愛香《あいか》さんがこの場にいたらするだろう顔します……」

隠し芸でモノマネするみたいなテンションでお出しされたのは、「こいつ何言ってんだ」という言葉を見事に顔の筋肉で表現したような表情だった。多芸な娘《こ》だ。

「自分が一番突出した変人なことに気づいてないのがもう、ブッチギリでヤバい……」

げんなりする娘の顔を見て、脚に力が入らなくなっていくのを感じる。これが、世のお父さん方が思春期の娘に避けられる時に受けるダメージか……膝《ひざ》が爆笑している。

双愛は俺の両肩に手を置いて体重をかけ、草むらに座らせる。

そしていつかの俺の部屋での語らいのように、自分もその隣に腰を下ろした。

「私が生まれた日は、世界を挙げてのお祭り騒ぎだったみたいですねー。物心つく頃《ころ》には、世界中の人たちが私に声をかけてくれましたよ」

愛香やトゥアールが、自分こそがママであると主張したように。

世界中の人たちにとって、俺の……テイルレッドの娘は、自分の親戚《しんせき》の子供みたいに可愛《かわい》いんだろうな。

「初めて変身した日も、それはそれは歓喜の渦《うず》でした。二代目テイルレッド誕生で盤石《ばんじゃく》、世界は安泰だって」

その光景が目に浮かぶようだ。というか、今すでにそうなりかけているからな。

「だけど何度戦っても強くなれなくて……」

俺をきっと睨《にら》むと、双愛は裸足《はだし》で俺の腹をぐりぐりと蹴《け》ってきた。

「そしたらパパ、私を気遣って弱くなったフリをしようとしたんですよ!?　いやそんなことしたって、私じゃエレメリアンを倒せませんから!!」

ヒーローごっこでわざと負けてあげる怪人役じゃないんだから……。二〇年経《た》っても変わらず不器用なままなんだな、俺は。双愛に呆《あき》れられるのも当然だ。

俺の腹筋を踏むのを飽きたのか知らないが、双愛《そうら》の裸足《はだし》が徐々にヘソから下に下がっていく。俺は両手で双愛の足首を掴《つか》み、草むらの上にそっと置いた。

「俺の娘だから、ツインテール愛を強くしなきゃって……そんな強迫観念に囚《とら》われているのか？　未来の俺は、何も言わなかったのか？」

「いーえ、私が自分から……テイルレッドになることを選んだんです！　だって……みんなにもっともっと褒《ほ》めてもらいたかったから！　パパよりも可愛《かわい》いって言われたかったから!!」

そうか、この子は……生まれた瞬間から、ツインテール溢《あふ》れる世界だった。

誰《だれ》もが当たり前にツインテールを好きになることができる環境で、超人的なツインテール愛を求められることになってしまった。

それはある意味、ツインテールがまだマイナーな時代を生きた俺よりもつらかったかもしれない……。

「はっきり言います！　私——この時代には家出してきたんです！　グレてやって、ちょっとパパたちを困らせてやろうって思ったんですよ!!」

稲妻に打たれたような衝撃に襲《おそ》われ、俺は操り糸で吊《つ》り上げられたように力無く立ち上がり……また座り直した。かなり混乱している。

「私の抱《かか》えてる『問題』は、私自身のキャラが薄くて弱いこと……。この時代ならそれが解決できるかも、って思ったんです。同年代のパパたちと過ごせば変われるかなー、って」

……マジでホントにちょっとした問題だった──。

って言っても、双愛《そうら》にとっては重大なことなんだろう。

思春期なのに親との距離感おかしいな、グレたりしないのかな、と思ってはいたけど……実は俺の娘、絶賛反抗期でした。

「上手《うま》くこの時代のパパたちに戦ってもらって、手柄《てがら》一人占めで！　キマイラギルディの野望を止めて未来に帰って……そしたら、英雄扱いしてもらえるでしょう！」

「それで、キマイラギルディの行動を静観しようって提案したのか。俺たちがあいつに勝つ方法が見つかるまで、時間が必要だから……」

拗《す》ねるような眼差《まなざ》しで訴えかけてくる双愛。

「私は目立ちたいんです！　ちやほやされたいんです！　強くなりたいんです!!」

「双愛……」

「でもパパが私のせいで弱くなったって思われるのは、もっと耐えられないんです！　パパはいつまでも、宇宙で一番のツインテールのままじゃなきゃヤなんです!!」

ついには堰《せき》を切ったように激情を吐き出す双愛。

その願いが矛盾《むじゅん》を孕《はら》んでいることは、双愛自身が誰《だれ》よりもわかっているはず。それでも言わずにはいられない。俺はただ黙って、彼女の訴えを受け止めていた。

まるで罪のように告白しているが、目立ちたいなんて願望、ツインテイルズは俺以外みんな持っていた。トップアイドルであるイースナだって、テイルブラックとしてはなかなか人気が出なくて悩んでいたんだ。

だけどそれは、確かな力という土台あってのもどかしさ。贅沢《ぜいたく》な悩み……それが双愛との決定的な違いだ。

双愛は言いたいことを言ってすっきりしたのか、大きく嘆息して息を整える。そして俺の足の間に腰を下ろし、人心地《ひとごこち》ついた。

「……一つだけ。実際このまま何もしないとヤバいかもですよ、性癖の未来……」

その穏やかな声で語られたのは、これまでで一番実感の篭もった未来の情景だった。

「キマイラギルディの言っていることは正しい。当の私が、生き証人みたいなものなんですから。満ち足りた世界じゃ、性癖は……属性力《エレメーラ》は育たない……」

キマイラギルディから聞いた時は、底の浅い戯《ざ》れ言《ごと》だと流していたが……現にそれで苦しんでいる双愛の口から聞くと、あまりにも苦しい。

「『私の娘の世代』にはもう、ツインテール属性を力に戦える人間はいなくなっているかもしれません。だったら私は……さらなる未来のために、キマイラギルディのやることを注視してみるのもいいかと思っています」

もちろん、家出っていうのが一番の本音なんだろうけど……双愛《そうら》だってちゃんと世界のことを考えているんだな。

現在でも、二〇年後の未来でもない。一〇〇年後のツインテールのことを。

「だから……ゴメンなさいっ！　もしキマイラギルディがおかしなことを始めたら……パパが止めてください！　私の力じゃ、あいつを止められませんから……」

もはや取り繕《つくろ》うことなく、観念したように懇願する双愛。

俺では現状、キマイラギルディに触れることすらできないが……それを奇跡的な一手で逆転する可能性の方が高いとまで、双愛は暗に言っているのだろう。

時間の力は、俺が思っていた以上に複雑だった。

時間移動のシステムと直結しているキマイラギルディを倒したら、この子は……双愛は、どうなるのだろう。ちゃんと未来に帰ることができるのだろうか。

その未来は、この子の知っている世界なのだろうか――。

「あー、すっきりした！　もう見栄張る必要なくて気が楽になったから、こっからは思いっきり遊びましょう!!」

「……わかった。話してくれてありがとう！　まだまだ時間はあるんだ、みんなで一緒に考えていこう!!」

「いやそれはもうパパたちに丸投げします！　私はもー何もしません!!」

「それじゃ駄目だな。そこでむしろ訳わかんないことしだすくらいじゃないと、愛香《あいか》たちぐらいキャラ立ちしないぞ？」

「じゃあこの場ですっぽんぽんになってパパを困らせてやりますよ！　そのままみんなのところに帰ってパパのダメージ二倍《ツインテール》です!!」

「そのアクション誰《だれ》から習った!?　トゥアールか!?　慧理那《えりな》か!?」

双愛の調子に合わせて明るく振る舞ったものの、俺は心のどこかで予感がしていた。ツインテールが感じ取っていた。

夏が終わるその前に、双愛との避けえぬ別れが訪れるであろうことを。

◇

総二《そうじ》たちとキマイラギルディの海での遭遇から、数日。

キマイラギルディが変わらず性癖コンサルに勤《いそ》しむ一方、部隊のエレメリアンたちは今日も大ホールに集まって微笑《ほほえ》ましい会議を繰り広げていた。

キマイラギルディも今日は最初から、登壇台の近くでその光景を見守っている。

「おのれツインテイルズ公式ＳＮＳ……！　テイルレッドの写真の供給があまりにも少な

い！　公式の名が泣くぞ!!」

「クッ……俺のアカウントがブロックされた！　テイルレッド宛てに『舌をちろっと出した写真アップして☆』と鬼リプしまくっただけだなのに……！　さてはテイルブルーの仕業《しわざ》か!!」

「一方的に求めるだけだからそうなる。俺を見習え、まずは自分のポートレートをＤＭで送ることで誠意を……あれっ俺のアカウントが凍結されてる!?　誰《だれ》だ通報したのは!?」

筋骨隆々《きんこつりゆうりゆう》の戦士たちがスマホを手に一喜一憂している。

元々テイルレッドファンはお行儀がいいことに加え、テイルブルーの怖さも抑止力になってか、平和に運営されているツインテイルズ公式ＳＮＳだが……エレメリアンたちに見つかればこの始末だ。

男たちの笑い声が木霊《こだま》する。何とも頼もしき戦士たちだ。世界の性癖強化が進んだ暁には、この部隊が中心となってアルティメギルを復興させることだろう。

宴も酣《たけなわ》といった頃《ころ》合いで、会議を見ていたキマイラギルディは手にした板状の操作端末を操作した。


――――瞬間。ホールにいたエレメリアンたちは次々とその輪郭が消失していった。

最後まで残っていた、人間椅子《いす》をして笑うボアギルディも、儚《はかな》く消えていく。

その場に残ったのは物言わぬ兵隊。無数のキマイラソルジャーだけだった。

新生アルティメギルの先鋒《せんぽう》となるはずのキマイラギルディ部隊……いや、アークドラグギルディ部隊にはその実、一般兵のエレメリアンは一体も存在しなかった。

大ホールで笑い合っていた同胞たちは、キマイラソルジャーにエレメーラ・メモリー・システムの応用でかつての同胞たちの外見《スキン》をかぶせただけの、模造品。

会話の内容は、過去の莫大《ばくだい》な変態データとT2の演算によって形成されたものだ。

キマイラギルディはこうして仲間たちを擬似的に生み出すことで、孤独な偉業の心の支《ささ》えとしていたのだ。

キマイラソルジャーは命令通りに動く人形。何も命じなければ、まさに閉店後のデパートに飾られたマネキンも同然。寒気すら感じるほどの静寂が大ホールに訪れる。

この瞬間が、耐え難《がた》いほどに哀《かな》しかった。

豪奢なシャンデリアの下、さんざめくパーティーを満喫した夜。その後一人で帰宅し、暗い部屋の中に足を踏み入れる瞬間のような……。

言葉にできない寂しさが、ホールを覆《おお》い包んでいた。

だからといって、ずっとやり続けるわけにはいかない。T2の演算力を、エレメリアン会議の再現にあまり割り振り続けるわけにもいかないのだ。

悄然《しょうぜん》と肩を落としたキマイラギルディは、背後に気配を感じ、ギクリとして振り返った。

ホールの出入り口に、アークドラグギルディが静かに立っていたのだ。

連日のように変質者たちが大騒ぎをしているのだ、気づくなというのが無理な話だ。アークドラグギルディが、自分を気遣ってあえてこのホールに近づかないようにしているのはわかっていたが……こうしてまじまじと見られるのは、辛《つら》いものだ。

「我《わ》が王、お見苦しいところを……」

「見苦しい？　何がだ？」

しかしキマイラギルディは、今一度思い知ることになる。己が大将、竜王の度量を。

「我が部隊一の頭脳が、いずれこの基地で間違いなく繰り広げられるであろう会議をシミュレーションしていただけのことであろう。違うか？」

「…………はっ……！　相違ありません……!!」

自然と傅《かしず》き、頭を垂れる。もしキマイラギルディが人間と同じように泣くことができれば、その頬《ほお》を涙が滂沱《ぼうだ》と滑り落ちていたであろう。

やはりこの時代にやって来てよかった。テイルレッドとの直接対面を経て、アークドラグギルディは完璧《かんぺき》にドラグギルディの息子としての資質を開花させている。

誰《だれ》もが敬愛し付き従いたくなる、偉大なカリスマをも。

キマイラギルディが組織再建を目指して研究を進めているある日、一つの奇跡が起きた。

このホールで笑い合っていたエレメリアンたち同様、ドラグギルディを擬似的に再現しただけのキマイラソルジャーが突然変異を起こし、自律進化を始めたのだ。

いつしか炎のように赤い肉体を獲得したそのドラグギルディを見て、キマイラギルディは自分が仕える王を神が生み出してくれたのだと信じて疑わなかった。

さらにAIで構成されているはずの自我も、テイルレッドとの対面を経て魂《たましい》と呼ぶに相応《ふさわ》しい力へと変わったのだ。

これでアルティメギル再建へ大きく近づいた。後は——


「して、作戦の進捗《しんちょく》状況はどうか」

アークドラグギルディに厳然と詰問され、キマイラギルディはその期待に応《こた》えられぬ不甲斐《ふがい》なさに歯噛《はが》みした。

「……芳しくありませぬ。テイルレッドの人気の質を分析し違《ちが》えていたようです」

「質？」

「Ｔ２の分析では、世界の人間たちがテイルレッドを愛するのは……ツインテール属性に偏るのは、妥協だということでした。妥協とはすなわち呪《のろ》い……テイルレッドが世界に呪いをかけたに等しかったはずだったのです」

もちろんキマイラギルディも、Ｔ２の分析だけに頼って作戦を遂行してきたのではない。何十年も属性力《エレメーラ》についての研究を続けてきた、自らの知識に照らし合わせての結論だった。

絶対の自信があった……テイルレッドはその予想を上回ったのだ。

「呪《のろ》いならば解くのは容易《たやす》い。重ね掛けするのも造作もなきこと。しかしそれが間違っていた。この世界の人間の愛は本物でした。私のコンサルで他の属性に開眼しても、それに加えてテイルレッドが……ツインテールが好きだというスタンスは変わらぬのです」

強制的にツインテール属性を拡散する存在——本来の意味での『究極のツインテール』をテイルレッドが超越したことは知っていたが、それがここまで純粋《ピュア》な力だったとは。

「T2の予測を上回るか……さすがだ、テイルレッド」

「長期での進行が前提の作戦でありましたが……このまま二〇年性癖コンサルを続けたところで、計算どおりは進みますまい。T2もそのように結論づけました」

沈黙が訪れる。キマイラギルディは、アークドラグギルディが自分の意見を待っているのだと悟り、腹を括《くく》った。

「——作戦を次の段階へ進めようと思います」

「任せる。今の我《われ》は戦うことしかできぬ……よきように使え」

マントを翻《ひるがえ》し、ホールを去って行くアークドラグギルディ。

科学者と覇王《はおう》、二人だけの部隊が覚悟を固めた。

王の覇道《はどう》に相応《ふさわ》しき花道を用意すべく、キマイラギルディの作戦は最終段階へと移行する。

キャラクター名鑑 050

アーク ドラグギルディ

DATA

身長：282㎝

体重：322kg

属性力：ツインテール属性

人造エレメリアン・キマイラソルジャーが突然変異で赤き肉体と属性力を獲得し、さらにT2のデータによりドラグギルディの疑似記憶をも手にしたことで「ドラグギルディの子」となった戦士。当初は本調子ではなかったが、自分が戦った時代のテイルレッドとの邂逅を経て完璧な存在となった。オリジナルに勝るとも劣らない戦闘力を持つ上、ツインテール愛と度量深さも健在な、新生アルティメギルの王。

間章　時空の狭間《はざま》の邂逅《かいこう》。

それは、何百回目の挫折だったか。大規模な時間移動の実験に失敗したキマイラギルディは、時空の狭間へと転がり落ちてしまった。

草木も岩も、まして生命体など虫一匹見当たらない、空も地平もひたすら捻れうねる極彩色の輝きが広がるだけの空間。時間と時間の間に存在する、実体なき概念のような場所だ。

キマイラギルディは脱出のために手を尽くしたが、その全てが徒労に終わってしまった。

普段転送ゲートで目にしている馴染《なじ》み深い色彩に近いとはいえ、これを永遠に見続けるとなれば、正気を保ち続けるのは難しい。

当て処なく歩を進めながら、キマイラギルディは諦観《ていかん》に支配され始めていた。

所詮《しょせん》、アルティメギルの再興など過ぎた願いだったのだ。ましてそれを、時間を超越することで為《な》し得ようなどと。自分のような一介の研究者には、見果てぬ夢でしかなかった。

ここで静かに朽ち果てるのも一興かと、足を止めようとしたその時。

不意に、視界の先で人影らしきものを見つけた。

砂漠を歩き続けてオアシスを幻視するように、今際《いまわ》の際《きわ》に幻を見ているのだろうか。

だがエレメリアン特有の波長、気配もはっきりと感じる。

恐る恐る近寄ってみるキマイラギルディ。そこにはPCデスクが設置され、全身を包むようにローブをまとった者がPCゲームをプレイしていた。

モニターに映っているのは――

「エロゲー……それもまた随分と年季ものの……」

思わず苦笑するキマイラギルディ。謎《なぞ》のエレメリアンがプレイしているのは、オーソドックスなADVのエロゲーだった。年代を感じさせるキャラデザインとCGで、インターフェースも洗練されていない。まさに骨董《こっとう》品のエロゲーだ。

背後からの視線にも声にもとっくに気づいているはずなのに、ローブをまとったエレメリアンは画面から目を離そうとしない。マウスを動かし、ゲームのプレイを続けている。

（……私の凝視をものともしていない。恐るべき胆力《たんりょく》……できるな）

エロゲミラ・レイター……アルティメギルに伝わる五大修練の一つ。他人に見られながらエロゲーをプレイすることで強靱《きょうじん》な精神を養う、修羅《しゅら》の修行だ。

それをやすやすとこなしているこのエレメリアンは、かなりの実力者なのだろう。

「時計の針が眠りについているここでは、年季など物差しにはならないぞ」

意外なことに、返ってきた声は女性のものだった。やや幼いものの、芯の通った強い意志を感じさせる、透き通った声音《こわね》だ。

「……女性《にょしょう》のエレメリアンか……。何故《なぜ》、こんな場所にいる?」

「時空の狭間《はざま》に身を置き、鍛錬《たんれん》がてら、貴方《あなた》のような迷い人を救い上げている」

「フッ……エレメリアン専門の救助隊《レスキュー》というわけか。酔狂《すいきょう》なことを……」

彼女が何故そんなことをし始めたのかはさて置き、時空の狭間に転げ落ちてくるようなエレメリアンは案外多いのかもしれない。

「救助隊《レスキュー》と呼ばれるのは不服だ。私は看護服が好きなのでね……エレメリアン専門の看護師《ナース》とでも呼んでもらおう」

「看護服、か……」

キマイラギルディの胸を郷愁が包む。ドラグギルディ部隊にも、同じ趣味のエレメリアンがいた。ルーキーもルーキー、発展途上の新兵だ。おそらく、ツインテイルズとの戦いで早々に散ってしまっただろうが……。

彼も、女性エレメリアンの中に自分と同じ属性を持つ戦士がいると知ったら、さぞ喜んだことだろうに。

「そう言う貴方も、よほど酔狂な実験でもしたと見えるな」

謎《なぞ》のエレメリアンに問いかけられ、キマイラギルディは照れくさそうに頭を掻《か》いた。

「……アルティメギルを再建したくてな。私ごとき雑兵にそのような大望、酔えぬ酒にでも酔わねば叶《かな》わぬさ」

そして、普段なら絶対に明かすことはないであろう胸の裡《うち》、抱《いだ》き続けてきた夢を、何故かすんなりと口にしてしまっていた。

失笑されることも覚悟したが、意外な言葉を返された。

「誰《だれ》でも最初は雑兵だよ。そしてエレメリアンであれば、どんな落ちこぼれでもどこまでも強くなれる。愛を高めれば高めるほどに」

「────」

この女性エレメリアンの声は、不思議なほど胸に染《し》み入ってくる。聴く者に勇気を与える、カリスマ性に溢《あふ》れた声だ。

「私はドラグギルディ様の一番の部下……キマイラギルディだ」

こんなエレメリアンが先頭に立ってくれたら、アルティメギル再興も夢ではないかもしれない。期待に胸膨《ふく》らませてキマイラギルディが名乗った、その時だった。

ゲーム画面では、ヒロインが主人公であろう幼馴染《おさななじみ》の少年の家を訪れ、歓談に興じていたが……不意に、空気が変わった。会話の弾みで、互いの好意を意識してしまったのだ。

そこで謎のエレメリアンはすかさずセーブ画面を開く。セーブデータの一覧に、頬《ほお》を赤らめる女の子のサムネイルが刻まれた。

女性エレメリアンはマウスから手を離して立ち、ついにキマイラギルディへと振り返る。

「──奇遇だな。私も、ドラグギルディ様の一番の弟子を誇り名としている」

「む。ドラグギルディ様の……!?」

しかしローブのフードの奥から覗《のぞ》くその素顔は、驚愕《きょうがく》すべきものだった。

「！　な、何だとっ!?」

引き締まった鼻梁《びりょう》に、強い意志を感じさせる双眸《そうぼう》。微笑を湛《たた》えた、血色のよい唇《くちびる》。

ローブをまとったエレメリアンは──人間だった。

彼女が洒脱《しゃだつ》に着こなす薄桃色の看護服が、ローブの下で映えている。

「──人間……!?　馬鹿《ばか》な、何故《なぜ》エレメリアンの気配がする!?」

時空の狭間《はざま》とは宇宙空間と同じ、無の空間だ。普通の人間が生存できる場所ではない。

よしんば未知の力を身につけた人間だとしても、何故ドラグギルディ部隊のことを知っている？　何故、ドラグギルディの一番弟子を名乗っている!?

疑問が後から後から湧《わ》きだし、渦《うず》を巻き始めたところで、キマイラギルディの全身は光に包まれ始めた。

見ると、謎《なぞ》の女性がこちらへ向かって掌《てのひら》を突き出している。彼女が何らかの力を行使したのだろう。恐らくは先の言葉通り、この空間に迷い込んだエレメリアンを救助するための術を。

「競争だな、同志よ。どちらが先に、ドラグギルディ様の遺志を叶《かな》えることができるか」

女性は優しく、そしてどこか不敵な笑みを浮かべた。

「待ってくれ！　まだ話を――」

「それはできない。時空の狭間に居続ければ、程なく『無』に還《かえ》ってしまう。私のように順応してしまった者以外はね」

伸ばした手も、声すら最後までは届かず、キマイラギルディは光の中へと消えていった。

『ドラグギルディの一番弟子』を名乗る謎の女性の力で、元いた世界へと転送されたのだ。


女性はフードを下ろし、面《おもて》を露《あら》わにする。瞬間、極彩色に彩《いろど》られた時空の狭間に、粉雪が舞い踊った。彼女の髪の毛だ。

金でも銀でもない、完全な白髪《はくはつ》。シルクのように煌《きら》めくその白いボブカットは、老いよりもむしろ時を超越したかのような瑞々《みずみず》しい若さを感じさせる。

そして優雅に湖面を泳ぐ白鳥が、今まさに空へ翼を拡《ひろ》げた瞬間のようでもあった。

その白髪と対になるような紅玉《こうぎょく》の瞳《ひとみ》は、闘志の炎を連想させる。

「私は鍛錬《たんれん》を続ける。いつの日か、テイルレッドに勝つためにな……貴方《あなた》も頑張れ」

虚空を仰ぎ、帰還していったキマイラギルディへとエールを送る女性。

そう、エレメリアンは精神生命体。心折れぬ限り、何度でも成長することができる。

多くのよき師に恵まれた若き神童が、幾星霜《いくせいそう》の時を経て新たな最終闘体《すがた》へと到達したように——。


これは何年前のことだったか。はたまた、何年先のことだったか。この時とうに時間感覚を喪失したキマイラギルディにとっては、どちらでもよいことだ。

そして程なくツインテイルズの資料を見返し、叛逆者《はんぎゃく》フェニックスギルディの存在から『エレメリアンから人間の女性の姿への変身』という発想に至ったが……時空の狭間《はざま》で出逢《であ》ったあのエレメリアンの正体もまた、頓着《とんちゃく》すべきことではない。

大事なのは——ドラグギルディの薫陶《くんとう》を受けた戦士の生き残りは、自分一人ではない。

アルティメギル再興を夢見る戦士は、自分一人ではないということだ。

孤独で、寂しくて、無力で……折れかけていた心に、火が灯《とも》った。

キマイラギルディはこの日を境にして、鬼神のごとき執念で研究を進めていく。

時は流れ、テイルレッドの娘もツインテイルズとして活動を始めた。

時間にして、アルティメギル壊滅からおよそ二〇年。キマイラギルディはこの時ついに、世界の片隅でひっそりと極限の進化を続けていたAI、T2と運命の出逢いを果たす。

積み重ねてきた執念が結実し、時空をツインテール分岐させる悲願のプログラム——エレメーラ・メモリー・システムを完成させたのだった。

キャラクター名鑑 051

DATA

身長：248㎝

体重：470㎏

属性力：???

元ドラグギルディ部隊の一般兵。任務で隊を離れている間にアルティメギルが壊滅していた無念を晴らすべく、組織再興に執念を燃やす。あらゆる属性を習得するため自分自身で危険な実験を繰り返したせいで、名だたる幹部たちが融合したような肉体と化した。性癖コンサルで世界の属性力を活性化させることを目論む。誇るべき自らの属性はとある理由から積極的に明かそうとはしない、謎多き戦士。

第七章　勇気と、ツインテール。

キマイラギルディとの海での邂逅《かいこう》から、数日が過ぎた。

世界を巡って性癖コンサルをし続けるあいつと、ＳＮＳなどを通じて好きなものは自分自身で見つければいいと発信し続ける俺たち。

初めはいたちごっこになるかと思われたが、多くの人は俺たちの言葉の方に耳を傾けてくれているようだ。これぱかりは、積み重ねてきた信頼の差だろう。誠実に戦い続けてきたツインテイルズの勝ちだ。

これまでのアルティメギルの侵攻部隊であれば、作戦が数日も停滞すれば一気に焦《じ》れて強硬手段に出ていた。だからこそ俺たちは、そろそろ何かするのでは――と警戒していたのだが、あいつは本当にただ性癖コンサルをする以外目的はないらしい。

キマイラギルディがこのまま諦《あきら》めてくれるなら、それが一番いい。戦いもせずに済むのだが……。

そんなあいつに時間移動の元凶とまで言わしめた『メモリアル・ツインテール』は、それでもしっかりと撮影を続けている。

海水浴に続き素材撮影の一環も兼ねて、ツインテイルズのメンバーは今日、花火大会のために郊外にある河川敷を訪れていた。

時刻は一六時過ぎ――まだ開会まで時間はあるが、双愛《そうら》と一緒にみんなで街をぶらつくのも目的の一つだ。

俺はツインテール属性のエンブレムをあしらった赤い浴衣。愛香《あいか》とトゥアール、慧理那《えりな》、桜川《さくらがわ》先生もちょうどギアのパーソナルカラーを基調とした、花や墨、図形などの模様が柄《がら》になった浴衣を身にまとっていた。

唯乃《ゆの》は肩から胸元までを露出し、裾《すそ》を大きくたくし上げて着崩している。

イースナはアイドル衣装のようにシースルー素材で肩を露出し袖《そで》口が切り離されて見える洒《しゃ》落《れ》た浴衣で、ロエル・リルナ姉妹はドレスのようにフリルに彩《いろど》られ、スカート状になったものを着ている。傾向はみんな、水着のデザインと同じだな。

メガ・ネは捩《ねじ》り鉢巻きをして法被《はっぴ》をまとった、お祭り仕様のメガネドンだ。

それぞれに浴衣を着こなした俺たちは、河川敷沿いに設置された出店に立ち寄ってみることにした。

祭りが始まる前の雰囲気。活気づき始める景色……嫌いじゃない。

そして祭りといえば、ツインテールだ。

子供から大人まで、ツインテールの女性が浴衣を着て祭りの会場へと歩いて行く。何とも胸が温かくなるじゃないか。

こうやって髪型でも何でも、自分で選ぶのが人間にとって一番自然だと思うんだよな。

俺が感慨に耽《ふけ》っていると、慧理那《えりな》が唯乃《ゆの》を見て何かに気づいたように顔を近づけていた。

「……あの、唯乃さん、もしかして浴衣の下、何もつけていらっしゃらないのですか？」

「ん？　こういう服って下着つけねーんじゃねえの？」

「捲《めく》るんじゃないわよ!!」

愛香《あいか》の注意も間に合わず、俺の真っ正面で唯乃が思いっきり浴衣の裾《すそ》を捲り上げた。

少し前に戦った鼠径部《そけいぶ》の属性のエレメリアンを思い出したが、俺は精神を統一して今見た映像を編集で脳から削除することにした。

「いけない！　トゥアールちゃんが手をこまねいているうちに、結翼唯乃《いわばね》がどんどん乳とか股《また》を総二《そうじ》様に露《あら》わにしてゆく！　自分が一番エッチな女であることにあぐらを掻《か》いていて、周囲に変質者が多いことを失念しかけていました!!」

トゥアールが目を血走らせながら俺の元へと爆走してきた。

「はああああああああああああ三〇分後に披露するはずだった奥義・おっぱいわたあめ!!　解説するとこれは私のおっぱいを綿に総二様を棒に見たて――」

「そんなに祭りが待ちきれないならあんたが花火になりなさい!!」

「タマ―――――――――――――――ヤカギヤ!!」

そして、愛香のアッパーによって明るいうちから空に打ち上がっていった。地味にかぎやがフェイントですげえ早口だった。

ぱちぱちと手を叩《たた》いてはしゃぐ双愛《そうら》。

あの海辺での出来事を気にしているふうでもなく、ほっとしている。

「若い頃《ころ》の愛香さんとトゥアールさんの仲良しぶり、何度見ても嬉《うれ》しいです！　やっぱりこの頃から変わらないんだなぁ……」

「あいつ三〇後半になってもおっぱいわたあめとか言ってんの!?　そんであたしはそれをブッ飛ばしてんの!?」

エレメリアンの戦いの日々が続くのは大丈夫だが、トゥアールとのじゃれ合いも続くと知って愕然《がくぜん》とする愛香。

「……えと。トゥアールさんは、二〇年後は……三〇後半じゃなく……」

「んんんイ―――――スナぁぁぁぁ一緒に金魚掬《すく》いしましょうかあああ!?」

花火になったはずのトゥアールが即座に地上へ降り立ち、まだ回復しきっていないボロボロの身体《からだ》で、頰《ほお》をひくつかせながらイースナと肩を組む。

トゥアールと歩いていくイースナを見て、メガネドンも嬉しそうだ。

「……お。観束《みつか》、まただぞ」

桜川《さくらがわ》先生が、空を指差す。

『この世界の人間たちよ！　我《わ》が名は――キマイラギルディ!!』

空に大きなスクリーンが浮かんでいる。お祭り気分に水を差す、定期放送だ。

どうせこいつの放送はコンサルの販促だけだ。気にする必要はない。

誰《だれ》も意識を向けようとしない俺たちを余所《よそ》に、キマイラギルディは意外なことを口にした。

『私は君たちのテイルレッドへの愛を低く見積もりすぎていた。このままでは世界が滅ぶ――その事実を伝えても、性癖を強めようとしない』

ようやく諦《あきら》めるのか、と安堵《あんど》した俺は、次の言葉で自分の甘さを思い知らされた。


『そこで計画を向こう一〇年分――一段階早めることにした』


一斉に空を見上げる愛香《あいか》たち。

キマイラギルディの声音《こわね》も軽薄な雰囲気が薄れ、神妙さを帯《お》びている。

『世界中に派遣している私の〝助手〟キマイラソルジャーとともに、これよりとことんまで性癖コンサルを行う。君たち人間に……種としての進化を遂げてもらう』

その世界中にすでにいるキマイラソルジャーだけではない。スクリーンに映るキマイラギルディの後ろにも、数え切れないほど多くのキマイラソルジャーが整列している。

あまり性癖が広まらないからって、強制コンサルに打って出るってわけか……!!

『それではお邪魔する——この時代の人間たちよ』

スクリーンが消えたかと思えば、俺たちの上空で異変が起こった。

巨大な移動戦艦が空間から溶け出てくるようにして出現したのだ。

アルティメギル基地に似ている。否応なく、かつて繰り広げたやつらとの最後の戦いを思い起こさせる。

……自分の計算どおりに行かなければ、強引さを増してでも軌道修正を試みる。

俺たちの時代は実験場……ってことか。

「約束を反故《ほご》にして強行手段に出たんだ。もう迷う必要はない……キマイラギルディを止めるぞ、みんな!!」

俺の言葉に、愛香たちは次々に頷《うなず》いていく。首を縦に振らなかったのは、双愛《そうら》だけだった。

「私は遠慮《えんりよ》しまーす！　どうせ力にはなれませんし、みんなにお任せで！」

開き直る……というには少し物悲しい苦笑で、双愛は手を振った。

「そうだな。戦いは俺たちに任せて、双愛は基地で待っていてくれ」

「あっ、地下基地でのオペレートですね！　めっちゃ指示しまくるの楽しそう!!」

うきうきで一人で元来た道を歩いて行く双愛。テンションと裏腹、明らかに後ろ髪《ツインテール》引かれているのがわかる。

大人なら……親なら、子供が迷っている時に的確なアドバイスができるんだろうか。それが親なんだろうか……。

少なくとも俺の母さんは、アルティメギルとの決戦前夜——きっと俺が人生で一番悩んでいる時、優しく言葉をかけてくれた。

今の俺にはまだそれはできないから……行動で示すしかない。

去って行く双愛《そうら》の背中を名残惜《なごりお》しそうに見送るイースナ。

「で、でも、キマイラギルディに、ダメージを通せるのは……双愛しか……」

「それは私に考えがあります……この数日の研究の成果です」

イースナの肩を叩《たた》きながら、トゥアールが名乗り出る。

「ホワイトのテイルギアの能力でエレメーラ・メモリー・システムをハッキングできれば、理論上はキマイラギルディと同次元の存在となります。私たちの攻撃が通じるはずです」

そうか。テイルホワイトのテイルギアは、様々なプログラムを走らせてエレメリアンとの電子戦に対抗できる。キマイラギルディの侵攻を支《ささ》えているのが強力なコンピューターだと判明した以上、うってつけの人材だ。

しかしその作戦における不安点は、本人が一番自覚していた。

「あとは私が変身できるか、ですが……。ブレスの調整も目一杯しましたけど、それでも……」

「練習してる時間はないみたいね」

愛香《あいか》が見上げた空で、戦艦が妖《あや》しく発光していた。

俺たちが戦艦に向かおうとしていることを察知したからか、その戦艦から滝のように兵力が降り注いでくる。先ほど放送に映っていたキマイラソルジャーたちだ。

キマイラギルディ本人が降りて来る様子はない。

「とにかく、戦いながら考えましょう！　どなたか、私を戦艦の中まで連れて行ってください!!」

「あたしがついていくわ!!」

トゥアールの護衛に、真っ先に立候補したのは愛香だった。

「そして当然、テイルホワイトの変身の要《かなめ》である観束《みつか》君も必要なはず——キマイラソルジャーはわたくしたちにお任せを!!」

慧理那《えりな》は俺たち三人を心強く見送る。

いや、ツインテイルズの仲間たちだけではない。

「頑張って！　ツインテイルズ!!」

周囲にいる花火を見に来ていた人たちも事情を察し、思い思いに激励を送ってくれている。

未来からの侵略者に怯《おび》えている様子はない。心強いよ……。

「みんな……早く戦いを終わらせて、花火を見よう……!!」

俺の呼びかけに、仲間たちが奮《ふる》い立つ。

「テイルオンッ!!」

真っ先に走りだした愛香《あいか》は、テイルブルーに変身。髪紐属性《リボン》の属性玉《エレメーラオーブ》を発動した。

フォースリヴォンから光の翼を伸ばし、俺とトゥアールを連れ、空高く飛び立つ。

示し合わせることもなく、ブルーは俺を勢いよく戦艦に向け投げ放った。それに合わせ、俺は空中でテイルブレスを構える。

「テイルオン!!」

変身と同時に赤髪属性《レッドヘアー》の属性玉《エレメーラオーブ》を発動。全身に炎をまとい、戦艦の外壁へ真っ直《ます》ぐに突っ込む。

少し早いが——開戦の花火だ!!

俺の開けた大穴から、ブルーとトゥアールも続いて戦艦の内部に飛び込んでいった。

未来のエレメリアンとの、最後の戦いだ————!!

◇

戦艦から投下された戦闘員《アルティロイド》とキマイラソルジャーが地上に降り立ち、散開していく。

人々の避難誘導も兼ねながら、地上を任された慧理那《えりな》、イースナ、メガ・ネ、ロエルとリルナ、唯乃《ゆの》、尊《みこと》は分散してその前に立ちはだかっていった。

親とはぐれたのか、逃げ遅れておろおろしている子供がいる。そこへ迫る戦闘員《アルティロイド》。

慧理那は子供を庇《かば》いながら足払いをかけ、戦闘員《アルティロイド》を転ばせた。

「早く、逃げて!!」

「ありがとう、テイルイエローのお姉ちゃん……！　私、イエローも大好き!!」

ツインテールを揺らして逃げていく子供に手を振られ、慧理那は満面の笑みで微笑《ほほえ》む。

さまざまな不便もあるが、正体が世界に知られたことでこんな可愛《かわい》らしい声援をもらえる機会もできた。

どんなに小さな子供でも、大人でも、憧《あこが》れとは――好きとは、自分自身で選択して育てていく掛け替えのない心。それを計算して培養するキマイラギルディの行動は、認めるわけにはいかない。今、はっきりと自覚できた。

「――テイルオン!!」

舞いのようにツインテールをたなびかせ、背後から迫ってくるキマイラソルジャーへと振り返る。

次の瞬間慧理那の背丈は伸び、装甲《そうこう》に覆《おお》われ、手には雷の銃が握られていた。

出会い頭に銃撃を受け、もんどり打つキマイラソルジャー。まだ近くに子供がいる――と振り返るイエローだが、おたおたしている子供はリルナだった。

「あわわわ、姉様っ!!」

姉とはぐれ、途方に暮れているようだ。

先ほどの逃げ遅れた子供を助ける延長線のような自然さで、イエローはリルナを庇《かば》った。

迷子を案内するようにロエルの元へと導くイエローに、リルナはいつもの天邪鬼《あまのじやく》で突っかかる。

「ふん、助けてなんて言ってないからな！　キミだってライバルなんだ。ボクたちの国のお世継ぎを……双愛《そうら》を産むのは、ボクと姉様だぞ!!」

「それでいいではありませんか！　わたくしも産みますから!!」

背中の陽電子砲を発射しながら、とんでもないことを口にするイエロー。

「………………え？」

「双愛さんの母になるのは、わたくしかもしれませんし、リルナさんかも。他の誰《だれ》かかもしれません……その時は、別の子を観束《みつか》君との間にもうければ、子供同士で家族になれるからいいのですわ!!」

慧理那《えりな》は海で双愛が言いかけたことを、ポジティブに受け取っていた。大真面目《まじめ》にそう提案され、リルナは呆気《あっけ》に取られる。間近での爆発が、彼女のサイドポニーを揺らした。

「お、おぉ……？　キミ、それでいいの……？」

合流したロエルが、綿のようなサイドポニーを揺らして笑っている。

「あはは、ホントならロエルたちの方がそう思わなきゃ駄目なのにね！　ロエルたちの王国はハーレムOKだもーん」

「……な、何か、初めて逢《あ》った時より図太くなったな、慧理那も……。負けないぞ!!」

姉妹は手を合わせ、サイドポニー同士を重ね合わせた。

「「ツイン・コネクト!!」」

合体戦士・ロロリーに変身し、テイルイエローの背中にぽふっと寄り添う。

「その時は、ロロリーたちの子供がこうやって一緒に戦うかもね!!」

「次世代のツインテイルズ……ですわね。その選択を自分でしたのなら、わたくしは応援しますわ!!」

イエローは脱衣《パージ》した装甲《そうこう》を空中で合体させ、ロロリーは伸ばしたツインテールの周りに風を練り上げていった。

「ツインテールトルネ――――――――――――ドッ!!」

「ヴォルティックジャッジメントォ――――――――――ッ!!」

二人の必殺技が空に地に拡散し、キマイラソルジャーを爆裂させていった。

華麗に舞う令嬢と王女から少し離れた所で、爆炎が轟《とどろ》く。

捩《ねじ》り鉢巻きに法被《はっぴ》のメガネドンが、一般人を避難させつつ、そのぼへーっとした顔つきに似合わぬ鋭い徒手空拳《としゅくうけん》で戦闘員《アルティロイド》を薙《な》ぎ倒していく。

慣れない浴衣と下駄でよろめきながら、イースナが駆け寄ってきた。

「……メガ・ネッ……!!」

「了解や！　なんちゃってテイルオン!!」

メガネドンの姿からメガ・ネプチューン＝Mk.Ⅱ……テイルシルバーに早着替えするメガ・ネ。ステルス機型の形態である戦闘機形態《メガネウインガー》に変形し、イースナを搭乗させた。

キマイラソルジャーを翼で跳ね飛ばしながら、イースナは神眼鏡《ゴッドめがね》のアンダーリムを指でなぞった。

「グラスオン!!」

飛行機に搭乗しながら大ジャンプし、テイルブラックへの変身が完了する。

「セラフィックインフィニット！　祭りの始まりじゃ、ゆけいおっさんども!!」

幻術で召喚されたふんどし姿のマッチョたちが四散し、戦闘員《アルティロイド》も、逃げ始めていた一般人も悲鳴を上げて走り出す。

再び搭乗した戦闘機形態《メガネウインガー》で高速飛翔《ひしよう》しながら、ブラックはダークネスグレイブでキマイラソルジャーを斬《き》りつけていった。

「やれやれ……性癖コンサルとやらを何度か見に行ったが、素質がありそうなヤツにもてんでポニーテールをお薦めしやがらねえ。こいつらホントに世界を変える気あんのかあ？」

唯乃《ゆの》の呟《つぶや》きに、飛行機ですれ違いながらブラックが答える。

「テイルレッドが女神過ぎて、ツインテール属性の一際《ひときわ》強い世界じゃ。ハナから髪型の属性の流布は控えていたようじゃな」

「だから何十年経《た》っても経っても組織の再建も、属性力《エレメーラ》の強化もできねえんだよ！　強いツインテールがいるなら、わくわくしてやる気が出てくるぐらいじゃねえとな!!」

唯乃は吼《ほ》えながら、ノーパンの浴衣という危険性を顧みないワイルドな前蹴《げ》りで、キマイラソルジャーを一体蹴転がす。そして、回転ざまにテイルレインフォーサーをフェニックスラッシュ゠ーターへと装着した。

「テイルオン!!」

手にしたフェニックスラッシュ゠ーターの斬線《ざんせん》が、キマイラソルジャーの身体《からだ》を斬り抜けると同時。唯乃の身体が太陽の炎に包まれる。

テイルフェニックスへと変身完了した唯乃は、返す刀で背後のキマイラソルジャーを一閃《いっせん》。

前後で巻き起こった爆発を突き抜け、空高く飛び上がる。

焔銃剣《えんじゅうけん》フェニックスラッシュ゠ーターの冴《さ》えが、空飛ぶ魍魎《もうりょう》の群れをことごとく地上へと堕していった。

戦闘機形態《メガネウイングガー》から飛び立ち、着地点でフェニックスと肩を並べたブラックが、笑みを浮かべながら話しかけた。

「意外じゃな。そろそろ露払いではなく、大将首を獲りに行きたがると思うていたが」

「……あいつに花を持たせてやりたくてよ」

一人の少女が歩いて行った遊歩道を見据《みす》え、衒《てら》いのない笑顔を浮かべるフェニックス。

「やはり貴様、最初から気づいておったか。双愛《そうら》が実はよわよわだということを」

「あんたもそうだろ？　つーか総二《そうじ》だって真っ先に気づくはずだろ、属性力《エレメーラ》が……ツインテールが全然大したことねえんだからよ。ありゃ変身できるだけ奇跡だぜ」

「未来のトゥアールが頑張ったんじゃろうな……」

今度はブラックが、上空の戦艦を一瞥《いちべつ》した。

「それでもあいつ、俺様のパーソナルカラーの紫もメッシュに入れてくれてたからな。強《つえ》え仲間が疎《うと》ましかったら、そんなことしねえだろ。可愛《かわい》いヤツだぜ!!」

唯乃《ゆの》は確かにバトルマニア、強さを追い求める戦いの伝道師だが、だからといって弱者を見下すことは絶対にしない。強くなろうと努力する者には賞賛と協力を惜しまない。

その彼女が認めたということは——

「それに今回はトゥアールの姉ちゃんにとっても大事な戦いみてえだ。あの人にはギアのことで世話んなってる……借りはこまめに返すさ!!」

世界を守る作戦の要《かなめ》。自分自身のテイルギアが重要となるこの戦いは、トゥアールのこれからのツインテールにとっても大きな意味を持つだろう。

神眼鏡《ゴッドめがね》によって全てを見通す——人並み外れた洞察力を持つブラックのみならず、フェニックスも本能的にそれを悟っているようだった。

二人は背中合わせになると、ブラックは神眼鏡《ゴッドめがね》から光線を発射し、フェニックスはマフラー型のパーツを伸ばして、周囲の敵を吹き飛ばしていく。

「その通りじゃ。トゥアールがツインテールという名の未来へ歩んでいくための、重要な戦いとなるじゃろう……世話になっているのはわらわも同じじゃしな」

剽《ひょう》げたふうに笑いながら、強い意志を秘めた眼差《まなざ》しをブラックに向けるフェニックス。

「それに俺様は因縁《いんねん》や宿命ってやつを大事にするんでね。俺様の宿命の相手が現れた時には、あんたらに雑魚《ざこ》散らしをやってもらうぜ!!」

「なるほど……そういう考え方は大事じゃな!!」

ブラックとフェニックスは互いの武装を同時に完全解放《ブレイクレリーズ》した。

「少なくとも今後二〇年、わらわたちの戦いは続きそうじゃ……宿命や因縁など、そこらから生えてくるであろうて!!」

「へへっ、楽しそうだぜ!!」

「ダークネスバニッシャ――――――――ッ!!」

「バーニングフォースフィニ――――――――ッシュ!!」

まだ見ぬ明日への期待で頬《ほお》を緩めながら、二人は爆発の連鎖を周囲に展開していった。

間近で巻き起こる爆発に怖《お》じることもなく、尊《みこと》はぼうっと項垂《うなだ》れて立ち尽くしている。

まだ変身していない尊を庇《かば》うように、シルバーが前面に滑り込んできた。

「尊はん、大丈夫？　変身でけへんの？」

「あ、ああ、済まない。こんな時だというのに、ちょっと考えごとをしてしまっていた」

「考えごと？」

聞きながら、シルバーは指のバルカン砲を発射。尊の背後の戦闘員《アルテイロイド》を吹き飛ばした。

「みんな、未来のために頑張っているが……二〇年後だと、私は四九歳、ほぼ五〇だ……。いま一〇代の娘たちのようにははしゃげんよ」

「尊はん……未来、来て欲しくないん？」

「まさか……はしゃげんだろうな、と思っただけさ」

にじり寄って来た戦闘員《アルテイロイド》を、合気道の要領で投げ飛ばす尊。

ツインテイルズになる前は、こんな連中からさえ慧理那《えりな》を守れなかった。

「テイルオン！」

投げ飛ばされた勢いで空中で回転している戦闘員《アルテイロイド》に、テイルギアで覆《おお》われた脚で蹴《け》り込む。

爆発を背にメガ・ネへと振り返ったアナザーブルーは、晴れやかな微笑《ほほえ》みを湛《たた》えていた。

「私が観束《みつか》と結婚して、子供ができている可能性を知った。それだけで、今世界を守るために戦う理由としては十分だ!!」

「うちも、いつかイースナちゃんの赤ちゃん抱っこしたいもんな!!」

「双愛《そうら》がお嬢様の子供だったとしても、それはそれで嬉《うれ》しいしな!!」

メガ・ネの肩を踏み台に飛び上がったアナザーブルーは、空中でウェイブメイスを振るい、滞空していたキマイラソルジャーを叩《たた》き落とす。

「ストライキングウェイブ────!!」

戦闘機形態《メガネウィンガー》に変形したシルバーが、飛翔《ひしょう》の勢いでそのキマイラソルジャーを斬《き》りつけ、爆散させた。

『みんな、そこだけに固まっているとまずいわ！　キマイラソルジャーは世界中に分散している……すごい反応よ！　強制コンサルを開始する気だわ!!』

普段戦局をオペレートしているトゥアールが今日は戦闘要員として現場にいるため、地下基地では未春《みはる》がその役割を担っている。

その報告を聞いたイエローは、構えていた銃と一緒に軽く肩を落とした。

「ここにいる敵を倒したら、わたくしたちも戦艦に向かってレッドたちを助けようと思ったのですが……しっかりと対策していたのですわね、キマイラギルディは」

一騎当千の力を持つツインテイルズ全員と戦うには、兵士の数を増やして同時多発的に侵攻させるのが最も効果が高い。これもアルティメギルの戦闘データから導き出した戦術だろう。

この場にはイエロー一人が残ることに。ブラックとシルバー、フェニックス、ロロリーとアナザーブルーが三組に分かれ、世界中に散らばったキマイラソルジャーたちを掃討《そうとう》していくことに決まった。

「また世界巡りかぁ……面倒。アルティメギル首領との戦いを思い出すなぁ……」

愚痴《ぐち》をこぼすロロリーだが、その表情に気負いはない。彼女も多くの死戦をくぐり抜け、逞《たくま》しく成長していた。

「観束《みつか》！　お前の選んだ未来なら、私たちは誰《だれ》も後悔しない！　しっかりやってこい!!」

遥《はる》か見上げる戦艦へ、アナザーブルーが、イエローが、ブラックが、シルバーが、ピンクが、フェニックスが……それぞれの未来を託し、激励を送る。

そしてイエローは気づいてしまった。先ほどのオペレートで、基地にもう一人いるはずの人の声が聞こえなかったことを。それが、何を意味するのかを。

ツインテイルズたちを取り囲むように、キマイラソルジャーと戦闘員《アルティロイド》が殺到してくる。

イエローは属性玉多重変換機構《エレメアディッション》を展開すると、鼠径部属性《グロオイン》と微乳属性《ミニマムバスト》の属性玉《エレメーラオーブ》を同時発動。

「わたくしの新必殺技！　ヴォルティックジャッジメント・イラプション――!!」

ブラックとの出撃で披露するはずだった、新しい必殺キックを解き放った。

雷をまとった回転キックと同時に、完全脱衣形態《フルブラストモード》での全弾発射を敢行。

あたかも猛烈な勢いで噴火する火山流の如《ごと》く、仲間を取り囲んだ敵だけを爆裂させていき、道を切り拓《ひら》いた。

一時の別れは、総二《そうじ》が約束で結んだ。「みんなで花火を見よう」と。

だからイエローたちは互いを気遣う一瞥《いちべつ》もなく、決然とそれぞれの戦いへ向かって行った。

◇

未来からの襲来者。

その本拠地へ辿《たど》り着いたのは、「ツインテイルズ始まりの三人」だった。

戦艦内部は、かつて突入したアルティメギル基地と大差ない構造だ。

「おかしい……静かすぎる」

俺は辺りを探るが、エレメリアンが迎撃《げいげき》に現れる気配がない。最初の放送であれだけ誇示していた大勢の戦士たちは、どこにいった？

「そいつらはキマイラソルジャーと一緒に地上に行くんじゃない？　もしくは、一番守らなきゃいけないT2だか何だかがあるとこに集められてるか」

「いえ、おそらくは……」

トゥアールは何かを確信しているように歩みに迷いはなく、俺とブルーがガードするより先に前に進んで行ってしまう。

苦もなく操縦室へと辿《たど》り着き、ブルーがドアを蹴《け》破る。

地上の戦いを映すメインモニターと、それを見つめるキマイラギルディ。

そして、壁の一面を覆《おお》い尽くす巨大なコンピューター。それが何かは、教えられるまでもなかった。

「……あれがＴ２……エレメーラ・メモリー・システム……!!」

俺は思わず息を呑《の》んだ。あれこそが、ツインテールそのものにまで進化したＡＩなのか。

「この戦艦はＴ２を搭載するために作ったものだ……私同様、エレメーラ・メモリー・システムそのものであるＴ２も、君たちには触れることもできない」

キマイラギルディは振り返りもしない。俺たちの攻撃が通じないと信じ切っているからか、余裕を見せている。

「あっそ」

鼻を鳴らしながらウェイブランスを投げ放つブルー。

しかしＴ２の周囲をバリアーのように覆っている光膜に触れた瞬間、ランスは弾《はじ》き返されるまでもなく、ブルーの手元へと瞬間的に戻されていた。

キマイラギルディはブルーの狼藉《ろうぜき》を一顧《いっこ》だにせず、トゥアールへと静かに問いかける。

「ツインテイルズの科学者の少女……。君は変身できない代わりに、仮面で顔を隠して戦場へ現れるのではなかったか?」

「古い資料ですね。その仮面は復讐《ふくしゅう》の象徴……二度とつけることはありません」

トゥアールはマントのように白衣を翻《ひるがえ》し、高らかに宣言した。

「今の私は、平和のためにツインテールを科学する者……ドクター・ツインテールです!!」

キマイラギルディは小さく感嘆しつつも、首を振ってメインモニターを指し示す。

「ならばドクター・ツインテールよ。同じ科学者として、今一度聞いておきたいのだが……何故《なぜ》私と君たちが争う必要がある？　地上に放ったキマイラソルジャーはこの戦艦を守る兵隊……ツインテイルズとの戦闘は自衛にすぎないぞ。その目的はあくまで、性癖コンサルだ」

そこには、イエローたちの死闘が詳《つまび》らかに映し出されていた。やはり相手はキマイラソルジャーと戦闘員《アルティロイド》だけで、普通のエレメリアンの姿は見えない。

「私のせいで今すぐ世界が危機に陥《おちい》るのか？　人々が心の輝きを失うのか？」

そしてその地上での闘いが無益なものだと言わんばかりに問いかけてくる。

「たしかに私の作戦で、変態は増えてゆく……だがそれだけだ。どこが悪い」

傲然《ごうぜん》と言い放つキマイラギルディ。

自分の行いに、一片の心苦しさも覚えていない。

「人間の本質は変態にある。変態を捨てた人間に、もはや種としての繁栄はあり得ない。これは、未来を見てきた私だから断言できる、厳然とした事実だ」

「何っ……!!」

俺は思わず歯噛《はが》みする。そこまで言い切るか、未来のエレメリアン……!!

「君たちも宇宙最高レベルの変態だ。同志が増えるだけの話ではないか。戦いたければその後、私たちが属性力《エレメーラ》を奪おうとした時にこそ相見《あいまみ》えればいい」

キマイラギルディの甘言を、トゥアールは冷然とした眼差《まなざ》しで払いのけた。

「エレメリアンに故郷を滅ぼされた人間として……私は、あなたたちのいかなる作戦も許容しません」

「――そうか……ならば仕方がない。どれほど弁を尽くしても、その信念を説き伏せることだけはできないだろうからな」

さしものキマイラギルディも、その言葉を交ぜ返すほどに無粋でもなかった。

「だが君たちに私が止められるか？　アルティメギルの数多《あまた》の強豪を撃破してきたツインテイルズとはいえ……触れられぬ存在を打倒した経験はあるまい」

トゥアールは右手首にテイルブレスレボリューションを可視化させ、左手で支《ささ》えるようにして構える。

この変身は、かつてないほどの博打《ばくち》。トゥアールの頬《ほお》を汗が伝う。

「すみません、レッドにかなり負担をかけると思いますが……」

「心配するな。俺の属性力《エレメーラ》が必要なら、いくらでも吸ってくれ！」

「ありがとうございます、帰ったらお返しに総二《そうじ》様の総二様を吸いま――」

「用心棒がヒットマンに転職するところを見たくなければとっととやりなさい……!!」

ブルーに急《せ》かされ、祈るように叫ぶトゥアール。

「テイルオン!!」

その願いに精一杯応《こた》えるべく、テイルブレスレボリューションが脈動する。

トゥアールの全身が見慣れないスパークに包まれ、俺は一瞬肝を冷やす。

しかし激しい発光の後、トゥアールは天使の翼のようにツインテールを舞わせていた。

変身が成功したのだ。

「変身、できた……!!」

テイルホワイトは、慎《つつ》ましく歓喜の声を上げる。

「けど、『やばい』って感覚でわかりますね……。車のエンプティランプが点灯してから、さらに大分走った状態ぐらいの……限界ギリギリです」

「喩《たと》えとしては何となーくわかるけど、あたし免許持ってないから危機感がイマイチ連想できない……」

もはやタンクに数滴のガソリンしか残っていないぐらい、際《きわ》っ際ってことか。確かに俺も、車運転してそんな危機的状況に陥《おちい》ったことなんてないから、肌感覚ではわからないが。

はっきりしているのは、車が目的地に到達するために、俺たちがアシストするしかないってことだ。

ホワイトが演算完了するまでの間——何としても守り抜く!!

が、ホワイトの変身を目《ま》の当たりにしたキマイラギルディは、警戒するどころか珍しそうに頷《うなず》きを繰り返した。

「————変身、できるのか」

構わず、ホワイトは目を伏せて属性力《エレメーラ》を全身から立ち昇らせる。

白きテイルギアの表面に電子回路めいた模様が走り、T2をハッキングする。

〈ツインテール……〉

話しかけられた者が返事をするように電子音声を上げるT2。

俺とブルーは妨害に備えるが、何故《なぜ》かキマイラギルディは動かない。

「いつまでガン見してるんです、このおっぱいはレッドたん専用で取引終了しているんですが?」

さらにオークションじみた謎《なぞ》の抗議をされても、キマイラギルディは涼しい顔で受け流した。

「あいにく私は巨乳属性《ラージバスト》をコンサルすることこそあれ、自分ではさして興味はない。ただ、珍しいと思っただけさ」

トゥアールはよく、女の子は胸への視線に敏感だと言っていたが……それなら気づいているはずだ。キマイラギルディの視線が向いているのが、自分の胸ではなくツインテールだと。

キマイラギルディは声の穏やかさはそのままに、ホワイトへと冷酷な事実を宣告した。

「私は二〇年後の君も知っているが……顔貌《かたち》が大人びこそしたものの、終《つい》ぞツインテールにしているところは見たことがないのでね」


その言葉の意味するところを理解し、俺とブルーは息を呑《の》む。

当然、本人が受ける衝撃はどれほどのものか。

程なくテイルホワイトのギアが紫電《しでん》を迸《ほとばし》らせ、T2へのハッキングが解除される。

トゥアールが大きく心を乱したんだ。

「っ……くうっ……!!」

「大丈夫だ、ホワイト！　未来はまだ確定していない……キマイラギルディが見てきた歴史は、明日にでも変わるかもしれないんだ!!」

「てか、あいつがたまたま見てなかっただけって可能性のがデカいでしょ！」

俺やブルーの訴えも虚《むな》しく、ホワイトは力無く膝《ひざ》をついた。

そして、そのテイルギアに劇的な変化が訪れていた。

ホワイトが自身の両腕を見つめ、震《ふる》える。

「これは……!!」

純白のテイルギアが、鈍い錆色《さびいろ》に変わっていた。

俺がティラノギルディと戦った時と同じだ。

ウィークチェイン——それは、ツインテールをゆるく結ぶかの如《ごと》き低出力の形態。いつ解《ほど》けてしまうかもわからない、非常に不安定な状態だ。

錆《さ》びたようにくすんだ色のテイルギア——赤色から錆びた俺と違い、純白のテイルギアが錆色《さびいろ》に変化してしまったホワイトは、いっそう痛々しい。

「過去に何度か変身は成功したが、テイルホワイトのツインテールは完調ではない……これもデータどおりか」

「本当に多くのデータを集めているんですね……！」

失笑で苦悶《くもん》を塗り込めようとするホワイト。

「私にできるのは、それだけだったからな。力も弱く、人望もカリスマも無い……頼れる友ももはやいない私には……」

自嘲《じちょう》と自負が等分された声音《こわね》で鼻を鳴らすキマイラギルディ。

ホワイトは膝《ひざ》に手をついて、よろめきながら立ち上がった。

「レッドたんとお揃《そろ》いの色になれたのは興奮しますけど、どうせなら真《ま》っ赤《か》に染まって欲しかったですね……」

「ホワイト、キマイラギルディの言葉に耳を貸すな!!」

「わかっています……けれど私は、自分の心の弱さを直視してしまった……」

ホワイトは悔《くや》しげに歯噛《はが》みする。

「日頃《ごろ》から『死ぬまでにツインテールに戻ってみせる』なんて、大層な覚悟を口にしていても……私は心のどこかで一、二年もあれば戻れるんじゃないかって、甘く考えていたのかもしれません……」

戦いの真っ最中だというのに、俺はホワイトにどう声をかければいいか、どう慰《なぐさ》めればよいのか、それで頭がいっぱいになった。

当たり前のことだ……そのぐらいの甘い考え、誰《だれ》だって持つ。

それなのに、ホワイトはそんなごく普通の希望を持ったことさえ、自罰として受け容《い》れてしまっているんだ。

「だああっ！」

俺は破れかぶれでキマイラギルディに殴《なぐ》りかかるが、やはり拳《こぶし》が身体《からだ》を透過するだけ。

キマイラギルディとの決戦は、ホワイトのテイルギアのハッキング能力が要《かなめ》となるはずだった。Ｔ２を全く制圧できていない現状では、俺たちに為《な》す術《すべ》はない。

万事休すか……!!

「これは……めちゃめちゃ場があったまってますね!!」

場にそぐわぬ陽気な声に、俺とブルー、ホワイトは一斉に背後を振り返った。

どうやってここにやって来たのか、浴衣姿の双愛《そうら》が操縦室の出入り口に立っていた。

「ざーんねんでしたっ！　私は怖くて逃げてたわけじゃありませんよ、キマイラギルディ。このおいしいチャンスを待ってたんです!!」

彼女はまるで、現世に迷い込んだ悪戯《いたずら》好きの天使といった佇《たたず》まいだ。意気揚々《いきようよう》と操縦室に入ってくる。

「属性に執着《しゅうちゃく》しすぎて、もっと根源的な人間の欲望を見過ごしてしまったみたいですね！」

「ほう……？」

興味深そうに視線を向けるキマイラギルディ。

「私は、目立つのが大好き！　人にちやほやされるのが大好きなんです！　属性だけじゃなく、そういう俗な目的で戦う人間もいると理解しなくちゃっ!!」

えっへんと胸を張る双愛。

そのツインテールが微《かす》かに震《ふる》えているのを、俺は見逃《みのが》さなかった。

嘘《うそ》をつくな……！　戦うのが怖くて仕方がないくせに、何で無理をするんだよ!!

「嘘じゃないですよ」

俺の心の裡《うち》を見透かし、はにかむ双愛。

「私は生まれた時から世界に愛されていました。みんなが私の成長を喜んでくれて、見守ってくれた。世界中の人たちが、私の親戚《しんせき》のおじさんおばさんだった……」

思いがけない告白に、俺は思わず息を呑《の》む。

その光景が……優しい世界が、目に浮かぶようだ。

すでにこの時代ですら、そんな雰囲気になりかけているのだから。

「だからみんなに褒《ほ》めて欲しかった。喜んで欲しかった。ツインテイルズに、テイルレッドになった……」

双愛は操縦室の中心まで歩いてくると、キマイラギルディと相対した。

「エレメリアンに勝てなくても、みんな私を褒めてくれる。何もできなくても祝福されるから……あまりにも幸せすぎるから、ツインテール属性が育たなかった。ホントは私、自分が弱い理由に見当がついていたんです」

それはまるで、キマイラギルディがこの世界の人間たちに訴えかけたことを言い換えているかのようだった。

強くなれない——進化できない。属性が育たない。

日常に満たされすぎては、人間は種として行き詰まるのだと。

「おかげで私は、キマイラギルディの理念にも納得してしまった。しちゃだめなのに……」

「…………」

黙して小さく項垂《うなだ》れるキマイラギルディ。双愛の告白を受け止め、自身の行いを省《かえり》みているのかもしれない。

「君が私を利用して時間移動できた理由が今、はっきりとわかった。君は私の考えに共感してしまった。だからエレメーラ・メモリー・システムに同調してしまったのだ」

〈ツインテール〉

肯定するように電子音を鳴らすT2。ブルーもホワイトも、言葉を失っている。

「あなたには何度も撒《ま》こうとされましたけどね。一度廃墟みたいな世界で私だけ置いてけぼりにされそうになった時は、どうしようかと思いましたよ」

知己《ちき》の仲どころか、双愛《そうら》とキマイラギルディは相当因縁《いんねん》深いようだ。

しかし他のエレメリアンたちにその関係性が通じるとは思えない。

「双愛、あの全世界ジャック放送を見ただろう！　この戦艦には他にも大量のエレメリアンがいる……まともに戦えない君じゃこの場にいるだけで危険だ!!」

心を鬼にして帰るよう促《うなが》すと、

「いませんよね？　キマイラギルディ」

双愛はいつもの悪戯《いたずら》っぽい笑みを浮かべ、キマイラギルディを茶化《ちゃか》す。

「――私たちは似た者同士……だからあの放送見てすぐにわかりましたよ。大量のエレメリアンたちは、ただの見栄だって。どーせキマイラソルジャーに変装させてたんでしょう?」

双愛の思いがけない指摘に当惑してキマイラギルディを見やると、否定する様子がない。

「その通り。だが見栄とは違うな……寂しかったのだよ、私は。ぬいぐるみをたくさん枕元に置かねば不安で眠れない子供と同じにね」

むしろ、言いづらいであろう本音を驚くほどすんなりと吐露《とろ》してきた。

あまりに呆気《あっけ》なく種明かしをされて、俺とブルーは思わず互いに顔を見合わせる。

そうか、ここへ来る時トゥアールがまるで周囲を警戒していなかったのも、この事実を看破《かんぱ》していたからなのか。

「君は喜ばないだろうが、正直、私もその『親戚《しんせき》のおじさん』のような感情を持っていたよ。まるで強くならず、いつも保護者同伴で戦場に現れる君を見ているうち、妙に応援したくなってね……」

重ねて自嘲《じちょう》するようにこぼすキマイラギルディ。

「そしてできれば、これ以上君には戦いに身を投じて欲しくない、とまで願っていた。エレメリアンの私が……不思議だよ」

俺たちは出逢《であ》ってきた全てのエレメリアンと、数日……長くても数か月で、撃破という名の別れを繰り返してきた。

だがキマイラギルディは実に数年間という、今のツインテイルズからは考えられないほど双愛と長い付き合いなのだ。絆《ほだ》されるのも無理はない。

嫉妬《しっと》にも似た奇妙な感情が、俺の中に渦《うず》巻く。

キマイラギルディは、敵でありながら、今の俺よりずっと長い間、双愛《そうら》のツインテールを見守ってきたというのか……。

「そんな君が一念発起しても、何も変えることはできない。哀《かな》しいな……テイルレッドの娘」

「バッカじゃないですか?」

憐《あわ》れみを払い落とすように、双愛は右腕を胸の前で構えた。

「私がこの時代を、この世界を! パパやママたちを救うと言ったでしょう! パパたちが手も足も出ないあなたをやっつけて! こんなに目立つことがありますか!!」

そして右手首にテイルブレスを可視化させる。

「よせ、双愛っ!!」

「双愛ちゃんっ!」

俺とトゥアールが堪《たま》らず叫ぶと、双愛は「しっ」、と指を唇《くちびる》に添え、ウインクする。

そしてどこからともなくカメラドローンを一基取りだし、宙に投げて浮遊させた。

「テイルオンッ!!」

ここにやって来ておそらくわざわざ一度変身解除したのは、カメラに変身の模様を撮影させるためだったのだろう。

赤い光に包まれ、装甲《そうこう》をまとっていく。

「フューチャーテイルレッド! 過去を救うためにやって来ました!!」

俺たちにでもキマイラギルディにでもなく、カメラに向けて高らかに名乗り上げるフューチャーテイルレッド。

「世界の皆さん、見ててくださいね！　私が！　未来のテイルレッドが、こいつをやっつけて、この時代を守ります!!」

横ピースで決め顔をすると、カメラの写角から外れ、いそいそとスマホを取り出した。

「はい、投稿っと!!」

今撮った映像を、即座にツインテイルズ公式アカウントに投稿したようだ。

電撃的な忙《せわ》しなさに、俺たちどころかキマイラギルディも呆気《あつけ》に取られている。

「これで後はパパとママたちがキマイラギルディを倒してくれれば、世界を救った手柄《てがら》は私の一人占めです！　ちょろいですね～♪」

弾むように揺れるそのツインテールを見て、俺は理解した。憂《うれ》いが消えた。

強くなれなくても、強く在《あ》れなくても……この子は自らの意志で、ツインテイルズとして世界を守ることを決意したんだ。

ツインテール属性を持ったことに、後悔なんてなかったんだ。

「名声目当てならば、それで満足のはず。このまま立ち去りたまえ」

キマイラギルディは諭《さと》すような穏やかな声で、フューチャーテイルレッドに忠告した。

「確かに君なら私に干渉できる。だが勝つのは、ある意味そこにいる三人が私に勝つよりも不可能に近いことだぞ」

「でしょうねー!!」

それでも諦《あきら》めず、フューチャーテイルレッドはブレイザーブレイドを構えて突進する。

嘆息し、おそらくはまた防御すらせずに受け止めようと棒立ちするキマイラギルディ。

その横を、フューチャーテイルレッドは脇目《わきめ》も振らず駆け抜けた。

「!?」

それはあまりに予想外のことだったのか、キマイラギルディの反応が遅れた。

「えええ――――――――――――いっ!!」

完全解放《ブレイクレリーズ》からの必殺技すら使えない、ただの無造作な縦斬《ぎ》りは――しかし、コンピューターの中枢を包んだバリアごと両断した。

〈ツイン、テ……〉

火花を上げ、苦悶《くもん》めいた電子音も上げ、内部から爆発するコンピューター・T2。

さしものキマイラギルディも、血相を変えて叫ぶ。

「馬鹿《ばか》な！　自分が何をしたのかわかっているのか!?」

対するフューチャーテイルレッドは変身解除して双愛《そうら》の姿に戻り、満足げに笑う。

「一番美味《おい》しいところをもっていきました!!」

その笑顔が……双愛の輪郭が、薄くブレていく。

「エレメーラ・メモリー・システムの演算あってこその時間移動だ……それを破壊すれば、当然そうなる。システムを取り込んだ私はいざ知らず、君は即座にこの時代から消える!!」

キマイラギルディは嘆くように叫び、恐ろしさからか声を小さく震《ふる》わせた。

「いや、それどころか……歪《ゆが》めた時間の流れから強制的に切り離される君は、元いた未来に帰れるかすらわからない！　歴史から存在そのものが消えてしまうのかもしれないのだぞ！　それは君自身もわかっていたはずだっ!!」

敵であるはずのキマイラギルディが、我《われ》を忘れるほど動揺して叫ぶ。

ブルー、ホワイトは一様に愕然としている。

「双愛《そうら》、駄目だ、消えるな!!」

俺が咄嗟に手を伸ばすと、双愛は後ろ手に組み、一歩下がった。

「心配してませんよ。私は未来で必ず生まれます。だってパパが、私のツインテールを誉《ほ》めてくれたから!!」

双愛は自分のツインテールを自慢げに抱き締め、星のように輝く笑顔を浮かべた。

「パパは鈍くてヘンテコでツインテール馬鹿さんだけど……ツインテールを守ることにかけては宇宙一信頼できます。私というツインテールが消えることを見過ごすはずがありません!!」

それは可憐な少女の笑顔であり……使命を果たした戦士の貌《かお》でもあった。

「こんな私だけど、一つだけ、世界中に自慢できることがあるんですよっ！」

双愛に気圧されるようにして息を呑《の》むキマイラギルディ。

「それは自分からツインテールを好きになったことです！　テイルレッドの娘だから仕方なくじゃなく、ましてコンサルされたわけでもなく！　生きていく中で少しずつ、自分だけの大好きが育っていった！　私、ツインテールが大好き!!」

まるで授業参観で親が見守る中、作文を読み上げる子供のように……かけがえのない宝物を嬉《うれ》しそうに言葉に紡《つむ》いでいく双愛。

胸に熱いものがこみ上げ、思わず嗚咽を漏《も》らしそうになった。

「双愛！」

「双愛ちゃん!!」

双愛は、ブルーとホワイトにも微笑《ほほえ》みかけた。

「そして私、ツインテイルズのみんなが大好きです！　楽しいこと、大切なこと、たくさん教えてもらったから!!」

俺たちは……確かに二〇年後も戦い続けている。

けれどそれ以上に、変わらず仲間たちと笑い合いながら、毎日を過ごしているんだ。

愛娘《まなむすめ》は俺の素晴らしい仲間たちに囲まれて、笑顔で日々を送っているんだ。

「私のことも、『メモリアル・ツインテール』に残してね――――」

劇的な演出に送られるわけでもなく。まるで瞬間移動でもするかのように、双愛は瞬《まばた》く間に消えてしまった。

別れが唐突過ぎて、いろいろな感情が綯い交ぜになる。涙腺に実感が追いついていない。けれどこれだけははっきりとしている。

自分がいなくなるかもしれないという恐怖に打ち克って、あの子はこの時代の人々の心を守った。紛《まぎ》れもなく、ツインテイルズだったんだ。

存在を消さない……それもツインテールを守ること。

娘に全幅の信頼を寄せられ、心が、ツインテールが燃えていくのを感じる。でも信頼のされ方が嬉《うれ》しいやら悲しいやら……。君がツインテールである前に、俺たちは父娘《おやこ》だ。

父親が娘を守るのは、当然のことだろう?

小難しい時空の理《ことわり》なんか飛び越えて、俺は絶対に君を消させはしない。そして——

「双愛《そうら》の望みを叶《かな》えるぞ」

俺とブルー、ホワイトは、双愛の願いを胸に、キマイラギルディに立ちはだかる。

「俺たちが勝って、双愛を稀代の英雄として歴史に刻み込むんだ!!」

「うん!」

「はい……!」

これまでのキマイラギルディは単なるプログラム……プロジェクターで空中に投影された文字の羅列《られつ》に拳《こぶし》を振るっているも同然だった。空を切り続けるのは当然の帰結だ。

しかしフューチャーテイルレッドによってエレメーラ・メモリー・システムを無効化され、キマイラギルディは俺たちと同じ次元の存在となった。

時の狭間《はざま》を漂う亡霊を、ついに現世へと引きずり出したのだ。

出入り口の自動ドアが横滑りに開き、ことさらに大きな足音が響く。

「――――こうなった以上、我《われ》も戦わなければなるまい」

地鳴りのように足音を響かせ、アークドラグギルディが操縦室へとやって来た。

「アークドラグギルディ……！」

キマイラギルディが現代の俺たちにも倒せる存在となった以上、当然こいつが出張《でば》ってくるだろう。

しかし、まずいな。過去二度のドラグギルディとの戦いを思い返せば、体育館程度の広さがあるこの操縦室でも戦場としては狭すぎる。ドラグギルディの攻撃を凌《しの》ぎながらキマイラギルディを攻略していくとなると、かなり骨が折れそうだぞ。

「だが、この戦艦を無為に損傷せしめるは本意ではない」

懸念があるのはアークドラグギルディも同じようだった。ツインテール属性同士の激突が、どれほど巨大な力をもたらすかわかっているんだ。

こちらを睨《にら》んだままじりじりと横移動していくアークドラグギルディ。広い場所へ移るから俺に一人で来い、と挑発しているんだ。

「レッドはアークドラグギルディをお願いします！」

ホワイトは瞬時に状況を判断し、戦力の振り分けを指示する。

「ホワイト、大丈夫なのか!?」

ブルーも一緒だとはいえ、ウィークチェインにまで陥《おちい》ってしまったホワイトを残して行くことに、幾許《いくばく》かの躊躇《ためら》いを覚える。

「ドラグギルディを倒せるのはあなただけです。たとえ作られた魂《たましい》であっても……あの戦士はきっと、テイルレッド以外に敗北することを許容しない」

確かに……単純な戦闘力なら、アークドラグギルディが上かもしれない。

「……わかった！　俺は俺の決着をつけてくる!!」

俺が宣言すると同時、アークドラグギルディの双眸《そうぼう》が力強く発光する。

「はあああああああああああああ!!」

そして闘気がツインテールを形取り、頭部から流麗になびきそよぐ。

属性玉《エレメーラオーブ》の光に似た、生命《いのち》そのものの輝き。無数の光条が今二つの房となり、遥《はる》か見上げる巨躯《きょく》を彩《いろど》った。

ツインテールの竜翼陣《はばたき》。

親子二代……アークドラグギルディもまた、黒き竜王たる父と同じく、ツインテールとなったのだ……!!

「おおおおおおお……!!」

たなびくツインテールの輝きは、新たなる組織の御旗。双愛《そうら》が消えて呆然《ぼうぜん》としていたキマイラギルディを正気に戻し、歓喜の雄叫《おたけ》びを迸《ほとばし》らせる。

「——キマイラギルディ、夢を果たせよ。その大望に立ちはだかる最大最強の相手は、このアークドラグギルディが引き受けた!!」

「……はっ！　ありがたきお言葉——ご武運を、我《わ》が王!!」

忠臣が王からの激励に万感の言葉で応《こた》える。ツインテールの揺れで首肯《しゅこう》を返すと、アークドラグギルディはマントをたなびかせて疾駆《しっく》する。同時に、俺も走り出していた。

俺たち二人は操縦室を後にし、戦艦の通路を駆け抜けていく。

互いの間合いを測りながら戦艦の通路を走り続けた俺とアークドラグギルディは、最奥に位置する搬入口へと辿《たど》り着いた。

この世界にかつて侵攻していた部隊の合体戦艦——事実上のアルティメギル基地での決戦においては、首領の間へのゲートが開かれた因縁《いんねん》の場所だ。

巨大な移動艇も格納できる広さのこの場所ならば、存分に戦える。

俺はブレイザーブレイドを完全解放《ブレイクレリーズ》し、アークドラグギルディへと斬《き》り込む。

「グランドブレイザ————————ッ!!」

だがアークドラグギルディは無造作に右手を突き出すと、噴出している炎の刃《やいば》もろとも力任せに受け止めてしまった。

「か、片手で防いだ……!?」

神堂《しんどう》海岸で相見《あいまみ》えた時、俺にされたことへの意趣返しか。アークドラグギルディは受け止めた刃《やいば》を強引にどかして、俺の面《おもて》を検《あらた》めるように睥睨《へいげい》してきた。

「悪くはない。……が、遠慮《えんりょ》がある。この魂《たましい》が本当のドラグギルディのものかどうか、まだ気にかかるようだな」

技を加減してしまっていたというのか、俺は。無意識のうちに。

「テイルレッドよ。貴様はツインテールがたなびく時、髪ではなく吹きゆく風の方を労《いたわ》るか。惑星《ほし》の息吹たる、大いなる風を気遣うのか。我《われ》に手心を加えるとは、それほどの愚挙《ぐきょ》ぞ」

アークドラグギルディは、双眸《そうぼう》に怒気を滲《にじ》ませた。

言ってくれるぜ……確かに俺は、迷ってはいないが戸惑ってはいる。

アークドラグギルディは、光のツインテールを頭から解き放っている。紛《まぎ》れもない、竜王の証《あかし》を。プログラムされた心じゃ、そのツインテールまでは再現できないはずだ。

「ぬううん!」

今度は、アークドラグギルディの方から突進してくる。

「ツインテイルオン!!」

右腕にツインテイルブレスを出現させて腕を交差し、裂帛《れっぱく》の気合いと共に振り抜く。

煌《きら》めく炎の中でアルティメットチェインに進化した俺は、間一髪、アークドラグギルディの大剣をテイルカリバーで受け止めた。足が床にめり込み、俺たち二人を中心にクレーターが形成される。

アルティメットチェインで斬《き》り結んで確信した。やはりこのドラグギルディは、俺がかつて二度相見えたあの猛将とは別の存在だ。

おそらくは、オリジナル……いや、父より戦闘力も劣っているだろう。

それでもこいつは、ドラグギルディであることを選択《えら》んだ。

ドラグギルディの子となることを希望《のぞ》んだ。

生誕したその瞬間から、アルティメギルの再生という重責を背負った戦士。生まれながらにしての王。

ドラグギルディは一兵からの叩《たた》き上げだと言っていた……初めて俺と戦った時も、将《しょう》の立場を忘れて戦えたと満足げだった。あの鬼神のような戦闘力は、自ら戦場に赴き、ツインテールを見つめ、戦い続ける生涯の中で磨かれたはず。それと同じ強さを得られるはずがない。

だがその一方でこのアークドラグギルディには、個の戦闘力とは別種の、未知なる力が漲《みなぎ》っているようにも感じられる。

個の極致、一人の戦士として極限の進化を遂げたゴッドドラグギルディとは別の存在。

誰《だれ》もが憧《あこが》れ、頼り、縋《すが》った隊長。あらゆるエレメリアンから敬意を寄せられていた覇者。

俺というツインテールに出逢《であ》って一人の戦士に戻らず、将《しょう》として高みに登り続けたら……そんな可能性の存在。

将としてのドラグギルディが究極まで進化したＩＦ《イフ》の戦士、それがこのドラグギルディの息子、アークドラグギルディなんだ。

「同じツインテールの繰り返しになるであろうとタカを括《くく》っていたが……なかなかどうして、以前とはまるで違う太刀《たち》の冴《さ》え。また腕を上げたな、テイルレッド!!」

「それも俺とドラグギルディの戦闘データからプログラムが導き出したお世辞か！」

「さてどうかな……何も考えず口から出た本心よ!!」

アークドラグギルディの剣を受け止めた衝撃で俺は浮き上がり、俺の剣を防いだドラグギルディも一層高く浮き上がる。

何度目かの撃ち合いで、俺たちの身体《からだ》は戦艦の天井を突き破った。

そんな切り結びを繰り返し、空高く昇っていく。上昇を続け――雲を突き抜け、空気の層を爆裂させ貫いていき、ついには成層圏を越え。

やがて俺たちは、宇宙空間まで辿《たど》り着いていた。

漆黒《しっこく》の世界に、二対《ふたつ》のツインテールがたなびく。

「ほう、宇宙まで来たか。身体に障《さわ》りはあるまいな、テイルレッド？」

「気にすんな。アルティメギル首領と戦った時は、太陽系も突き抜けていくぐらい飛びまくったからな」

　そして互いの声が聞こえるのも、その時の戦いと同じだ。震《ふる》える空気が無くても、ツインテールが互いの信念を伝え合う。

　宇宙という死の世界ですら、ツインテールの昂揚《こうよう》を止めることはできない。

「フッ……そうであった。お前は今や、アルティメギル首領様をも倒した偉大な戦士なのだったな!!」

　アークドラグギルディは大剣を大上段に構え、一気に振り下ろした。

「ふううううん……はっ!!」

　宇宙に刻まれた円弧の斬線《ざんせん》から、無数の剣閃《けんせん》が発射される。

「テイルカリバー！　無限装填《アンリミテッドモード》!!」

　対する俺もテイルカリバーの柄《つか》を開いて変形させ、剣速を加速させる。

　一斬で百斬の赤き剣閃が尾を引き放たれ、アークドラグギルディの剣を迎撃《げいげき》した。

「俺には、お前がドラグギルディの思考を模倣しているだけのプログラムだとはとても思えない……お前は息子じゃない、本物のドラグギルディになりたいんじゃないのか!?」

　戦闘力と、自我と、性癖が極めて強大なエレメリアンは、倒れた後も魂《たましい》のようなものとなって存在することがある。俺たちはその不可思議な存在・現象を何度か目撃し、助力を受けたことすらある。

確かにアークドラグギルディは、ドラグギルディと別個の戦士だが……こいつはあえて、父と同一の存在になろうとしているのでは……。

「お前ほどのツインテールにお墨付きを与えられては、事実はどうあれそれが真実になってしまうな」

茶化《ちゃか》すように一笑すると、アークドラグギルディは大剣の切っ先をこちらへ向けてきた。

「この心がプログラムでも亡霊でも構わん！　貴様と相見《あいまみ》えたこの瞬間！　このツインテールこそが真実なのだ!!」

「……!!」

「それに我《われ》は、一人孤独にアルティメギルの御旗を再び掲げんと奮戦するかつての部下を見てしまった。ならばせめて、亡霊なりに背中を押してやるぐらいはしてやりたい！　本物のドラ・グ・ギ・ル・デ・ィ・な・ら・ば・そ・う・考・え・る・で・あ・ろ・う!!」

力の籠《こも》った喝破《かっぱ》はさながら、民衆の心震《ふる》わす王の演説。

初めて相見えた時はあれほど虚《うつ》ろだったこいつに、ここまで熱が宿るなんて……。

「……次代のツインテールとして健気《けなげ》に戦う少女の力になりたい……そう願った、貴様と同じにな!!」

「どっちも親世代の考え方になったってわけか……お互いまだまだ子供なのにな――――！」

言葉の尻《しり》を置き去りに、俺は一直線に飛翔《ひしょう》する。アークドラグギルディは俺が振りかぶったテイルカリバーを薙《な》ぎ払い、返す刀で大剣を突き込んでくる。

音無き宇宙に響く、心地《ここち》いい音色。

互いのツインテールを撃ちつけ合って奏《かな》でられる調べは、荘厳《そうごん》なアンサンブルへと変わり、星々の狭間《はざま》に木霊《こだま》する。

宇宙が、ツインテールで満たされていく――。

◇

戦艦への突入直前。トゥアールは未春《みはる》に連絡を取り、『メモリアル・ツインテール』のための映像確保を要請した。

地下基地のコンソールルームで、未春は戦いの模様を複雑な面持《おもも》ちで見守っていた。

「ヒーローのお母さんやってると、素敵で不思議なことがたくさん体験できるけど……」

彼女も総二《そうじ》と同じだ。悲しむ暇《いとま》すらなく孫の双愛《そうら》が未来へと消えていったのを目《ま》の当たりにし、感情の置き処《どころ》に苦慮している。

「……家族が増えるっていう奇跡の前じゃ、霞《かす》んじゃうのね……」

彼女の横には、慧理那《えりな》の母親の慧夢《えむ》、そして愛香《あいか》の姉である恋香《れんか》の姿もあった。

「わたくしは、あの子と過ごしたかったですわ……。祖母となった感激とともに」

寂しげに苦笑する慧夢《えむ》。

娘の慧理那《えりな》がツインテイルズであると知って以来、たまに地下基地にやってくる慧夢と恋香《れんか》だったが……彼女たちもまた、もう一人の肉親の突然の旅立ちをその目で見送ることとなってしまった。

「やっぱり慧夢慧夢は、双愛《そうら》ちゃんが慧理那ちゃんの娘だと思う？」

未春《みはる》に頭を撫《な》でるように優しく問われ、慧夢はこそばゆそうに目を眇《すが》めた。

「きっと以前の慧理那であれば、並み居る恋敵《こいがたき》たちに臆《おく》し、自分が母親であるはずはないと諦《あきら》めてしまってしまっていたでしょう。けれどあの子は、双愛さんを自分の娘だと自信を持って言った……わたくしには、それで十分ですわ」

そんな一児の母の万感を受け止め、妹の恋を応援する立場の恋香は複雑そうに笑う。

「本当、みんなすごく手強《てごわ》いんだから。愛香《あいか》が勝つのを見届けるまで、まだまだかかりそう。もどかしいなぁ……」

見守るしかできずもどかしいのは、恋の行方《ゆくえ》だけではない。

かけがえのない家族がツインテイルズである女性たちは、今もこうして彼ら彼女らの戦いを見ていることしかできない。

そして双愛という孫、あるいは姪《めい》の存在からによって、未来でも変わらずツインテイルズが戦っている事実を知ってしまった。

戦いが続いていく悲しさはあるが……大切な家族たちがその運命を選択した以上、たとえ何十年先でも同じように見届け続ける。そして、帰ってくる場所であり続ける。

未春と慧夢、恋香の三人は、言葉を交わさずとも、それぞれ同じ誓いを胸にしていた。

「バッチリ撮ってるわよトゥアールちゃん！　思いっきりやっちゃって!!」

ツインテイルズの日常を守る女性たちは、思い思いに微笑《ほほえ》み、激励を送った。

◇

レッドがアークドラグギルディと死闘を繰り広げる中、ブルーとホワイトもキマイラギルディとの最後の戦いの火蓋《ひぶた》を切って落としていた。

「後悔するぞ。攻撃が私の実体を捉《とら》えられず空を切っていれば、まだ言い訳が立ったのに、とな!!」

「言い訳!?」

ブルーが問い返した瞬間、キマイラギルディは炎をまとって突進してきた。

その凄《すさ》まじい勢いに、ブルーとホワイトは立て続けに跳ね飛ばされる。

「負けた時の言い訳が、だ！　未来からの相手である以上、自分たちではどうすることもできなかった！　せめて攻撃が通じさえすれば――と!!」

「あんたこそ、あたしたちが今までどんだけ多くのエレメリアンを倒して来たか、ご自慢のデータで思い知ってるでしょ⁉　今さら幹部エレメリアン一体、どうってことないっての‼」

ブルーは立ち上がりざまにウェイブランスを完全解放《ブレイクレリーズ》し、キマイラギルディの全身を円柱型の結界で拘束《バインド》した。

「エグゼキュートウェイブ‼」

ブルーの意気は正しい。神の一剣《ゴー・ディア・ソード》……神の力を持つエレメリアンをも倒してきたツインテイルズが、並のエレメリアンにひけを取るはずがない。

それがまともな手順や修行で強くなった戦士相手であれば——の話だが。

キマイラギルディはオーラピラーの拘束内で悠々《ゆうゆう》と腕を動かし、飛んでくるランスをエグゼキュートウェイブのエネルギーもろとも鷲摑《わしづか》みにした。

その膂力《りょりょく》もさることながら、いよいよキマイラギルディの真価が発揮される。彼がその身に宿す能力の数々は、これまでのエレメリアンの比ではない。

いや——比ではなく、加算。比喩ではなく、データとして蓄積された同胞たちの特殊能力のほぼ全てを持っているのだ。

摑まれた穂先から柄尻《つかじり》へと見る見るうちに石へと変わり、力なく地面に落下するウェイブランス。メデューサギルディも使っていた石化能力だ。

見せつけるようにしてランスを踏み砕くと、キマイラギルディはブルーとホワイトへ向かって歩みを進めた。

「観束双愛《みつかそうら》の勇気は恐れ入った。だが、エレメーラ・メモリー・システムはすでに私の中にある……私が全てのアルティメギルのエレメリアンの戦闘データを持つことに変わりはない」

「データだけあったって、全員分のパワーがあるわけじゃないでしょ……そういうのを、頭でっかちって言うのよ!!」

ブルーは瞬時にエターナルチェインに強化し、キマイラギルディに肉薄する。

が、その動きは全て読まれ、ウェイブランスエクシードでの攻撃をことごとく回避される。

属性玉《エレメーラオーブ》を使用しての特殊攻撃も同様だ。

「君の戦闘データは特に、掃いて捨てるほどある！」

キマイラギルディは掌《てのひら》から雷を撃ち出し、ブルーに直撃させる。

「ああああっ!!」

ましてウィークチェインに弱体化しているホワイトでは、攻撃をしても躱《かわ》すまでもないとばかり、キマイラギルディにあえなく迎撃《げいげき》されていった。

二人がどれだけ攻撃しても、キマイラギルディはその全てをやすやすと捌《さば》いていく。

「テイルホワイト。君は二〇年経《た》ってもツインテールを取り戻せない事実を知り、戦意を失いかけた。だがそれは恥ずべきことではない……この私も同じだ」

「え……？　きゃあああっ!!」

困惑しざま、横合いから振るわれた鞭状《むち》の武器で跳ね飛ばされるホワイト。返しざまの一撃でブルーも吹き飛ばされる。キマイラギルディはその巨腕をまるでブラキオサウルスの首のようにしなやかに伸ばし、鞭のように振るっていた。

「困難だろう、茨《いばら》の道だろう、と自らを鼓舞《こぶ》していたその実、私も心のどこかで甘く考えていた……。たったの十数年で心が折れかけたのだ、ここまでやっても組織は再建できないのかと。人間よりもずっと長い寿命を持つであろう、エレンメリアンの私がだ」

腕の長さを戻し、きつく握り締めた拳《こぶし》を睨《にら》み付けるキマイラギルディ。

双愛《そうら》に共感するはずだ。このエレメリアンは、誰《だれ》よりも挫折の辛《つら》さを理解している。報《むく》われない努力の悔《くや》しさを知っている。

「仲間のエレメリアンたちと、属性について語り合う時間が好きだった……。時には性癖のもつれで喧嘩《けんか》もしながら、最後には笑い合っている……あの黄金のような時間が愛《いと》しかった!!」

紳士然とした態度を崩さなかったキマイラギルディが、激情を露《あら》わにしていく。

「しかし私が別の任務で隊を離れた僅《わず》かな期間で、アルティメギルは壊滅していた！　全てを知った時にはもう、帰る場所がなくなっていた！　愛する時間を喪《うしな》っていたのだ！　せめて君たちと戦って散ることができていれば、こんな怨霊《おんりょう》になり果てることもなかったのに!!」

ホワイトは息を乱しながらもキマイラギルディの慟哭《どうこく》を黙って聞いていたが、ブルーは鼻で嗤《わら》って立ち上がった。

「あんたって本当、責任転嫁が好きよね……」

人間が性癖を薄れさせたから未来で世界が衰退する。エレメリアンの進退も窮《きわ》まる。

ツインテイルズのせいで自分は仕方なく復讐《ふくしゅう》鬼になった、と。

呆《あき》れて言い返す気にもならない。

「……だったらあたしがこの場で引導《いんどう》を渡して、その無念を絶ち切ってやるわよ!!」

ブルーが駆け出すと同時、全身七つの属性玉変換機構《エレメリーション》が彼女のテイルギアから分離し、周囲へ光の尾を振り散らして旋回。左腕に結集、合体した。

「属性玉完全解放《ブレイクエレメリーズ》!!」

「その技も私には通用しないっ!!」

現在進行で対戦している相手の力すら属性玉変換機構《エレメリーション》で取り込むテイルブルーの絶技も、未来と直結したキマイラギルディ相手には効果を発揮しない。

それを悟った時には、ブルーはキマイラギルディの衝撃波で吹き飛ばされていた。

「っ……ああああっ!?」

積み上げた対敵のデータの数が違う。ただ無情に時間とダメージが積み重なっていく。

未来という手を伸ばしても届かぬ存在には、最強のツインテールたちでも太刀《たち》打ちできないのか。

ブルーとホワイトは打つ手を失い、力無く倒れ伏した――。

第八章　二〇年後のツインテールたちへ。

俺とアークドラグギルディの渾身《こんしん》の一斬《いちざん》、その激突が、宇宙を激しく照らした。

「だあああああああっ!!」

「むおおおおおおおっ!!」

互いの膂力《りょりょく》の反動で吹き飛んだ俺たちは、同時に着地する。

そこは——月面だった。

蒼《あお》く美しき惑星《ほし》が、さながら没する直前の太陽のように月の地平の果てに輝いている。

「どちらも手の内を知り尽くした存在……このままでは埒《らち》が明かぬな」

気にかけるように見つめていた地球から視線を切ると、アークドラグギルディは高々と大剣を掲げた。そして全身から闘気を立ち上らせていく。

「ならば見せてくれよう、我《わ》が新たな奥義・ツインテールの竜王身《とどろき》を!!」

戦局を打破するためにアークドラグギルディが繰り出す技に、俺は目を見張った。

アークドラグギルディの全身から残像のように薄い輪郭が浮かび上がり、右隣へと滑っていく。

次は左。左右に並んだ残像はくっきりと色づいて実体化し、それが繰り返されていく。

一体が三体に、三体が五体に。

ついにアークドラグギルディは七体にまでその数を増やし、手にした大剣を威嚇《いかく》のように大きく薙《な》いだ。

「さあゆくぞ、テイルレッド！」

声がするのは中心の一体だけだ。また残りの六体は全身の棘《とげ》や装甲《そうこう》が薄く、兵隊のように均一的な見た目をしている。キマイラギルディが世界中を効率よく属性コンサルするために、自分自身を量産したキマイラソルジャーと同じ。

いわば、ドラグソルジャーというわけか。

七体がみな、構えには差異がある。残像やホログラフといったまやかしではなく、全てが別個の戦闘意志、そして確たるツインテール愛を持った実体ということだ。

「ふんっ‼」

上に下に左右に散らばった七体のドラグギルディが、流星のように尾を引いて全方位から俺に殺到。時間差で攻撃を仕掛けてきた。

「ぐうっ‼」

かろうじて一斉攻撃をいなしたが、俺のテイルギアのところどころにヒビが入っている。やはりまやかしじゃない！　凄《すさ》まじい威力だ!!

「どういう心境の変化だ……数にものを言わせて攻め込むなんて、お前らしくもない!!」

今までのドラグギルディなら、分身なんて発想すら出てこなかったはずだ。

「お前が娘を産んだのを知れば、さしもの我《われ》も変わっていかねばと考えずにはいられんさ」

「変わっていく……？」

……そういえばドラグギルディは、俺の正体が男だということを知らないままなのか。テイルレッドの娘と聞けば、当然俺が産んだものと考えたのだろう。

俺たちのデータを取り込んでプログラムを構築したと言っていたが、俺の正体についてはノイズと判断したキマイラギルディが、その部分だけ切り捨てたのかもしれない。

「過去の信念や戦法にこだわらず、新たな力を生み出していかねばなるまい！　次なる世代の同胞たちのために!!」

真空《そら》を雄叫《おたけ》びで震《ふる》わせ、七騎の猛将が俺の元へと殺到する。

そこまでの覚悟か、アークドラグギルディ……!!

「テイルカリバー、輝光装塡《ブリリアントモード》!!」

左手にもう一刀のブレイザーブレイドを出現させ、右手のテイルカリバーとで二刀流にして応戦する。

「それに物は考えようだ……数に頼っているのではない、ツインテールが増えて喜ばしい！

だから強くなるのだ!!」

「確かにな!!」

二本の剣で左右からの攻撃に対応しても、まだ二体分。焼け石に水だ。

分身や分裂は、エレメリアンにとっては比較的ポピュラーな技だ。俺も何度か対戦経験がある。

だがそんなありきたりな技も、アークドラグギルディが使ったとなればたちまち凶悪性を帯《お》びる。

ただの分身じゃない……ドラグソルジャーも本体に勝るとも劣らない戦闘力を備えている。

一騎当千のツインテールが七つ。気を抜いたら即座に押し切られてしまう……!!

「────────!!」

苦戦しているのは俺だけじゃない。ブルーとホワイトのツインテールが、苦しんでいるのがわかる……惑星《ほし》と宇宙を別《わか》っても、苦境に立っているのが伝わる!

頑張ってくれ二人とも……俺も、絶対にこいつには負けない!!

「飛べ、セイバーッ!!」

剣を二本にしただけでは捌《さば》ききれない。背中のブレイザーセイバーを射出し、自動飛翔《ひしょう》の刃《やいば》を全面に展開することで攻防の領域を拡《ひろ》げる。

「礼を言うぞテイルレッド。自身の存在に惑うばかりであったが、お前というツインテールと対峙《たいじ》したことで、我《われ》はようやく生まれ出でた意味を見出《みい》だすことができた」

多くの戦士を導く存在として頂に到達したからこそ、ツインテールがいくつあっても足りないという発想に至り……この奥義を修得したというわけか。

「次期首領か……それも悪くない。新生したアルティメギルの……エレメリアンの未来のために御輿《みこし》となるも一興よ!!」

「うわああっ!!」

ブレイザーセイバーが全て七本の大剣で弾《はじ》き飛ばされ、俺自身も構えた剣もろとも吹き飛ばされる。月面に全身をしたたか打ちつけ、月に観測史上最大のクレーターが形成された。

「今度は我の勝ちだ」

息を荒らげる俺の前で、七体のドラグギルディが剣を構える。

漆黒《しっこく》の世界に妖《あや》しく輝く、七つの紅《あか》の双眸《そうぼう》。さながら巨星連なる星座のようだ。

「──さらば、テイルレッド!!」

別離《わかれ》の言葉とともに、俺目掛けて振り下ろされる七本の大剣。

俺は咄嗟《とっさ》に月面を転がって回避し、さらに遠く飛び退《すさ》るが、アークドラグギルディたちは一瞬で距離を詰め、追撃の手を緩めない。受け止めた剣から全身に衝撃が突き抜け、ツインテールがしびれる。

負けてたまるか……。俺の娘は、俺のことを誰《だれ》よりも強いって誇らしげにしていた!

そしてそんな俺を超えるんだ、って一生懸命だった！

お前が組織の御輿になるなら、俺は娘の自慢の父親に！　ツインテールになる‼

懸命に自分を鼓舞《こぶ》し、アークドラグギルディを見据《みす》える。

宇宙は、首領を打倒し、アルティメギルとの戦いに終止符を打った場所だ。

あの日この場所で起こした奇跡の何百分の一でもいい……。

七体のドラグギルディを倒すための力を……ツインテールを振り絞るんだ‼


『……パパ…………』


声が聞こえる。

猛攻の嵐に晒《さら》され続け、途切れかけていた意識が一気に引き戻される。

『パパ……！』

「双愛《そうら》！」

俺の傍《かたわ》らに、いつの間にかフューチャーテイルレッドが浮かんでいた。

「……⁉　未来のテイルレッド……貴様の愛娘《まなむすめ》は、この世界から消えたはずでは⁉」

その姿は、アークドラグギルディにも視認できている。幻覚ではない。

しかし実体があるわけでもない……一欠片《ひとかけら》だけ残った精神が、ツインテールが形を持った存在のように感じる。輪郭が薄くぼやけていて、今にも消えてしまいそうだった。

『ごめんなさい、私の時代の問題を持ち込んで、みんなに迷惑をかけて……』

「気にするなって。この時代が狙《ねら》われた瞬間、そこからは俺たちの戦いでもあるんだ。俺たちが戦うのは当然のことだ」

『私じゃ、パパの力にはなれなかったし……』

「力になれなかったなんてとんでもない。双愛《そうら》の頑張りのおかげで、俺たちは世界を守る最後の戦いに挑めているんだぞ」

この戦局を創《つく》りあげた大金星を謙遜《けんそん》するフューチャーテイルレッドを、俺は讃《たた》え直す。

「――――」

アークドラグギルディは黙して手を止め、俺たちのツインテールを見つめている。

神堂海岸《しんどう》で双愛のことを自分と同じ立場だと憐《あわ》れんでいたこいつに、フューチャーテイルレッドの儚《はかな》くも美しいツインテールはどう映っているのか。何を思うのか。

『ありがとう……パパ！　だったら私、最後にもうひと頑張りしますね！　一つだけ、未来のパパの力を手渡すことならできると思うから!!』

フューチャーテイルレッドは迷いの晴れた笑顔を浮かべ、俺を抱き締めるようにその全身の光を重ねる。

『未来の力を、ツインテールを借りて！　未来《わたし》を知ったパパになら、それができます!!』

フューチャーテイルレッドの声が消えていくと同時、俺の両の手に光が宿った。

「――――アドミクスクリッパー!!」

左右一つずつ……二対四つ。プログレスバレッターのものに近い赤い模様が施《ほどこ》された、ヘアクリップ型のアイテムがそこにあった。

これが双愛が残した心……未来の進化装備《エヴォルブアームズ》!!

なぜ同じ物が二対あるのか。それは俺の他にもう一人、ツインテールの進化を欲している戦士がいるからに外《ほか》ならない。

眼下の地球から俺のツインテールに届いた苦戦の声に、今こそ応《こた》える時だ。

「受け取れ……ホワイト――――――ッ!!」

一対《ひとつ》のアドミクスクリッパーを、地球目掛けて投げ放つ。

炎に包まれ蒼《あお》の球に没していくのを見送り、もう一対《ひとつ》を自分のツインテールの結び目近くに装着した。

俺の全身が、眩《まばゆ》い輝きに包まれていく。

これは未来のテイルギア用の進化装備《エヴォルブアームズ》……現代の俺たちが使用しても、おそらく十全の効果は発揮できない。今までテイルギアを装着したり、新しい装備を手にした時は、脳内に説明書が浮かぶようにして使い方を理解したが……今回はそれがない。はっきり言うと、使い方が全くわからない。

しかし使い方がわからないということは、自由に使っていいということだ。ツインテールの自由さにおいて、俺は宇宙の誰《だれ》にも負けない自信がある。

このアドミクスクリッパーを使った強化が本来どんなものかはわからないが……俺はこの装備は、あらゆる時間を繋《つな》ぐ装備だと認識した。

俺が紡《つむ》いできた戦いの記憶。ツインテールの歴史！

メモリアル・ツインテールを体現する装備なのだと――――!!

「ドラグギルディ……お前は次代のエレメリアンのために、新たな道を切り拓《ひら》いた。俺も切り拓く……そして結ぶぞ！　未来へと続くツインテールを!!」

さあ、俺のツインテールたちよ……一緒に宿敵を倒そう!!

今一度この理《ことわり》を、ツインテールに捧げる!!

「俺のツインテールは――――!!」

◇

床に倒れ込み、息を荒らげるブルーとホワイト。二人の元へ、キマイラギルディは傲然《ごうぜん》と歩を進めていく。

「地上の者たちの増援を期待しても無駄だ。キマイラソルジャーは私が二〇年の歳月をかけて量産した兵隊……倒しきれるものではない」

その大戦力と、地上でイエローたち仲間が懸命に戦っている。

自分とブルーの相手はたった一体……しかも、仲間たちの助力の果てに辿《たど》りついた大将なのだ。弱音を吐くわけにはいかない。不屈の闘志で立ち上がるホワイト。

「負けられません……双愛《そうら》ちゃんのためにも……!!」

しかしその瞳《ひとみ》に灯《とも》った炎は、彼女の闘志の現《うつ》し身《み》ではなかった。

空の彼方《かなた》から、宇宙から、猛烈な勢いで炎が飛来したのだ。炎で形取られたツインテールの紋様が、ホワイトの双眸《そうぼう》に宿った。

「むっ!?」

遅れて空を見上げるキマイラギルディ。

青空の彼方から、ツインテール型の紋様が降り注いできた。

「馬鹿《ばか》な……！　成層圏からツインテールが飛来するだと!?」

一切の物理慣性、それに伴う衝撃波も伴うことなく、ツインテール型のオーラはホワイトの前でピタリと制止した。

恐る恐る手を伸ばすホワイト。炎が弾《はじ》け、中からヘアクリップのようなものが出現した。

初めは赤色だった模様が、青と白で彩《いろど》られていく。その光り輝くヘアクリップ型の物体が何か――心で理解することができた。

先ほどまでこの場所に立っていた少女の笑顔が、重なって見えるようだ。

「……ありがとう。双愛《そうら》ちゃん。ぜったい……ぜったい行くからね。あなたの待つ、遥《はる》かな未来に――」

万感の誓いとともに、ホワイトは光を握り締めた。

「アドミクスクリッパー!!」

ホワイトは手にしたヘアクリップ型の進化装備《エヴォルブアームズ》を、ツインテールの右の結び目に装着する。

金属に付着した錆がこそげ落ちていくように、ホワイトのギアを覆《おお》っていた鈍い錆色《さびいろ》が砕けて宙に舞い上がってゆく。

錆片の下からまばゆい光が溢《あふ》れ出し――ギアの形状が変化していった。

ホワイトが自ら放つ光が周囲で乱反射し、夢幻的な輝きを見せている。

純白のギアの全身各所に鮮烈な蒼《あお》が差し込まれ、光玉《こうぎょく》のパーツの輝きが真紅に変わる。

やはり蒼色が増え、突起や装飾が増えた手甲《てっこう》・シャイニングアームドアドミクスを握り締め、ホワイトは伏せていた瞳《ひとみ》を力強く見開いた。

「……これは私の未来へと向かう意思――フューチャーチェイン!!」

テイルホワイト・フューチャーチェイン。

過去、現在、そして未来――紡《つむ》がれていくツインテールの記憶が、テイルホワイトに大いなる力をもたらした。

「そしてあたしもフューチャーチェインとやらになったようね」

ホワイトが振り返ると、白と青の交じり合う輝きをテイルブルーも放っていた。

全く同じパワーアップを、ブルーも同時に果たしていたのだ。

左のツインテールの結び目に、アドミクスクリッパーが装着されている。額《ひたい》に装甲《そうこう》が加積され、ギアの大きな特徴である腰のウイングパーツはさらに鋭利さを増した。その腰を取り巻くように、翼を思わせるマント状のパーツがたなびいている。

時が止まったように固まるホワイト。

「何ついでにパワーアップしてんですかここはトゥアールちゃんの独壇場なんですけどおおおおおおおおおおおおおおおおおおおおおおお!?」

半泣きで絶叫するホワイト。

微塵《みじん》も悪びれることなく、ブルーもそのまばゆい新形態を威風堂々と見せつけた。

「強くなる数は一人でも多いに越したことないでしょ!?」

「ちーがーうー！　愛香《あいか》さんは今日は脇《わき》役じゃなきゃだーめーなーのおおおおおお!!」

「だったらあんたが脇《わき》の方で体育座りでもしてないさいっての!!」

逆転の輝きを放ちながら口喧嘩《げんか》を始める二人を前に、キマイラギルディは一瞬唖然《あぜん》とし、やがて苦笑とともに刮目《かつもく》した。

「その姿は八年後……いや、九年後のツインテイルズの資料で見たものに似ているな……」

悲嘆落胆で輝きを曇らせかけていたホワイトは、キマイラギルディの呟《つぶや》きで我《われ》に返った。

「──未来の形態《ツインテール》を前借りした……双愛《そうら》ちゃんが、現在と未来の私たちのツインテールを結んでくれたんですね!!」

「驚くことはあるまい。二〇年も戦い続けるのだ、君たちの形態も相応に増えているさ」

「やっぱそーじだけじゃなくて、あたしたちも向こう二〇年現役バリバリでツインテイルズってこと……?」

曖昧《あいまい》にされたままだった事実をここではっきりと伝えられ、ブルーは口端《くちは》をひくつかせる。

「そりゃそうか。そーじが戦ってるのに、あたしがリタイアするなんてあり得ないし」

しかしブルーはむしろ、喜びを感じていた。

二〇年後も自分は、観束総二《みつかそうじ》を守るために戦えているのだ。

ブルーとホワイトは、新たなる姿を陽光に煌《きら》めかせながら、キマイラギルディと対峙《たいじ》した。

眼下の戦闘の爆発音すら遠く。静寂が戦艦内を包む。

遠く宇宙の彼方《かなた》で、テイルレッドの咆哮《ほうこう》が響く。

『俺のツインテールは――――！』

そしてこの地上でも、二房《ふたつ》のフューチャーチェインが高らかに断じる。

「私のツインテールは――――」

「あたしのツインテールは！」


『未来だ!!』

「未来です！」

「未来よ！」


宇宙と地上、三者一様のツインテールの理《ことわり》が重なり合い、時空を震《ふる》わせる。

現在と未来のツインテールを強く結び合い、逆襲の時が来た――――!!

◇

アドミクスクリッパーを装着し、現在と未来を繋《つな》ぐ二つのツインテールが重なった瞬間。

俺の全身から、まばゆい光が放たれた。

そのあまりの光量に、アークドラグギルディたちが腕で顔を覆《おお》い隠す。

「お、おお…………おおおお!?」

果てなく続く漆黒《しっこく》を塗り込め、世界を赤く照らすツインテールの輝き——

アドミクスクリッパーを装着した、テイルレッド——ノーマルチェイン。

テイルレッド・ライザーチェイン。

テイルレッド・フォーラーチェイン。

テイルレッド・フォーライザーチェイン。

テイルレッド・アルティメットチェイン。

テイルレッド・エレメリアチェイン。

そしてテイルレッド・コスモチェイン。


七人のテイルレッドが、ツインテールを宇宙《そら》になびかせる。

宇宙に集った七つのツインテール……テイルレッド・セブンスツインテールだ!!

「むうう……異なる時間軸からテイルレッドを召喚した……! 時空《とき》の奔流《ながれ》すらもツインテールで結んだというのか、テイルレッド!!」

アークドラグギルディもこの強化の効果を瞬時に看破《かんぱ》したようだ。

「七つに増えたお前のツインテールを見たら、俺も増えなきゃって思っただけさ!!」

「フッ……そこで実際に増やすことができるのが貴様のすごさだ！　うっかり現世に完璧《かんぺき》なる天国を創造してしまうとは、何たるお茶目を!!」

そう——双愛《そうら》の力で未来へとツインテールを結んだ俺は、あらゆる時間軸に存在するティルレッドの一瞬を切り取り、この時代へと結んだ。だから一度限りの形態も今一度存在することができているのだ。

「いかん！　可愛《かわい》すぎて速《すみ》やかに絶命してしまう……！　ぬんっ!!」

アークドラグギルディは右足の爪先《つまさき》に剣を突き刺し、痛みで覚醒《かくせい》を促《うなが》した。

まるで、自らの肉体に聖痕《せいこん》を刻むかのように。

「これで引き続き貴様のツインテールを見ていられる！　が……やめておけ!!」

爪先から剣を引き抜いたアークドラグギルディは、溜《た》まっていたものを吐き出したように透き通った声で諭《さと》してきた。

「本体を分身させた我《われ》と違い、お前は全て同一の存在……それも同時に七人という愚挙《ぐきょ》に及んだ！　悪いことは言わぬ、速やかに召喚を解除せよ！　精神が崩壊してしまうぞ!!」

アークドラグギルディの警告ははったりではない。

ドッペルゲンガーを見たら死ぬという都市伝説が、何故《なぜ》流布されているか……それは、生命体の精神は自身と全く同一の存在を許容できないからだ。この危険性は以前、トゥアールからも指摘されていた。

ましてそれが七人ともなれば、普通の人間の精神ならば即座に壊れてしまうだろう。

そこで俺たちはそれぞれ隣のツインテールを見合い、対話を試みた。

「ツインテール」

「ツインテール？」

「ツインテール！」

「ツインテール!?」

「ツインテール……？」

「ツインテール!!」


そして全てを理解し、志を共有した。


七人のテイルレッドが一斉に飛翔《ひしょう》し、アークドラグギルディへと斬《き》りかかる。

「そうか……貴様ほど常日頃《ごろ》からツインテールのことだけを考えている戦士ならば——!!」

「ああ、ツインテールだけで通じ合える！　同じことを考えて同一存在も許容できるさ!!」

「簡単に言いよるわ。雑意なく一つの思考だけに集中する——それはもはやヒトではない、神の領域なのだ!!」

「それはお前《まえ》も過去に認めただろう！　俺のツインテールは……神型だ!!　ってな!!」

まずはアルティメットチェインが、テイルカリバーをL字型の特殊剣、時空装填《クロノモード》に変形。時空流を瞬間的に操り、カウンター気味にドラグソルジャーの剣を迎撃《げいげき》した。

時間を切り取って出現させているためか、本来ならば変身時間が極めて短いはずのライザーチェインやフォーラーチェインも、活動限界を超えて戦闘している。

力と速度、それぞれ特化した能力を全開させ、炎の赤が宇宙の漆黒《しっこく》に一筋の線を描き、それが爆発的に増えて重なり合っていく。地球の天空《そら》に輝く八十八の星座全てを上書きする勢いで、ツインテールの星列が刻まれてゆく。

ドラグギルディと戦う時は、いつもそうだ。

視界と思考がクリアになる。世界の全てがツインテールになって……他に何も考えられなくなる。何も考えなくても、気がつけば闘いが成立している。

フォーライザーチェインが、腰のブレイザーセイバー、プログレスバレッターのスラッシュモード左右二基、バックパックに備えられた短剣ブレイザーエッジ――全身の全斬撃《ざんげき》武器を一直線に投擲《とうてき》する。

必殺のオールブレイドディバイダーをまともに受け、ドラグソルジャーの一体が全身に光の切り傷を刻んでいった。

しかし分身体でも、本能で背中を守り抜いている。幼女に背中を流してもらうために綺麗《きれい》な背中でいる――黒き竜が熱く語った夢は、時を超えてなお受け継がれているのだ。

「数十年どころか、たった数か月でここまでツインテールの凄《すご》みが増しているとは……堪《たま》らぬな、テイルレッドよ」

とてもプログラムとは思えない、最後に相見《あいまみ》えたあの日のドラグギルディの延長のような口ぶりで、俺を讃《たた》えてくる。

それは嬉《うれ》しくもあり、寂しくもあった。

エレメリアチェインが右手に輪廻の百合受攻《アロンダイト》、左手に男の娘の棒《アマノムラクモ》──俺の戦った剣士たちの武器を装備し、ドラグソルジャーと激突している。

ちゃんと記録に残っているか？　エレメリアチェインは、お前と……いや、お前の父親とただ一度、一瞬だけ、ツインテールを並べて共闘した姿なんだぜ。

それが今は剣と剣を打ち合わせて力比《ツインテール》べをしているんだから、不思議なものだ。

けれど戦いの狭間《はざま》で郷愁に胸を焦がしているのは、俺だけではなかったらしい。

「実のところ、我《われ》もまだ不安はあった。一介の戦士がああも追いつめられ、世界の全てを変えなければと気負って奔走《ほんそう》する……未来は、そこまで属性力《エレメーラ》が薄れてゆくのかと」

キマイラギルディを、そこまで気にかけていたのか……。

「だが迷いは晴れた！　人間がいる限り、属性力《エレメーラ》は消えぬ！　そして属性力《エレメーラ》ある限り、我らエレメリアンも不滅よ!!」

言葉通りの曇りなき豪剣を、俺たちはことごとく真っ向から受け止めていく。

こちらも奇跡の形態コスモチェインが、刀身に星の輝きを宿した剣・コスモブレイザーブレイドで流星の軌跡を描きながら斬《き》りかかる。

あるテイルレッドは蹴《け》りで、または拳《こぶし》で、あるテイルレッドは受け止めた剣ごと、ドラグギルディたちを押し返した。

「お前たちが不滅であろうと、俺たちは――――戦い続ける!!」

テイルレッド・セブンスツインテールが同時に完全解放《ブレイクレリーズ》し、炎の剣を振りかぶる。

俺は七人分のオーラーピラーを一挙にまとめあげ、アークドラグギルディへと射出。

その炎の球が弾《はじ》けて結界と化すより先に、残る六人のテイルレッドが同時に必殺剣を繰り出した。

左右三つずつの斬撃《ざんげき》がそれぞれ巨大な房となって繰り出され、炎の球に追いついていく。

まさしくツインテールの形を描いたその必殺剣は、アークドラグギルディたちを過《あやま》たず捕捉した。

「「「「「「「レジェンドブレイザ――――――――――――ッ!!」」」」」」」

六体のドラグソルジャーが消し飛び、最後まで耐えていたアークドラグギルディも、ツインテールの星列に呑《の》み込まれていった――。

七人のテイルレッドが、宇宙にツインテールをたなびかせて残心を取る。

そしてアドミクスクリッパーが俺のツインテールから外れ、粒子となって消えていった。

娘からの初めてのプレゼント……もう少し着けていたかったけどな。そんな名残惜《なごりお》しさを七人で共有できる時間も、僅《わず》かだった。

現代のテイルレッド――俺と向き合った六人のテイルレッドが、微笑《ほほえ》み、頷《うなず》き合い、そして輪郭を薄れさせて消えていく。

同じツインテールを分かち合った魂《たましい》が、それぞれの戦いが待つ、元いた時代に還《かえ》っていったのだ。

目の前ではオリジナルのアークドラグギルディが、全身を激しくスパークさせながら静かに地球の引力に引かれていった。俺も、蒼《あお》き惑星《ほし》の手招きに身を任せる。

「ッ……必殺剣を同時七撃……ツインテールの形の究極剣とは……！　よけられようはずもない……!!」

アークドラグギルディの全身から迸《ほとばし》る紫電《しでん》をも呑《の》み込んで、俺たち二人の身体《からだ》を灼熱《しゃくねつ》のカーテンが覆《おお》い始める。

ツインテールで対話をしながらの大気圏再突入。

紅《くれない》の王の最期に相応《ふさわ》しい、熱き対峙《たいじ》だった。

「使命を胸に黄泉返《よみがえ》ってみても、やはり我《われ》は単なる一兵……王の器ではないわ」

「……最初に戦ってから、色んなエレメリアンにドラグギルディの評判を聞かされてきたけど……そんな謙遜《けんそん》からはほど遠いぜ」

照れくさそうに、フッ、と笑みをこぼすアークドラグギルディ。

「ツインテールの手入れを怠《おこた》るな。……などという説法、お前には無縁であったな」

再突入による激しい断熱圧縮で、俺のツインテールが弾む。

アークドラグギルディのツインテールは、毛先から静かに消えていった。

「此度《こたび》の再会は寝端《ねばな》を揺すり起こされたようなもの……望んでいたものとはほど遠い」

「……の割りには、すっげえツインテールだったけどな。ちゃんと寝とけよ」

冗談で返すと、アークドラグギルディは吹き出すように笑った。

「重みが薄れてしまうかもしれぬが……あえて今一度言わせてもらおう」

俺は頷くと、灼熱のカーテンの中で寝返りを打つようにして背を向けた。

戦士は消えゆくツインテールを見られたくない……それがドラグギルディの持論だったからだ。

「来世《いっ》か……また逢《あ》おうぞ、テイルレッド」

「薄れるもんか。お前がツインテールを愛する限り……約束は何度でも重ねればいい」

「逞《たくま》しくなったな、我《わ》が生涯の好敵手よ。此度も楽しかったぞ――」

響く声が薄れ、途切れていった。

大気の摩擦熱で燃え尽きるかのように、時間の歪《ゆが》みが生み出した「可能性のドラグギルディ」は、再び時の流れに還《かえ》っていったのだろう。

たとえ流れゆく時間の中の奇跡の欠片《かけら》として零《こぼ》れ落ちた泡沫《うたかた》の存在であっても、やはりドラグギルディ……熱き戦士だった。

俺はただ一人灼熱《しやくねつ》の揺り籠に身を委《ゆだ》ね、地上へと降下していく。

未来という、いつかの明日で——また逢《あ》おう、ドラグギルディ。

そして……大切な俺の娘。

双愛《そうら》——。

◇

フューチャーチェイン。

白と青、同質対極の二つの輝きを放ちながら揃《そろ》い立つブルーとホワイト。

キマイラギルディは、二人の叫んだツインテールの理《ことわり》に明確な怒りを見せていた。

「過去を生きる君たちが……未来を語るか!!」

二人の気勢を正面から打ち砕くべく、キマイラギルディは床を蹴《け》り砕いて飛び出した。

三者入り乱れての激闘。

空気の破裂音がそこかしこで響きわたる、猛烈な肉弾戦が繰り広げられる。

「……!?」

幾多のエレメリアンに喰らわせてきた拳骨《げんこつ》を通し、ブルーは違和感を覚えていた。異形の肉体を打ち抜く必勝の感覚が、拳《こぶし》を伝ってこない。

「あんまり強くなってない？　っていうか――」

「むしろ基本形態よりスペックが低くなっていますね……」

ホワイトもブルーの感想に同意する。彼女は少しずつ、フューチャーチェインの性能を把握《はあく》し始めていた。テイルギアの眩《まばゆ》い輝きに反して、出力が落ちていると。

「パワーアップしたんじゃなかったの!?」

「仕方ないでしょう！　この形態は私とあなたで、ツインテールをシェアしているようなものなんですから!!」

「何だってそんなめんどくさい仕様になってんのよ!?」

フューチャーチェインは未来の強化形態……今のトゥアールと愛香《あいか》では、その出力を受け止めきれるか定かではない。テイルギアの安全装置として力が二等分され、それぞれが同等の形態に変わったのだ。

「愛香さんが星になってくれれば、ギアのスペックも総二《そうじ》様もトゥアールちゃんが独占できるんですが!!」

「……それは逆に、あんたが星になればあたしが力を一人で使えるってことよね?」

「しまった余計な情報を提供してしまいました!!」

キマイラギルディから三つの火球が同時発射され、二人を直撃する。

かろうじて防御が間に合い、たたらを踏みながらホワイトは歯噛《はが》みした。ブルーも同様だ。

これまでは強化した瞬間に特性を理解できたが、このフューチャーチェインは制御があまりにも難しい。ぶっつけ本番で突貫《とっかん》するより他にないと判断した。

ツインテールをたなびかせて飛翔《ひしょう》するブルーとホワイト。

「おおおおおおおおお!」

迎え撃つキマイラギルディの全身に、電子回路のような紋様が浮かび上がる。

究極のツインテールAI・T2の演算力を最大に発揮すれば、ツインテイルズのあらゆる戦闘方法を予測することができる。多少パワーアップされたところで、自身の優位は微塵《みじん》も揺るがない。

果たして先読みに成功したテイルブルーの蹴《け》りを躱《かわ》し、左腕から触手を放つ。

「!　触手っ……!!」

右足首を触手に絡め取られた上、苦手な触手への嫌悪感も重なり、ブルーの動きが止まる。

キマイラギルディはそのままブルーを容赦《ようしゃ》無く振り回し、壁に、床に叩《たた》きつけ、最後に建材が残っている部分の天井に放り投げた。

「うぐっ……!!」

瓦礫《がれき》とともに落下するブルーを一瞥《いちべつ》して気遣いながらも、ホワイトは。

「サイズアームド!!」

シャイニングアームドアドミクスを鋏《はさみ》状に変形させ、死角から斬《き》りかかるホワイト。

キマイラギルディはそちらに向き直ることすらなく、右腕に装着されたクワガタの角《つの》のような鋏の武装で受け止めた。

「追い打ちで弾丸が来る確率、八〇パーセント」

さらにキマイラギルディは計算結果を独りごちながら、

「ガンアームド!!」

演算通りに放たれたホワイトの銃撃を回避し、手を振るってカウンター気味に突風の攻撃を放った。

「くっ……!!」

地面に激突し、苦悶《くもん》に喘《あえ》ぐホワイト。

キマイラギルディの体内で息づくように、T2の電子音が不気味に鳴動する。

〈ツインテイルズ……タタカウ……〉

どれだけ自我が成長し、膨大な演算力を獲得しても、T2の機能の根幹は変わらない。

この世のツインテールの全てを取得した、ツインテールシミュレーションの究極形。

いかにホワイトのテイルギアが演算力に特化したものでも、数十年分の戦闘データの山積を前にしては分が悪い。

期せずして横並びに地面に倒れたブルーとホワイトは、不本意そうに互いを見合った。

「知ってのとおりテイルホワイトのギアは不安定です。いま変身が解けてしまえば、キマイラギルディに勝つ術《すべ》は無くなります。とりあえずここは、二人で力を合わせましょう!!」

「オーケー。ツインテールをシェアしてるってんなら、逆に一つ分に重ねれば、まっとうに強い一人分になるってことでしょ?」

ブルーの提案に虚を突かれたホワイトは一瞬啞然《あぜん》とし、やがて不敵に笑った。

「ええ、ツインテールを絡ませ合うイメージです。変なこと想像しないでくださいよ!!」

「こっちの台詞《せりふ》よ!!」

互いに拳《こぶし》を突き出して打ち合わせ、同時に疾駆《しっく》する。

「——チーム・ツイン蛮族！　いきますよっ!!」

「何でもツインにすりゃいいと思ってんでしょ!!」

ウェイブランスアドミクスとシャイニングアームドアドミクスとで、左右から挟撃《きょうげき》するブルーとホワイト。

もちろんその連携も先読みされており、キマイラギルディは両手からそれぞれバレーボール大の光弾を発射、二人に直撃させた。

――が、次の瞬間、二人の身体《からだ》はかき消え、その場に再び出現した光弾だけが空を切っていった。直撃点から青と白の尾を引いて着地した残像が、ブルーとホワイトの姿を取る。

映像をほんの一秒だけ巻き戻し、編集を施《ほどこ》した後に再び再生したような、不可思議な光景だった。

ブルーがオーガギルディとの対戦で見せた、瞬間的な時間逆行だ。

あらためて背後で爆発する光弾を背に、ブルーとホワイトはキマイラギルディを左右から胴抜きで切りつける。手甲《てっこう》状態でも先端に強固なブレードが搭載されているシャイニングアームドアドミクスは、殴《なぐ》りつつ斬《き》るという凶悪な攻撃性能を獲得していた。

一瞬の静止の後、二人は返す刃《やいば》で背後からも袈裟《けさ》に斬撃《ざんげき》を重ねた。

「ぬぐわあああああっ!!」

キマイラギルディが全てのアルティメギルの戦闘データと直結した歩くアルティメギル図鑑ならば、フューチャーチェインはツインテイルズの歴史を身にまとう戦士。

別時間から自分自身を同時に六人召喚するなどという規格外は、さすがにテイルレッドほどツインテールすぎる戦士でなければ不可能だが、未来の力を得たことでブルーとホワイトも同じアプローチの闘法が可能となった。例えば――

「でやあっ!!」

キマイラギルディの背後に唇《くちびる》が刻印された銅版が十数枚浮き上がり、一斉に発射される。

瞬間、ホワイトの前に薄い円状の光膜が展開。銅版攻撃はことごとく反射され、キマイラギルディの周囲で爆発していった。

フューチャーチェインは、これまでのエレメリアンとの戦闘で偶発的に発動した能力も含め、およそブルーとホワイトの全ての能力を瞬間的に発動できる。

今のようにブルーとイエローの合体技であるリフレクションバーストでさえ、どこかの時間で発動した瞬間を切り取ってこの場に発現することで、ホワイト単騎で繰り出せるのだ。

間髪容《かんはつい》れずに追撃をかけるホワイト。

「ソードアームド!!」

フューチャーチェインでは総二《そうじ》、そして双愛《そうら》への思いが色濃く顕《あらわ》れているからか、剣形態ソードアームドの強化が際立っていた。先端に装着されたブレードが伸び、さらに強力な光波剣がそれを取り巻いている。

テイルホワイトの強化は、明らかに攻撃性を増幅させたものとなっている。相棒の凶暴さを、しぶしぶシェアしたかのように。

「お、おのれ……!!」

負けじと多彩な攻撃方法を重ねていくキマイラギルディだが、本来属性玉変換機構《エレメリーション》を使えないホワイトが過去に「発動した技」を召喚して応戦してくるため、対処が追いつかない。

そんな戦闘データなど、どの資料を参照してもあるはずがないからだ。シミュレーション外の反撃を受け、キマイラギルディは吹き飛ばされる。

ならばあらゆるエレメリアンの肉体データを移植した、己の身体《からだ》を恃《たの》んだ肉弾戦ならばどうか。その闘法に立ち向かうのが、テイルブルーだった。

「たああっ！」

空中からの斬《き》りつけを躱《かわ》されるや、ウェイブランスアドミクスはウイング状に変化した穂先の後部からブースターのように噴射。流星の如《ごと》き勢いで穂先を瞬時に地面に突き立てる。

ブルーは摑《つか》んだ柄《え》をポール代わりに反転すると、その勢いを加えてキマイラギルディに蹴《け》り込んだ。

「ぐはっ……!!」

知能・思考を先置いて手が出る足が出る、アンチＡＩと呼ぶべき存在。

人はそれを、脳筋と呼ぶ。

「やあああああああああっ！」

青きツインテールが、華麗に空を舞う。

テイルブルーは生来の獣《けもの》の攻撃性に、相棒の戦術性をしぶしぶシェアしていた。

腰マント状のパーツが翼のようにはためき、彼女の空戦性能を極大に高めている。

軌跡の追えない三次元的な高速飛翔《ひしょう》からの拳《こぶし》と蹴りで、全身を打ち据《す》えられるキマイラギルディ。

二つのフューチャーチェインが息を合わせ始めたことで、Ｔ２を取り込んだキマイラギルディでさえ対応しきれなくなっていた。

「な、何故《なぜ》だ……犬猿の仲にしか見えない二人が、何故ここまで呼吸もツインテールもぴったり合わせることができるのだ⁉」

「「さあ⁉」」

ブルーとホワイトが本当にただいがみ合っていると結論づけられ、データ化されていたとしたら……人の心の本質を演算できていない。

既にその時点で、Ｔ２の敗北は定められていたのかもしれない。

「ぬうううおおおおおお‼」

対するキマイラギルディも、五体に充溢《じゅういつ》するアルティメギルの記憶で応戦する。

これは、アルティメギルとツインテイルズとの戦いの歴史を圧縮した攻防。

この一戦こそが、メモリアル・ツインテールそのものだった。

「次は――――これです！」

ホワイトが天高くかざした掌《てのひら》の上に、光のワイヤーフレームで武器の輪郭が描かれ、実体を形成していく。合体巨砲・フュージョニックバスターが召喚された。

イエローを強制脱衣させる必要があることから、レッドを起点としなければ発動できない必殺武器だが、これもレッドが発動した瞬間の時間から喚び寄せることで、ホワイトにも使用が可能となった。そこへツインテール一の頭脳は、思い切ったアプローチを試みた。

ブラックのダークネスグレイブ、そして強化前の自分のシャイニングアームドをも別時間から召喚し、強引に合体させたのだ。

「これこそ、クロニクル・フュージョニックバスター!!」

やはりブラックの武器だけを合体させた時と同じく強引さが否《いな》めない見た目ではあったが、出力はおよそ五人分に増大している。

「ほら左持ってください、力担当!!」

その見た目に疑問符を浮かべているブルーを手招きし、ホワイトも右側を摑《つか》んで支《ささ》えた。

「「ファイヤ————————ッ!!」」

二人が叫ぶと同時に自動的にトリガーが引かれ、五色の螺旋《らせん》波光が発射される。

「なんの……!　合体ならばこちらとて!!」

対するキマイラギルディは、亀の甲羅のような装甲《そうこう》、カタツムリの殻のような盾《たて》など、これまでツインテイルズが対戦してきたエレメリアンたちの防御機構を次々に自身の前面に形成。

最強最後のシールドを展開してこれを迎え撃った。

だがそのシールドも五色の波光にあえなく砕かれていき、最後の一層が破壊されると同時に大爆発を巻き起こした。凄《すさ》まじい衝撃波で吹き飛ばされるも、地面を踵《かかと》で抉《えぐ》りブレーキをかけるキマイラギルディ。

「そういえばいつか、私が何の属性か聞いていたな、テイルブルー……」

一瞬膝《ひざ》をつきかけながらも、激情を迸《ほとばし》らせて踏みとどまった。

「……私はツインテール属性だ！　ツインテールが何よりも大好きだった！　強く在《あ》れるはずだった！　しかし私は、ツインテールへの愛だけでは強くなれなかったのだ!!」

キマイラギルディが双愛《そうら》に親近感を抱《いだ》いていた理由が、また一つわかった。

しかし二人はあまりにも似ているようで、決定的に違う。

「溢《あふ》れるばかりの明日への希望を持った君たちに、テイルレッドという太陽に照らしてもらえる人間たちに、何がわかる！　無力な戦士がたった一体《ひとり》、孤独な闇《やみ》の中で組織再生に尽力し続ける恐怖が！　絶望が！　貴様たちにわかるか!!」

「その嘆きはあなたたちエレメリアンに心の輝きを奪われた！　全ての人間のものです!!」

「それでもこいつは、闇の中から立ち上がって……あたしたちに光をくれた!!」

気勢一喝、ホワイトとブルーの拳《こぶし》がキマイラギルディの顔面を打ち抜く。

「うぐわあああああああっ!!」

キマイラギルディと同時に、体内のＴ２も苦悶《くもん》の声を上げていた。

〈ツインテール……ツ、ツイ、ン……!!〉

限りなく人間に近づき、人間以上の知能を備えても、限界以上の能力を発揮できない。

真のツインテールを前に、ツインテールしきれずにオーバーロードしてしまったのだ。

「……私の、エレメーラ・メモリー・システムが……未来の希望が……!!」

AIの限界を目《ま》の当たりにし、キマイラギルディは愕然《がくぜん》とする。

「あなたもそのAIも、希望なんかじゃない。属性力《エレメーラ》という心の輝きの歴史から零《こぼ》れ落ちた、小さな悲劇です」

「終わりよ!!」

「まだだ……まだだあああああああああああああ!!」

キマイラギルディは、全身全霊で嘆きを捧げるように両腕を天に衝《つ》き出す。そこへ巨大な光球が練り上げられていき、迸るスパークだけで床を捲《めく》り上げる。

ブルーとホワイトは頷《うなず》き合い、全ての力を振り絞った最後の一撃で挑む。

「『完全解放《ブレイクレリーズ》!!』」

充溢《じゅういつ》する属性力《エレメーラ》が、それぞれの武装を青と白の光で包み込む。

ブルーはウェイブランスアドミクス、ホワイトはシャイニングアームドアドミクスのスピアアームドを、同時に撃ち放った。

「『ハーモニクス……!　アバランチャ――――――――――――ッッ!!』」

「ぬおおおおおおおお!!」

ブルーとホワイト、そしてキマイラギルディ。二つの必殺技は、その中間点で激突した。

光球と二本の槍《やり》の押し合いが、破滅的なエネルギーの余波を巻き起こし、周囲をズタズタに破砕していく。

「……くぅうう……!」

「うううううっ……!!」

歯を食いしばり、突き出した掌《てのひら》に力を込め続けるブルーとホワイト。

一瞬でも気を抜いた方が、この全エネルギーをまともに受けることになる。

「アルティメギルの未来のために！　ここで倒れるわけにはいかんのだ――――っ!!」

キマイラギルディの気迫が勝り、じわじわと巨大な光球がブルーとホワイトの元へ近づいていく。

力の余波を食い止めているブルーとホワイトそれぞれの右腕、ギアの隙間《すきま》から鮮血が迸《ほとばし》る。

キマイラギルディが勝利を確信した瞬間。

光球は再び前進を停《と》め、ブルーとホワイトの直前で激突が拮抗《きっこう》していた。

「ば、馬鹿《ばか》な、どこにこんな力が……!!」

「敗因はあんた自身よ……キマイラギルディ」

「私たちに力をもたらしたのは、あなた自身なんですから」

「何……私が!?」

ブルーとホワイトの全身から立ち昇る属性力《エレメーラ》が渦《うず》を巻いて絡み合い、一つとなる。

フューチャーチェインの等分された力が、完璧《かんぺき》に一体化する。

「二〇年後の未来でそーじと幸せな家庭を築いてるかもしれないって知った!!」

「あなたが期せずして連れてきた双愛《そうら》ちゃんが、それを示してくれた!!」

「「だからあたし（私）たちは、やがて来る未来のために！　絶対に負けない!!」」

完全解放《ブレイクレリーズ》時にオーラピラーとして放たれるはずだった余剰エネルギーが、ブルーとホワイトの背で爆裂。推進剤となって、二人を猛烈な勢いで飛翔《ひしょう》させた。

「……おお……!!」

それはさながら美しき光の翼めいて、キマイラギルディを瞠目《どうもく》させる。

同じ未来への希望に手を伸ばし戦い続けた三者。

ブルーとホワイトの方が、津辺愛香《つべあいか》とトゥアールの二人が、より一歩力強く、未来へと踏み出していた。

「「はああああああああああああああああっ!!」」

ブルーとホワイトは投擲《とうてき》したそれぞれの槍を再び握り直し、光球を斬り裂《さ》きながらキマイラギルディ目掛けて突っ込む。

そして左右それぞれから、すれ違いざまにキマイラギルディを斬り払った。

「ぐわああああああああああああああああああああああああっ!!」

拮抗《きっこう》していたエネルギーの余波もろとも、キマイラギルディへと全ての力が降り注ぐ。記憶の力が、雪崩《なだれ》を打って襲《おそ》いかかる。

背にした極大の爆発が、ブルーとホワイトのツインテールをはためかせた。

ホワイトは手甲《てっこう》に戻ったシャイニングアームドアドミクスで空を薙《な》いで光を振り散らし、背後のキマイラギルディへ向けて別離の一瞥《いちべつ》を投げかけた。

「未来《とき》の果てに還《かえ》りなさい、キマイラギルディ。歴史を創っていくのは……現在《いま》を生きる生命《いのち》の使命です」

◇

「私の負けだ……」

必殺技同士が激突した大爆炎が晴れ、全身から紫電《しでん》を迸《ほとばし》らせたキマイラギルディが姿を見せる。力を使い果たし変身解除した愛香《あいか》とトゥアールは、互いの背中にもたれて座り込んだ。

「地上の大戦力も、滅ぼされたか……」

キマイラギルディは息も絶え絶えに、ヒビだらけのメインモニターを見やる。世界地図上に表示されていたキマイラソルジャーを示すビーコンが、一つ残らず消えてなくなっていた。

「……ドラグギルディ様も、再びお隠れあそばれたようだ……くっ……」

最後に確認したその事実が、かろうじて両脚を支《ささ》えていた気力も折る。床に大の字に倒れ込むキマイラギルディ。

「これでアルティメギル再興の夢は、完全に絶たれた。無念至極だ──!!」

キマイラギルディの言葉で総二《そうじ》の勝利も知り、愛香とトゥアールの二人は切れる吐息《といき》の間断で口許《くちもと》を緩めていった。

戦艦の天井部分は広範囲にわたって吹き飛んでおり、キマイラギルディの目には抜けるような青空が映っている。

「……私が二〇年かけて蓄えた大戦力を、ものの二〇分で壊滅させてしまうとは……これが全盛期のツインテイルズの力か」

愛香とトゥアールは何も言わず、黙ってキマイラギルディの慨嘆に耳を傾けていた。

全精力を使い果たしたことも大きい。だが何より、悔恨の言葉に対して軽口の一つでも返してやるには、キマイラギルディはあまりにも純粋すぎた。

「出来の悪い七光りの少女が足を引っ張ってくれるかと期待していたが……結果的に、あの子が未来を守り抜いたというわけか」

今もこうして双愛《そうら》に対して憎まれ口を叩《たた》きはするが、その声音《こわね》は殊に穏やかさを湛《たた》えている。戦闘中についこぼしていたが、キマイラギルディも双愛に対して親のような感情を持ってしまったというのは、本心なのかもしれない。

「当然でしょ。あたしとそーじの娘よ？」

「私と総二《そうじ》様の娘です。あと、七光りという言葉は取り消しなさい」

未《いま》だ荒い息のままに、双愛《そうら》への思いだけは強く主張してくる二人に、キマイラギルディは観念したように頷《うなず》いた。

「ああ、そうだな……立派なツインテールだ――」

過去を変えてまで理想の未来を追いかけた自分とは違い、ツインテイルズは過去と未来とで手を取り、ツインテールを結び合って新たな時を紡《つむ》いだ。

キマイラギルディは、完全なる敗北を認めざるを得なかった。

二〇年の大望が水泡に帰した今、しかし、彼の顔は見上げる青空のように晴れやかだった。

その青が少しずつ、黄昏《たそがれ》に染まり始めていく。

「こんなことを頼める立場ではないが……できれば、私のことも収めてくれないか。君たちの『メモリアル・ツインテール』に……」

「……あなたの意思はどうでもいいですが。せっかく新しい形態になれたことですし、双愛ちゃんの映像と一緒に今日の戦いはバッチリ収録しますとも。……そのついでに、あなたが映り込んでしまっているかもしれませんね」

「……そうか……」

へそ曲がりなトゥアールの心遣いに、キマイラギルディは穏やかな微笑《ほほえ》みを浮かべる。

その返礼とばかり、キマイラギルディは彼女が最も望むであろう激励を贈った。

「私が見た二〇年間ツインテールにできなかった君は、あくまで私と戦わずにいた未来の君だ……。すでに未来は変わった。あるいは、数年と経《た》たずに取り戻せるかもしれないぞ」

「大きく出ましたね。あなたごときが私のツインテール復活の礎《いしずえ》になれるとでも?」

「……なれると嬉《うれ》しいのだがな……」

茶化《ちゃか》しもせず、純粋にそう希《こいねが》うキマイラギルディ。トゥアールは照れくさそうにふんっと鼻を鳴らす。

「私の作戦は実を結ばなかった……だが、多くの異世界で人間の性癖が薄れてゆくのは事実だ。この世界も、テイルレッド頼りでどこまで変態を維持できるか、な……」

「そこまでは責任持てないわよ。なるようになるだけでしょ。人の趣味嗜好《しこう》なんて」

そこで愛香《あいか》はあることに思い至り、下肢を引きずってキマイラギルディに詰め寄った。

「あ、そうだ！　あんた知ってるんでしょ！　……誰《だれ》？　誰が双愛の母親なの!?」

「未来からの紛《まぎ》れ者に問うなどと無粋なことはせず……その答えには、自分たちで辿《たど》り着くがいい」

素知らぬ顔でとぼけてみせながら、キマイラギルディの放電が強まっていく。

「ハハハハハ……さらばだツインテイルズ！　遥《はる》か時間の彼方《かなた》で、また逢《あ》おう!!」

キマイラギルディは勝ち逃げるように言い遺《のこ》すと、大笑のうちに爆散していった。

爆風からトゥアールを庇《かば》いながら、愛香《あいか》は歯噛《はが》みする。

異なる時間のエレメリアンゆえか、属性玉《エレメーラオーブ》が遺ることはなかった。

「あんにゃろー……」

「ま、いいじゃないですか。いずれキマイラギルディと本来の時間で再会することになるのでしょうが……その時には双愛《そうら》ちゃんとまた逢《あ》えているんですから」

「でもあんた、また……」

愛香の視線の先。ツインテールの解《ほど》けた銀髪をそっと手の平で掬《すく》い取るトゥアール。

「癪《しゃく》ですが、キマイラギルディの言う通り……私のツインテールは、世界を守る戦いの中でこそ取り戻せていける気がするんです。戦い続けますよ、私は」

「うん」


ゆるやかに地上に下降していた戦艦は、地面に着く直前でかき消えた。

空中に取り残された愛香とトゥアールは、一メートルほどの高さを落下して着地する。

二人はどちらからともなく、にわかに輝き始めた自身の手の平を見つめる。それぞれの手に残っていたアドミクスクリッパーが、最後に粒子となって消えていった。

これで未来からの来訪者は、全てこの時代から消えてなくなった。

後はやがて出逢《であ》う本来の時間へと、一歩一歩歩いていくだけだ。

愛香は大きく伸びをし、得心げに笑った。

「夏休みの合宿が終わったら……あんたの異世界巡り、手伝ってあげる」

白衣の埃《ほこり》を払っていたトゥアールは、意外な申し出に手を止める。

「ボディガードを引き受けてくれるんですか?」

「夏休みの間だけよ?　それに、そーじも行くって言うに決まってるけど」

不器用な約束の言葉に、トゥアールはぎこちなく微笑する。

「他の異世界まで守ろうとするのは、今でも反対よ。でもいろんな世界を見ておくのも悪くないかなって。この調子じゃこの先も、わけわかんないことたくさん起こりそうだし」

双愛が誰《だれ》の娘なのかは、まだわからない。

けれどもし自分が母親であった、その時は……あの子にいろいろ語り聞かせてあげられるよう、もっと見識を深めておきたい。それが、愛香の結論だった。

「ありがとうございます、愛香さん」

「あたしも……今までありがと」

愛香は新たな目標を胸に、空を見上げた。

「これからもよろしくね、トゥアール」

エピローグ　そして、ツインテールは続く。

戦いは終わった。

キマイラギルディの総攻撃で一時的に世界中が混乱に陥《おちい》ったが、敵の全戦力を俺たちツインテイルズが壊滅させたことで、それもすぐに終息していった。

この世界の人たちは、怪人の侵略に負けない強い心を持っている。それもキマイラギルディの誤算だっただろう。

俺と愛香《あいか》、トゥアール、慧理那《えりな》、イースナ、メガ・ネ、桜川《さくらがわ》先生、ロエルとリルナ、そして唯乃《ゆの》。ツインテイルズの面々は、花火大会の会場へと戻った。

しかしここに来る時一緒だったあと一人の少女は……もういない。

快晴で暑さも程よい、夏の盛りの夜。

空の黒を彩《いろど》っていく、様々な形と色の大輪。

それは大きな戦いの終結を祝っているようでもあり、観束双愛《みつかそうら》との別れを惜しんでいるようにも感じられた。

実際についさっき、ＳＮＳで双愛が未来に帰ったことを投稿した際には、別れを惜しむコメントが数多く寄せられた。

けれど俺たちは、別れの寂しさよりも、双愛と出逢《であ》えた喜びの方を噛《か》みしめるべきだろう。

見栄っ張りで、優しくて、そしてツインテールが大好きな、普通の女の子。

未来からの前借りで訪れた奇跡が、この温かな思い出を紡《つむ》いでくれたのだ。

何より双愛は世界を救った英雄として、未来へと凱旋《がいせん》していった。この時代の人々に、そう記憶されているのだから。


そう──歴史の修正力によって記憶が消えてしまうのを覚悟していたが、俺たちは今も双愛のことを覚えている。

それは果たして、必然なのか……奇跡の延長なのか。

「もしかして、ですけど」

打ち上がっていく花火の区切り。訪れた静寂を見計らい、俺の左隣に立つトゥアールがそっと口を開いた。

「双愛ちゃんがこの時代にやって来ることも込みで、二〇年後の未来の時間軸に繋《つな》がっているんじゃないでしょうか」

トゥアールも、俺と同じ疑問を持ち、そして彼女なりの結論を導き出したのかもしれない。

傍《そば》に立つ愛香《あいか》や慧理那《えりな》も、静かに頷《うなず》きを落としていった。

「もちろん今は覚えていても、やがては風化するように消えゆく記憶かもしれませんが……」

なるほどな。それこそ、タイムパラドックスのようなSF的な話になってしまうが……双《そう》愛《ら》の存在を俺たちが知っていることが、この先の未来へと繋《つな》がっている。それが正史であるとしたら、こんなに嬉《うれ》しいことはない。

俺は手にしたツインテールうちわで扇《あお》ぎながら、夜空を仰いだ。

「私たちにできることは……一日も早く、あの笑顔をこの時代に産み出すこと……そうですよね、総二《そうじ》様？」

トゥアールは浴衣をはだけて胸元をギリギリまで露出させると、俺ににじり寄って来た。

「まずは練習から始めまおあだあああ!!」

思わず尻餅《しりもち》をついた俺の頭上を、金属バットをフルスイングしたような風切り音が掠《かす》めていく。そして、快音。

愛香の平手が、トゥアールの胸を直撃したのだ。

「仕舞っときなさい鬱陶《うっとう》しい!!」

「おっぱい千切《ちぎ》れたらどうしてくれるんです！　もはやこの世で一番重労働してるのは私のクーパー靭帯《じんたい》ですよ!?」

「真の巨乳はクーパー靱帯《じんたい》じゃなくて女のプライドで吊《つ》り下げてんじゃなかったの?」

「おっぱいに関しての言動は執念深く覚えてますねえ!!」

愛香《あいか》とトゥアールのほのぼのとしたやりとりが、空に響く轟音《ごうおん》にかき消えていく。

夜空に咲いた光を見て、俺は思わず歓声を上げた。

「テイルレッド型の花火だ……!!」

テイルレッドの顔と、そしてツインテールを見事に再現した花火——風流だ。

日本の夏、ツインテールの夏が、心に染《し》み入る。

俺たちが世界に刻んだ記憶《メモリー》もいつか世界から、あの花火のように儚《はかな》く消えゆく運命なのかもしれない。

けれど思い出は次代へと受け継がれ、未来を紡《つむ》いでいく。

ツインテールの記録……メモリアル・ツインテールが、この先の時間を形作っていくのだ。


今度の花火はでかいぞ。

一際《ひときわ》巨大な光が空に煌《きら》めいたかと思った途端、そこから火の玉が落下。

何と、俺たちの方へと落下してきた。

「何だあ!?」

火の玉は人の全身、たなびくツインテールの輪郭を取り、俺に抱きついてきた。

花火より出でしツインテールの正体は――

「双愛《そうら》、さん……？」

目を白黒させる慧理那《えりな》。

「パパ、ごめん！　何か私、消えなかったー!!」

つい数時間前に別れを済ませたはずの、双愛だった。

あれだけ劇的に消えていったっていうのに……全く、いいキャラしてるぜ……!!

「だけど今度は未来のツインテールがピンチなの！　みんなお願い、力を貸して!!」

一瞬ぽかんとしていた愛香やトゥアールたちだったが、やがて、思い思いに頷《うなず》いていった。

状況を何も理解できていなくても、やることは同じだからだ。

もちろん、俺の答えも決まっている。

万感の喜びとともに、心のツインテールに熱き思いが漲《みなぎ》る。

打ち上がった花火の音に負けないよう、俺は力の限り宣言した。

「ああ、任せろ！　ツインテールは――俺が守る!!」

テイルギア設定資料20

テイルホワイト フューチャーチェイン

テイルホワイトとブルーがアドミクスクリッパーで強化変身した姿。あまりにもツインテールすぎる総二／テイルレッドは未来の進化装備をも難なく使いこなしたが、ホワイトは使用の際にテイルギアの保護機能が働き、ブルーと力を等分した。ゆえにこれは正規のフューチャーチェインではなく、この時代でのみ発動した奇跡の姿。ツインテイルズの歴史にアクセスすることで、これまでに使用したほとんどの武器や技を瞬間発動することができる。ツインテールが生きる今という時間を守護するために誕生した決戦形態である。

TAILWHITE FUTURE CHAIN
TAILBLUE FUTURE CHAIN

武器：シャイニングアームドアドミクス
**　　　ウェイブランスアドミクス**
必殺技：ハーモニクスアバランチャー

あとツインテールがき

こんにちは、ツインテール一筋一〇周年、水沢夢《みずさわゆめ》です。

最終決戦も終わり、お祭り巻も終えた俺ツイですが、一〇周年の節目にもう一冊出させていただけることになりました。二〇巻のあとがきで触れたことが、実際に数年後結実したわけですね。これもひとえに、俺ツイを愛してくださる読者の皆様のおかげです！

ラノベではあまりないことかもしれませんが（二〇巻の天丼）、今回はヒーローもののVシネマ枠的な感じで賑やかに一冊の短編としました。

小説は一段落しましたが、この先も総二《そうじ》たちの物語は続いていきます。これからも、『俺、ツインテールになります。』をよろしくお願いします!!

担当の濱田《はまだ》様、今回もお世話になりました。感無量です！

番外編も素敵なイラストの春日《かすが》様！　特に、有り物を活《い》かす感じでスーツ改造したいという意味不明な願いを叶《かな》えて頂きありがとうございます。春日さんの素晴らしいツインテール・イラストの数々こそメモリアル・ツインテールそのもの。あー一冊にまとまらないかなー!!

完成と出版に携《たずさ》わる全ての方、そして読者の皆様に、感謝とツインテールを！

私は再び内なるツインテールとの対話を続けます。

今回もさようならはまだ言いません。それでは、**ツインテール!!**（万感のあいさつ）

ガガガ文庫11月刊

俺、ツインテールになります。21 ～メモリアル・ツインテール～

著／水沢《みずさわ》 夢《ゆめ》
イラスト／春日《かすが》 歩《あゆむ》

散発的に襲来する"野良エレメリアン"と戦いを続けるツインテイルズの前に現れた、20年後の未来からの使者。その少女は観束総二の娘を名乗る……!? 「俺ツイ」10周年にテイルレッドたちがちょっとだけ帰ってきた！

ISBN978-4-09-453095-7（ガみ7-29） 定価759円（税込）

恋人以上のことを、彼女じゃない君と。

著／持崎《もちざき》湯葉《ゆば》
イラスト／どうしま

仕事に疲れた山瀬冬は、ある日元カノの糸と再会する。愚痴や昔話に花を咲かせ友達関係もいいなと思うも、魔が差して夜を共にしてしまう。頭を抱える冬に糸は『ただ楽しいことだけをする』不思議な関係を提案する。

ISBN978-4-09-453096-4（ガも4-3） 定価682円（税込）

ここでは猫の言葉で話せ3

著／昏式《くらしき》龍也《たつや》
イラスト／塩《しお》かずのこ

夏休み、それは元暗殺者のアーニャにとって未知の領域。射的、かき氷、浴衣、水着……女子高生アーニャが夏イベントを迎え撃つ！ 一方で、新たな少女・凛音との出会いがアーニャの運命を大きく変えようとしていた。

ISBN978-4-09-453097-1（ガく3-6） 定価660円（税込）

高嶺さん、君のこと好きらしいよ2

著／猿渡《さわたり》かざみ
イラスト／池内《いけうち》たぬま

ついに恋人同士になった高嶺さんと間島君！ しかし初めての男女交際に迷走中のカタブツ風紀委員長、そこへ過去の間島君を知る後輩ちゃんまで現れて……!? 小難しいことは抜きにして夏だ！ 海だ！ 水着回だ！

ISBN978-4-09-453098-8（ガさ13-9） 定価682円（税込）

両親が離婚したら、女社長になった幼馴染お姉ちゃんとの同棲が始まりました

著／ shiryu《シリュー》
イラスト／うなさか

この春、両親が離婚した。そんな僕の前に現れたのは、昔隣に住んでいたお姉ちゃん。しかも今は社長をしていて、一緒に暮らして僕を養ってくれるって!? 急に始まった同棲生活、いったい何が始まるのだろうか——！

ISBN978-4-09-453100-8（ガし8-1） 定価682円（税込）

ガガガブックス

ハズレドロップ品に【味噌】って見えるんですけど、それ何ですか?3

著／富士《ふじ》とまと
イラスト／ともぞ

酒呑童子を倒したリオたちは、力不足を実感していた。サージス、シャルが修行するなか、リオは厄災対策のため海ダンジョンの書庫へ向かう。そして今回も、うなぎ、小倉トーストなど美味しいものが盛りだくさん！

ISBN978-4-09-461163-2 定価1,540円（税込）

GAGAGA

ガガガ文庫

俺、ツインテールになります。21
～メモリアル・ツインテール～

水沢 夢

発行　2022年11月23日　初版第1刷発行

発行人　鳥光 裕

編集人　星野博規

編集　濱田廣幸

発行所　株式会社小学館
〒101-8001 東京都千代田区一ツ橋2-3-1
[編集]03-3230-9343　[販売]03-5281-3556

カバー印刷　株式会社美松堂

印刷・製本　図書印刷株式会社

Printed in Japan ISBN978-4-09-453095-7